国家出版基金项目
NATIONAL PUBLICATION FOUNDATION

东北流亡文学史料与研究丛书·作品卷

万宝山

李辉英 著

北方联合出版传媒(集团)股份有限公司
春风文艺出版社
·沈阳·

主　编　张福贵
作品卷主编　滕贞甫

图书在版编目（CIP）数据

万宝山 / 李辉英著. —沈阳：春风文艺出版社，
2019.11（2022.2重印）
（东北流亡文学史料与研究丛书）
ISBN 978 - 7 - 5313 - 5710 - 0

Ⅰ.①万… Ⅱ.①李… Ⅲ.①长篇小说—小说集—中
国—当代 Ⅳ.①I247.5

中国版本图书馆CIP数据核字（2019）第254689号

北方联合出版传媒（集团）股份有限公司
春风文艺出版社出版发行
http://www.chunfengwenyi.com
沈阳市和平区十一纬路25号　邮编：110003
永清县晔盛亚胶印有限公司印刷

责任编辑：姚宏越　刘　维　　　　责任校对：曾　璐
封面设计：马寄萍　　　　　　　　幅面尺寸：155mm × 230mm
字　　数：254千字　　　　　　　印　　张：18
版　　次：2019年11月第1版　　印　　次：2022年2月第2次
书　　号：ISBN 978-7-5313-5710-0
定　　价：58.00元

目　录

松花江上

一

云从遥远的南方，以玩笑着的轻狂的样子，蔑视一切地，迷雾似的浮游过来，穿过它的庞大浑厚的苍灰色的羽翅，悄悄地滴落着不惹人注意的微细的小雨，在白龙一般蜿蜒着的贯穿着满洲这丰饶的沃土的松花江上，平稳而带着洁白的江面的波纹中，从那辽阔的天空上，投掷着痉挛般的清亮耀眼的闪电的光芒，像一些反射在晚霞之下的鱼群的翻腾的鳞片。不大不小的冷风，摇撼着葱绿的嫩柳，吟咏出平板而低沉的声息，被吹成弯曲的一条条的雨丝，这时显得狂暴不驯的样子，便不顾一切地带着沙沙的噪声，鞭打着微微皱拢的江面了。春潮冲洗过的沙石，变成了一片片黑色的松软的土地，从那儿黑暗暗地发出来一股说不出口的、霉湿的、腐蚀植物的刺鼻的气息。

松花江上，这无生命的活的大动脉，像一位多年不衰的乳娘似的，它不知劳累地，永不停息地喂养着，灌溉着这丰饶的开发没有多久的满洲沃土——那些遮蔽天日的高山和林薮，那些手掌一般坦平的田园，那些有生命的大的小的鸣禽、走兽、家畜和人类。年代是一年又一年地像书页似的被翻过去了，世面是一朝一朝地像苍暮的老人似的变迁着，只有这无尽的清澈的江水，一年年地无忧无虑地流了过来，又无忧无虑地流了过去，日夜不息地洗刷着人类历史的陈迹。

丰饶的沃土哟，这是中国东北一角的宝库哇！

微细的雨滴仍在不停地滴落着，村子里的房屋、街道、墙垣都沉没在凉丝丝的雨的包拢之下了，但是那些躲在草房子里的人，却在不受威胁地吸着一些干透了的叶子烟，老头子们一边扁动着皱缩的嘴唇，一边对着孩子们说着与节令有关的歌词。

"立春阳气转，雨水沿河边，清明乌鸦叫，小满雀来全。……"

这是一个拥有二百户以上的不十分整齐的小村子，东面、北面和南面，屏障似的围拢着翠绿的重叠的山峦，山的上面，丛生着高的、低的白杨和杉松———一片无尽的上接天边的林海。从那里面，长时地吼出来豺狼和虎豹的凶杀的叫啸。村子的西边是一面坦平的缺口，继续着向着西方，伸展出一方不甚广阔的平原，大道像一条土色长蛇似的通过了平原，钻进这个小小的村庄里去。另一方面，从东南遥远的不可知的山沟子里，流出来一条清澈见底的小河，紧傍着南山的北山脚下，缓缓地横穿过村中，穿出西面的缺口，便汇流到那一望可见但足有二十里以外距离的松花江去。

当春天冰雪尚未消融，遍地吹刮透骨的寒风的时候，这小小的很少和外界往来的几乎是把自己孤立起来的平静的村子，受难似的遭受了一次无辜的灾难。一小队初次出现在村中的日本兵，他们人人身上穿着黄呢子的军服，那上面的铜扣子在玩笑着地闪烁着抖动的光芒，他们骑在身下的高得和屋檐头差不多的大红洋马，他们罩在身上的别样古怪的大衣，他们生长得陌生的脸面，和他们剃刮的人丹牌子上那个日本人一样的八字胡，是他们之中似乎有意造成的一个共同的特点。从他们的冷冷的、发着淡漠光辉的刺刀的尖端上，奔流着和他们脸上一样不驯服的凶恶的杀气。当他们说明他们的"缴枪"的任务之后，便在这个小村子里大模大样地扎下了，他们用强蛮无理的一种手段，威迫着地收去了人们视为珍宝爱着的枪支。他们的这种完全反常的行动，到后来是引发起人们为着报复而掀起来的反抗的仇恨，年轻的、充满着热血的小伙子们，他们开始背着日本兵到处地宣泄着他们的不平。

"我们不能忍受日本鬼子加给我们的虐待，这种没有任何理由的欺压，跟没有理性的红胡子没有两样，我们同心一致地起来跟他们拼吧。"

　　"我们的枪并不是不花本钱打天上掉下来的，谁不都是花的大把大把的'官帖'买来的呀！凭着什么理由必得把这些枪支都孝敬日本人呢？……"

　　"把这些蛮横的日本鬼子都打出去吧，要让他们老是扎在村子里头，我们今后怕也就不会再有太平日子过了；我们既然不是叫别人喂养了的猪，自然也就没有忍受日本人宰割的义务！跟这些混账的魔鬼拼个你死我活吧！"

　　像集拢起的一堆经过炎夏曝晒的遇火即燃的干柴似的，他们说到哪里也就跟着做到哪里了。这一把反抗暴力的摧残的正义的火焰，依着白龙似的奔流着的松花江岸，在这一向平静无事而现在在众人愤怒中的村子燃烧起来。他们在仓促中运用着那些具有原始时代人民朴质的感情之中激动出的愤慨，迸发为实际上表现在行动中的反抗，便在开始不顾一切地，近乎越规地，袭击着日本兵驻扎的驻所了。他们的热情和仇恨汇成了一个坚固的整体，他们的射击也集中了一处，他们意外地竟然获取到一个罕有的胜利。当他们从被击毙的日本兵的手中夺取了油光发亮的三八式时，当他们从呢子的衣袋中搜到了金表和日本女人照片时，他们简直是不能够相信这当真会是一个千真万确的事实。

　　灾难的羽翅用最快的速度把这个小的村子给遮蔽住了，二百多名气势汹汹的马队，风暴似的席卷过来，他们把乌黑的重机关枪织成了浓密的火网，向着村中盲目地，做着长时间的无情的扫射，从农民身上燃烧起来的反抗的胜利的火焰，马上就被这一阵袭来的暴雨给熄灭了。年轻的小伙子们了然于他们自己在村中处境的困难，他们便结伙成群地在黑夜中退出了这个出生长养的村庄，投进那东南方重叠错综的山沟子里去。

　　那是一个绝大的错误！这些年轻人由于意外的胜利欣然自喜的时候，他们遏制不住地听凭着火热的真情奔放，徒徒地只为眼前的意外收获所迷惑而忽略了顾及那一个敌人必有的复仇的反攻的准备；因之他们便尝味到了这个难以咀嚼的苦果了。

灾害像一阵飓风似的卷来了，又卷过去了，从此之后，王德仁老头子就失去了他那个唯一的亲人——他的生命一样被爱护着、被看待着的儿子。

时候已经到了渐渐感到温暖的初夏季节了，在一些别的人家耕耘着的田地上面，都有着数不清的男人和妇道，他们弯着身子或是蹲着身子在做着庄稼地里的活计，因为这正是一个农忙的时候哇。高粱、豆子、粳子、谷子以及其他的麦苗瓜秧，都在大地的上面抖擞出新的欢笑着的生机，它们在庄稼人铲去了聚生在一旁的杂草，在被犁杖犁好的垄台上，更为精神百倍地拔着它们的高度，似乎在希望着早日的成熟，它们这些种不同的生长着的庄稼，不正是庄稼人看成和他们己身一般相同的生命似的宝贝吗？

可是在王德仁老头子的地里面，当别的庄稼人都在自己的地里忙着的时候，是在呈现着一种怎样的情景呢？真可怜哟，他的田地像一片废墟似的都荒芜得长高了无用的蒿草，谁也不能在那块地上找出来那个能干活的结实的小伙子；冷清清的像被弃的婴儿似的只有几只贪婪的野狗，在那上面有意味地巡行着。谁知道他的唯一的儿子什么时候才可以回来，回到地里干活呢？谁知道他是健在着的，还是已经被不辜的魔手把他牵引着离开了人世？……

王德仁老头子独自个儿蹲在家里闷着，无精少神地任什么事情他都不愿伸手，有如喝在嘴里的一杯白开水似的，他对于今后孤独的日子，咀嚼不出什么叫人念念不忘的真正的滋味。从他的缩拢的马粪纸一般粗糙的苍老的脸皮上，反复着一重掩饰不住的为忧伤所吞噬着的颜色，在他的两道稀疏的灰色的眉毛下面，两只不甚圆大的苍老的眼睛里装着恶浊的红膜；在他的光得发亮的那只头顶上，经常地戴着一顶半旧的瓜皮帽；他的脱落得将尽的牙床子中，常时地衔着一支闪亮的黄铜镶嘴的旱烟袋；下面，不甘寂寞地翘动着的，是他的浓密而不规则的髭须；那一具隆起在他的身后的小小的驼背，顽强地和他取着敌对的行动，戏弄着地，故意和他为难地不使他畅快地挺直了身子，这正是在有意无意地说明着，他是一天比一天地在老下去了。

近些日子，王德仁老头子觉着稍稍还可以安慰他的孤零的、淡然无味的生活的，那便是在他的清冷的家庭中，增添了一个可以说话解闷的可以下地做活的"年造"（即雇工），还总可以说是一种意外的难得的收获。这年造的本名叫作李万发，但他的名字是远不如"傻大哥"这三个字被人们叫得响亮。他是这样和王德仁老头子把生活联结到一起的，那就是他有一天找上了这个整天盼求着儿子归来的人物，干干脆脆地跟他把心中要说的话说出来了："王大爷，你老人家要不雇了个能做活的年造？再不然若是想雇一个出活的短工也行，只要你看我还可以帮着你种种地打打零杂，想雇用我，我们就来讲讲这个买卖吧。你一年少吃一顿两顿'犒劳'都没有关系。"

这是一个在村子里尽人皆知的胳膊粗力气大的人物，人家是众口归一地叫他"傻大哥"，但这倒并不是因为他缺少普通人所必有的心计，相反，他的智慧一点也不比别人显得怎样少。不过是因为他天生得一副高大的结实的身材，说起话来不习惯于拐弯抹角，人家又因为他做起活来，像是老有用不完的傻力似的，就从这上面给他建立出这样一个并非侮辱他的和讥讽他的诨号。他是一个在困苦的环境中长大起来的孤儿，他的父亲和母亲，在他小着的时候，先后地像人们所说的被他"克"去了，因而在人们的传说中，他是属于命硬的人物中间的一个，现在则是健壮得天也克他不上的。他的两只大手简直像一对熊掌，臂膀一往直伸起来的时候，就从那紧绷的筋肉中显露出他的结实的力量。在他的油黑得近乎发光的脸面上，倒垂着一个高耸的俊俏的鼻子，依着鼻梁的两旁地方，端正地安置着一对深邃的发着亮光的眼睛，嘴大得似乎有些不大相称，浑厚的嘴唇上流动着黑紫的颜色，那一片不修剪的胡子，很放肆地在下巴上面当成了稳固的根据地似的盘踞着。

"傻大哥吗？"王德仁老头子兴奋地一连抽了两口烟，浑身上下似乎不知增加了多少较量不出的力量，因为他这时是正需要这样一个下力的人来耕耘他的荒芜了的田地的，再说，傻大哥的那种说到哪里就办到哪里的绝不含糊的脾气，和他那不掺杂半点虚言假语的对人做事的态度，那都是很合乎他的口味的，简直理想到家了。"好哇！"老头子几乎恢复了青年时期的健壮的气力似的要高兴地跳着了，"你既然看得上我，愿意帮我做活，我真是烧高香求之不得，这买卖不必怎么多费唇舌了，你说到哪里我就答应到哪里，两下情愿那还有什么争讲的！你就爽爽快快说了吧。"

"雇年造做长活价钱一万二千吊，短工嘛，做完了一总凭你赏。"傻大哥爽爽快快地说出来他的要求。

"讲长活吧，我照你说的再给你加一千，先使多少呢？"

"三千吊行不行？"

"我再给你加一千！"对于这样一个做活认真的说话干脆的人物，王德仁老头子也就乐得施舍一些同情的慷慨了，两个人完全是心投意合地把这个买卖顺利地讲论成功，绝不像普通人家雇年造似的在主人与雇工之间总是晓晓不休地为着一百吊二百吊发生着争执，碰得凑巧的时候，使两者闹个不欢愉的半红脸而陷入无法挽救的僵局也是常有的事情。

"争什么，讲什么，说老实话做活时候多使点劲儿那就都有了。"傻大哥扁动着他那一双黑紫的嘴唇，感到满足地说。

"就是呀，雇起一个年造，就别心痛那一百二百吊钱，年造下地的时候，他要是一偷工躲懒，吃亏上当的还不是东家！"王德仁老头子捋着浓密的胡子很高兴地回答着。

说实在的，这个年造可真是在他的身上出了不少活，荒芜了的田地，都被他打扫干净了，在铲除的晒得干死了的蒿草的堆子中，高粱、谷子、豆子各种小苗都在迎着温和的空气生长着，发挥出它们本有的、不受妨碍的、正当的生殖力，当这个年造回到家里的时候，他还帮助着做些打杂喂猪跑道一些零碎的事情，他实在是一个合乎理想的标范长工。倘若一定要吹毛求疵地从他的身上找寻出某种缺憾的话，那只能说—当晚上歇息着的时候，当老头子因为思念儿子睡不着觉而在不停歇地抽着叶子烟，打算同他谈上一些闲话，借此消遣着无聊的夜晚的时候，不是遇到他的年造熟悉地溜进他知道的一个黑洞的屋子里去寻求年轻人们所不可缺的刺激，便是一卧在炕上就从他那宽大的胸脯中呼出沉重刺耳的鼾声。虽然，老头子对于他的年轻的年造被别人当成话柄谈论着他的被目为不正当的行为，是并不像一般人那样对他同样地怀着疏远回避的厌烦的恶意。他自己当年也是打从火热的青年时候活过来的，所有年轻人浑身上下燃烧着火一般炽烈的感情和力量，早被他熟悉得有如自己的手掌一般了，他因此未从他的口腔之内说出来对于他的年造的责难的语言。他可是正正经经地劝告过他的年轻的年造这样的话："傻大哥，若是让我来说嘛，正事是须得正办的，你把她堂堂皇皇地娶过来就完了，不是也免去了人家说三道四的嘛！"

"谁愿意说谁就说吧，我还能管得了别人不开口嘛，他们因为这种缘故不雇用我，不是现在还有你老人家收留我捧我的场嘛！"傻大哥坚持着自己的意见反对着地说。

"人是也确是到了该办事的时候了。"王德仁老头子又带便地加上了一句。

"王大爷，一年十万三千吊'官帖'，要我的命我也养活不起一个娘儿们哪，多积存几个钱再说吧，横竖我不是没有良心的人，绝不会亏了她的。"

老头子到这时也就苦于无法插嘴了，如今的年轻人们所有着的心事，似乎也和他青年时代的想法不同的，而在分明的有些两样，有些隔阂。

除此之外，他实在无法在他的年造的身上发现到别的缺点，就是这一点吧，也绝不能昧着良心硬派定是他的缺点的。这个能做活的年造，他的本领都是从太阳，从风，从大地中间学得来的，因为自从他早年丧失了父母以后，他就和欢笑的家庭以及温和的门楣分别开了，他是在太阳、风、土地中间长大起来的，这三种东西就是培植他成为一个完人的知识和学校，而他也便因此成为大家伙公认的一条好汉。

但王德仁老头子却在他的年造的身上，发现到有一个和他相仿的共同点，因为他认为他的年造和他是都被一种不幸的命运蹂躏着的，其中稍稍不同的地方，傻大哥的不幸是起自幼年时代，而他是在苍暮之年行将埋骨黄土的时候，开始给他尝受这不幸的苦味。他是用这样的想法把他们的命运捏在一起的。他的不幸的折磨是什么呢？说穿了来那全是由于失丢了他的亲生的儿子呀！

王德仁老头子几乎是在他的内心之中，在暗暗地认为这整个村子也在和他步入同一的厄运之途了，特别是自从日本兵在村子里横暴地杀掠之后，他是越发同意他这潜伏在内心之中的特有的见解。把村子和他的家连在一道来论断，在他看起来并不是不合理的。因为，整个村子的建立，和他们王家原是有着关联的。

村子是这样被建立起来的。

推溯上去一百年以上的时候，或者再多一点的时候吧，王德仁老头子的父亲，在这里的一片荒乱的地面上领到了几方荒，他运用着他后半生的精力在开垦着这片处女地。这坦平的大地，是有着雄厚的繁殖力，种子下到了温润的地下之后，便生长出黄金一样宝贵的、吃用不完的粮食。从山东半岛上挑着扁担上来的老乡渐渐地加多了，生荒一天天地变成了熟地，于是，顺应着人类群居本能的要求，他们便建立了这个小小的村子，因为第一个在这里开荒的主人翁有着一个姓王的在，一来二去人们就把村子叫作了王家村。这村子养育了上一代从山东逃来的难民，也养育了在本村降生长大的孩子，论到王老头的儿子的身上应该排列为第三代了。

第三代的儿子究竟是逃躲到什么地方去啦？……

把儿子快快地找寻回来吧，年老的人倘若没有一个亲人守在自己的身边，那日子平平淡淡的简直没有什么扑奔，而一个老人又是最不惯于孤独的。

"怎么样的找法呢？"

当人世上的许多纠纷、许多无法解决的困难使人们感受到棘手为难的时候，顺应着一般习俗的诱导，迎合着心理上欲得的、满意的希求，人们就将要在超人的力量之外，宽慰地想到了神力的奥妙和救助，因为在被历代传说的渲染之下，神的力量的伟大和威严，那是任何人世上的英雄人物所无法竞较而叹服的奇迹。

王德仁老头子是想到了哪里就办到哪里的，他以一个修士般的虔信的心，把一副衰老的身子跪在老爷庙的青砖铺的殿堂上，在他的带有红膜的眼睛的边角上，潜含着老年人稀有的随时都可以倾流出来的热泪，面向着那一位面南端坐的红色脸腔的关老爷塑像，从他的身上流传着无法记忆的、灵验的、救人危难的、过去的诸种传说，他毫不吝啬地叩着沉重的响头，那一支红头洋火点燃的烧成了一片火光的香纸的灰烬，被初夏热烘的穿堂的微风，飞絮一般悄然地吹起在低空飞翔，跛着一条右腿的那个老和尚，半闭着歪斜的三尖眼，念诵着沟通人与神间交往着的经文。

"请老爷多分神保佑我的儿子的平安，我这一生就只有这一个儿子，他是延续着王家香火的命脉的啊，保佑着他早早地回来吧，将来我一定杀猪还愿的，好报答你老人家保佑的大恩大德……"就像那一座泥塑的神像真有着灵魂和知觉似的，王德仁老头子在心里面暗暗地祈求着。

当这个笃信心诚的仪式完毕之后，带着一颗释去一半以上的重担的心情，老头子轻脚轻手地放进那和尚手中一张一百吊的"官帖"，皱动着欢愉的苍老的微笑，蹒跚着走下那座石级的门阶。

从四外一方方的错综的田地里面，奔波着小伙子们粗俗得不堪入耳的俚曲和短歌，远处的高攀天际的树梢，轻轻地摇摆着斯文的头，于是，初夏的暖流便伴同着温热的风丝一阵比一阵近地逼近来了。王德仁老头子的心中也在慢慢地热着了，而这种愉快与感觉，是应该倒退着三十年，才使他更亲切地了解到其中的奥妙，至于他现在呢，终于是老得追讨不回青年时代的感觉了。人老了，不仅是心情方面改换了样子，所有身上的一切活动的力量，也全是表现着普遍的暮气。他的膝盖头上稍稍地有些显得酸痛，因为他在那青砖地上跪的时间稍稍久了一点，但他却仍然施展着一个老头子倔强的脾气，鼓着勇气一口气地走到那龛子和斗大小差不多的山神庙前。这小庙虽然是小得可怜，却在那褪色的木龛子两边，封条似的贴满了词句不同的颂扬之类的对联，风在那一排破乱的"京竹才"的破洞中嬉戏着，老头子膜拜过了之后，随即低声地倾注着他全身的感情在祷告着："山神老爷，请你老人家帮帮忙吧，可怜可怜我，把我的儿子给找回来，一个老头子没有了儿子，他这日子可怎么过法呢？保佑他平安地回到家里来吧，我一定杀猪还愿的。"

王德仁老头子更没有忘记了他那最后的一着，他忍受着衰老的身子上所加给他的苦痛，又把一双酸痛的膝头跪在祖宗龛的前面了，照样地叩着头，也照样地在祈求，那被他夹了半天的两滴清冷的眼泪，终于是突破了他的松懈的眼皮滴落下来。

当老头子携带着满身的疲累，吁出了一口长气在炕上躺下去的时候，精神方面仿佛有一个灵验的现实在安慰着他，虽说那种灵验只是一种盼望，也或许更不幸地变成为妄想，但神是保佑着笃信他的一群人的事实，那是无由泯灭的。想到这里，他似乎就忘却了所有身上不痛快的疲累。

日子像一些飘舞着的雪片似的飞过去了，去年冬天南旋的燕子也应时地回返它们的旧巢，在王德仁老头子的檐前呢喃着新曲，衔着泥草修补着故居，洁白的杏花和梨花全部开放了闪亮的花朵，而他的期望可还没有给他一个满意的回答。

在屋角安置的碗橱的搁板上，不知是谁家贪食的野猫又在无忌惮地咀嚼起剩余的食物了，即便是一个再小的动物，它也不愿轻易放弃了欺辱一个苍暮的老人的机会，它更其要经常地和不中用的老人树立着俨然自得的敌意。这贪嘴的讨厌的猫，当老头子用粗声的吆喝也吓它不走的时候，它可不知道它是怎样地刺伤了老头子的心了，若是他的儿——那天不怕地不怕的小伙子还在家里的话，任何一个贪食的野猫也不敢在他的面前撒野的！只要他高兴，他可以把它们收拾得连毛带骨的一点也不剩。

儿子因此是更不能缺少着的，在单纯的老头子的盘算中，对于他的儿子他是在这样地下着决定，那是说，倘若他的儿子真能够靠着神爷保佑回到家里来的话，他是绝不给他任何脱逃的机会。为着要安抚下他的不定性的心情，他须得在最短期中给他娶上一房媳妇，年轻的小伙子们，本来就和无羁的野马差不了许多，给他弄上一个年轻的女子，套上了一副别样的辔头，他就可以顺顺随随地入套，不再那么近乎发狂地东奔西逃。儿子既然已经成了家，在他是完毕了一件该办的大事，媳妇再按时地养出几个结实的孩子，闹闹哄哄的，那一天的日子过得才算是有了意味。他还要劝说他的野性的儿子收束了他那不正当的盘算，取消了他那和日本人作对的心思，好模好样地做一个纳粮完税不管闲事的庄稼汉。老头子是有着说服儿子的充分的理由的：日本鬼子人强力强兵精马壮，洋枪大炮一打不知打上多少响；凭几个年轻的小伙子瞎噪一阵用两片嘴就可以打退日本兵吗？用鸡蛋往一块坚硬的石头上摔，打算把石头上摔出一个窟窿来，那是大罗神仙都要摇头的。是的，这充分的理由将会使顽抗的儿子回答不出他的抗辩的词句。

老头子带着红膜的眼睛，百无聊赖地在屋里溜转着，他忽然这么想，是不是因为这房子的地身风水看得不对，违犯了哪一条，才使得他的儿子远离开他不得团聚呢？他朝着那面蛛网封尘的北墙上寻索似的看了一眼，不期而遇地让他看见了一张熟悉的相片（那是他们的全家照相），对着那张相片上的一个人物，他几乎是止不住地要骂出声来："你这老贱货，一定是你的心里不干净啊，所以就养出来这样一个野性难驯的儿子！你死了，算是便宜了你，要不然我一定要把你揍上个半死，逼着你说出来你的丑恶的心事！……"

日子一天一天地飞驰着，王德仁老头子无法解脱的悲哀，一天比一天坚固地生了根，且在繁茂地开出来悲苦的花朵。

这是和在自然界中生长着的杏花梨花不同的花朵呀……

在闲得到了十分无聊的时候，老头子就只得用查看庄稼地来做消遣了，虽说是他雇的那位傻大哥不必他自己分心就可以把地里的工作做得有条有理，他总不能不花费一点时间看望看望自己的庄稼长了什么成色。这一天，当他倒背着手在通行的大道上穿行着，快将走到自己地边上的时候，完全是出乎意料地他的年造倚靠着一棵大榆树的旁边喊道："老东家，你快来，我给你引见一个你最想见面的熟人！"

"什么熟人哪，还是我最想见面的？"他莫名其妙地反问着。

"快一点，别再那么麻烦着了！"傻大哥急匆匆地敦促着。

老头子完全听从地走拢过去，从大榆树的后面转出一个人来，迎着四月强烈的太阳光，他不能把那人看个清楚，可是那个人却好搭上了话。

"爹，我回来了。"他说。

"怎么，中藩，是你吗？怎么想着想着你就回来啦？你是打哪里回来的呢？傻大哥，你倒会开玩笑呵。"王德仁老头子说完了话，还有些不大相信会是不折不扣的事实，因为这个意外的会见，实在是太过于容易了，多么不可能的事呀！也许是天上的太阳违反了规则地打从西方的天上升上来的吧？要不然，是曾经刮过了什么奇特的神风？他紧紧地抱住儿子的粗壮的身子，从他那红膜的眼睛里倾注出奇特的眼光，到后终于快慰地发自心之深处地滚流出热灼的眼泪，而用一种颤抖着的为难而又略带羞怯的声调，他欢悦地叫了出来："中藩，爹的好儿子，神爷保佑你，祖宗保佑你，你，你，你总算平安地回到爹的眼前了，多么难得呀！爹想你简直要想疯了！……"

"我看爹的神气倒还不算坏，"儿子满未加细谛听加细思考父亲亲热的诉说，却在轻描淡写地把老人家一颗火热的心给浇冷下去，"爹一定不坏吧。"

"是不坏呀，现在我还是好模好样地活着呢！"老头子不是滋味地冷下了自己的热情，在运用着一对苍老的眼睛审视着他的儿子和从前有着怎样的不同。

这是一个具有茁壮身子的二十六岁的小伙子，一副饱尝辛苦的黧黑的面孔上，流露着坦白的不诡诈的正直的气派，在他的刷子似的浓黑的眉毛下面，旋转着两只虽不圆大但总是一看人就闪出炯利的乌黑的光彩的眼睛，鼻子是宽阔的，浑厚而紫黑的嘴唇的四周，播种似的生长出灰黑的经久不修的髭须，他有着一个喜欢咬着下唇的习惯，那时候就特别地显示出他的百折不屈的坚决的毅力。

王老头打量了一会儿，在心里面说："稍稍像是老了一点，也难怪，在外面不如意地奔波，还能不折磨他吗！"

他接着又想到了灵验的神爷们的身上。

"神爷们真是有灵验哪，"他呀声地念诵着，"神爷们到底把我的儿子领回来了，没有白许愿……"

"爹，不是神爷们把我领回来的，是我自己的两条腿走回来的。"王中藩拦住话头说完了话，哈哈地笑了一阵，伸起两只胳膊伸了一个不礼貌的懒腰。

"可不能不信神，中藩！"老头子极度不安地矫正着，不愉快的血液在他的身上不满意地流动。

"爹，别信神，还是相信你自己吧。"竖起来刷子般浓黑的眉毛，儿子依然不改倔强地发挥着他的行不通的意见。

"他仍然没有改变他故有的性格，"老头子在心中摇着痛苦的头，"这样可不行啊……"

"中藩，"在马粪纸一般粗糙的脸上焦急地流露着揪心的神色，老头子攀着那一副成长得健壮的胳膊要求着说，"你好好收了你的心吧，在家里跟爹过日子，好儿子，你答应我：我给你娶媳妇，给你……"老头子像是受到了委屈似的忽然说不下去了，竟然像一个挨打的孩子一般地低声地抽泣起来。

"爹，你怎么还做那种梦！"儿子毫不为动地推开他的爹，"日本鬼子一天不打出去，我们是一天也不会有好日子过的。"他忽然又变成了极有耐性的样子在给他的爹爹解释着，"打个比喻吧，你的身上好模好样地生了一块疮，身上能不能舒服呢？一定要等到有一天把身上的疮治好之后，你才能安心地睡觉做活，要不然任什么都是梦想。那些日本鬼子嘛，就正是长在你身上的疮!"

老头子烧热的眼眶子里，浮动着连成一片的黑色的小点，仿佛他已然感受不到这世界上的光明的辉照，虽说外面原是一个大晴的天，而他所看到的又确然是一个阴沉的日子，这使得他本意在追求光明，希望在儿子身上要得到解答的志愿，就被这一阵阴沉的暗影给挡住了，把他的志愿给撕毁了! 他要运用什么方法清扫开这新来的悲哀的打击呢? 神爷们快领他走上正当之路吧!

"但那又是什么花样?"老头子忽然在儿子的左胳膊上发现了一种新鲜的玩意儿，一圈白布，那上面写着五个墨黑的大字：抗日义勇军。

"爹，这是义勇军的符号。"儿子有耐性地解释着。

老头子沉默着没有开口，他慢慢地朝后退了一步。

"爹，"儿子兴奋地跟进来说，"这回我劝你老人家也加入队伍里来吧，当一名义勇军，咱们大家伙同心合力打日本……"

"胡说!"老头子截住了话头说，"你不能这样! 你，你……"

"我是不能同意你的梦想的，我要去看别人去了。"儿子冒冒失失地拦腰地说了一句，风一般跑走了。

"老东家，"傻大哥这时从后面走了过来，嘻嘻地咧着大嘴，"这回可该要吃你老的喜酒了。"

二

从那渐渐高长着的豆秧上面，枯萎的豆瓣落到地下了，高粱苗在摇晃着地挺起来纤细的身腰，谷子也不落后地把它深绿的苗长出来二寸长了，温暖的大地，在"夏至"这个节令行将来到的时候，蒸腾着强壮的火一般炽烈的生殖力，引诱着无数的男人、女人为着它而忙碌着。立夏、芒种之间几场合度的雨水，把田苗灌溉得有如营养丰富的婴儿似的，在那上面抖散着饱满的欢笑。熙和的阳光，匆忙地，在无忌惮地，像洪水一般地泛滥，这里那里到处在散播着温暖的气息，它还用着它特殊的技巧，把整个宇宙变化成各种不同的颜色。在黎明的时候，描摹在大地上的是淡青的颜色，正午的时候，到处都闪烁着金黄色的光，稍稍再过去一些时间，就会呈现出碧绿的色泽，而一到黄昏时候则又变成一种淡紫的颜色。这些种不同的颜色，似乎正是全宇宙上热烈感情和雄壮的活力的集中点。多少不同的学者所不能描写的美妙的歌曲，紧紧地贴牢了庄稼人粗糙的嗓门儿唱出口外来，歌声有如波浪一般在无边的天空荡漾着，高高的山峰，漫漫的凹地，厚密的丛林……都为这癫狂般的热力融解出不可告人的微笑。

轻拂的温热的风，趁势地给这原野和山谷以及时的点缀。北风吹皱了河水和涧水；南风吹热了人们忙碌的心和牲口们蠢动的心；吹歪了柳树嫩绿的枝条和纤细的高粱苗的，多半是从西面刮来的风；至于那吹起来秦大嫂紫红色的小褂的，则是那饱含着未去的春意的暖洋洋的东风。

秦大嫂这时正在半弯着她的上半身绞着辘轳打着井水，辘轳的把轴上压榨出难听的单调的声音，地里面，多少双不屑的眼光顺着声音转注到她的身边。

秦大嫂是否将要继续着姓秦呢？这问题近乎一阵风似的那样渺茫。倘若她果真有老死在秦家的坟上的打算，那她是不会在丈夫死后的第三个月穿起一件大红的衬褂的，她也就不会像春天的壮狗那样在向着异性的身上炫耀着她的诱惑了，一个死去了丈夫的少妇，她这种行为简直是淫渎的罪恶，按照一般人的说法，她将使得她的丈夫长埋在地下的灵魂不能安心的。

她是一个不守妇道的妇人，像人们所说的，上天故意安排给她一个命硬的命运，似乎这正是在有意地作弄着她呢。而她的境遇的悲惨，任何妇人身受其境是都要摇头的呀！当她第一次沉醉在金黄的美梦之中，带着一个年轻姑娘特有的好奇和羞惭，在一个风光明媚的春天坐上花轿的时候，她憧憬着展伸在她的面前的一个美满的生活。无声的希冀占有了她，她几乎为着神秘的未来诱引出不可告人的欢笑，只是，使她在外形上变了样子的第七天过去之后，春天像是也一瞬地追赶过去了，她的那一个和她没有说上三句话的，连拉手的缘分都没有的丈夫，就抛下他的娇小的新婚妻子长辞人世了。有些人说是合婚的时候先生算错了六爻，因而不是一对能够攀联在一起的婚姻，有些世故的老人，则就毫不客气地归罪于新娘的命硬克夫了。这说法在两年之后当真就得到了确凿的明证，因为当她重新穿上花绿的衣裳成为秦老大的媳妇还不到半年的日子，便又第二次做了寡妇。一切她是只有认命就算了吧，她还希望再克去第三个以上的男人吗？良心应该阻止着她萌发其他的邪念，好好收心把后半辈的日子过完就算了，但她是已经把不安于位看成了她的光荣，如同人们所加给她的话——是狗改不了吃屎，她终于是不顾一切地破除了妇道人家应有的顾忌，和男人中最命硬的傻大哥搅拌在一块。

"这回是可以看个分明的了，究竟是傻大哥的本领大，还是小寡妇的武艺高！硬克硬一定有克不过的。"别的人们在异口同声地说，仿佛正以旁观者的身位，要看出一个结果来。

从此之后，一个过分侮辱她的绰号——小寡妇，便在人们的口里被叫出来了。

倘若这世界上真有着命运的话，那么秦大嫂就确乎是没有走到像样的好运，可是她用她那生就的倔强的性格做武器，不停歇地向着那环绕着她的不幸的命运在搏斗！她不为不幸的命运所屈服，她不为伪善的世俗所拘束，她因此找到了第一次让她发现到十足可以做她的丈夫的男人——傻大哥！她的有如三月桃花一样芬芳兴旺的青春，正为着这一个人而欢笑，而开放。

她是一个颇不缺乏秀致气派的妇人。她有着一身极为细致的皮肤，白净的脸面上透散出红润的令人怜惜的光彩，两只明媚的眼睛泛着秋水一般的光亮，从那里面尽在不息地发射着美妙的笑，这笑是以光亮的眸子为出发点，一闪的工夫就隐没在她那肥胖的脸蛋的笑窝中了，她那雪一样白的牙齿，更是任何乡下妇人所稀有的。她是一个富于果断力但在行为上很随便的女子，她的健美的身上满是跳动着带弹性的力。在她的梳得油光的盘头上，时常地插上一朵纸做的花，若是有着鲜花开放的时节，她是更乐于在她的盘头上佩戴几朵的。

她有一个小女儿——秦老大所遗给她的那个还不到一岁的孩子。当她发挥出她母性的热爱的时候，她可以爱得发狂地几于要把她整个地吞进肚子里去，但有时上来她那股不管天地的劲儿，她厌烦得就把孩子看成为仇敌和累赘！这是一种什么样的道理呢？实在她自己是也不能用一种适当的语言回答出来的。

她常常感受到有一个无形的压力在逼近着她，迫使着她像是出不来一口大气，这便是人们普遍地施给她的无言的冷淡和有意的回避！好像谁一接近了她谁就会蒙受到不利，人们故意地使着她陷入孤立的状态，很显然地这是他们心理上反映出来的报复性的愉快。可是情形愈是这样地僵持着，她的反抗压迫的决心也愈益增加了力量。比如当她向着别人做着寒暄式的问长道短的时候，人们用一种托词故意加速地移开了脚步，她便不自主地袭来沉重的心理上的悲哀，精神方面就跟着陷入了烦恼的困境；可是后来她是任什么有意的冷淡她都不管了，少说几句寒暄话绝不比缺乏傻大哥还要使她难受，她因而倒是把不与外人往来引为了快事。"他们都是些坏蛋！"她的心中愤愤地骂着那些和她敌对着的人，骂过之后，常常又止不住地自己在笑了，自己劝慰自己说："和这些混蛋用不着生气，那不是自讨烦恼吗！实在闲不住，逗逗孩子玩也是好的。"

这一切，其实是亏得她的母亲的同情的支持，使得她壮起来胆子挺直了腰肢。这个老太太——钱老太太，她是不顾一切地袒护着她的这个唯一的女儿的，倘若她听到了有谁用不入耳的语句说到她的女儿的身上时，她必然地就将爆发一个老太太所特有的脾气，呶呶不休地诟骂一顿。她不容许任何人在嘴唇上辱没到她的女儿的名誉，一切人可以把她的女儿看成尤物，她却把自己的女儿当成了稀有的宝贝。她是在三十五岁开始的寡妇的凄凉生活中，把女儿一天天抚养长大的，她依凭着过去的艰辛的经历，不情愿为孤独所苦恼着，她因此对于女儿比她还黑暗的命运，则加以无情的诅咒。

钱老太太是一个近五十岁的老妇人，整年的不得意的愁苦折磨着她，凄凉而单调无味的生活侵蚀着她，她那样子看起来是愈显得有些苍老，但她的牙齿却还都齐全无缺，所以在咀嚼食物的上面她还不感到困难。她的一身和她现在的女儿一模一样，如今她老了，青春消去了之后，苍老的影子把什么都给遮盖了，她的倔强的见解是相反的愈老愈变得健壮，她对于任何施给她的责难全都不在意。

"那些专门说咱娘儿们坏话的人，他们的心全是黑的，"钱老太太常为着袒护自己的女儿在开导着地说，"若是遇到了巧妙的机会，他们同样地可以干出来叫人摇头的事情。"

她和女儿一样抱着不惜和全村人作对的、把自己孤立起来的见解，且在尽全力支持着她的女儿，她常常这样不在意地说："我不愿意叫我的姑娘也在年轻的时候，过那没有春天没有光亮的日子，年轻人是应该活蹦乱跳地闹上几年的。"

秦大嫂就在这样的庇护之下挺直了她的被人家讥笑着的胸脯，她这时已经在井台上打好了水，用着轻松的姿势，把一担水挑到屋子里去，当她刚好把两桶水倒进水缸的时候，屋子里她那不到一岁的孩子哭出来尖细的声音，她那白胖的两只小拳头正在不同意地捶击着她。

慌慌忙忙地舀了几瓢水在大锅里，在灶门口燃起来一束干柴，她便把她的啼哭着的小女儿抱进她的敞开的怀内吃奶了。

"妈，烙黄面饼子，做小米水饭，你先去伸伸手吧，锅里的水我已经舀好了。"秦大嫂关照着地说，她接着把孩子安置在炕上，自己也陪着她躺下了身子，她小玉长小玉短地唱着女儿的名字催眠，后来是连她自己都不知觉地合上了眼睛。

年轻轻的少妇们，当四月春末夏初的季节，她们是多么贪恋于懒人的睡觉的呀！当她们在双双燕子的呢喃的啼唤声中，在金色的阳光的抚摸之下，在温热的风丝的吹拂中，在悦耳的歌曲的激动中，她们是即或并不在真确地睡着了觉，也是尽可能地愿意闭拢了懒散的眼皮独自溜进那有意味的默想中了，她们的血液也就随着温度的增减而在长时间地以不同的速度在跳动着了。

钱老太太在唑唑发响的大锅中下进去小米，一股滚热的蒸汽不平地喷散出来，她赶紧地走出房门口去推开那一面单扇的门，蒸汽在贴近着门上框慢慢地流窜着，风从门下面笔直地撞进屋子里来，在这同一的时间之内，一阵风似的又进来一个高大的人，钱老太太歪着半面皱缩的脸看了看，便咧着那两片松懈的嘴唇哧哧地笑。

秦大嫂马上就为一只粗大而熟悉的手捏弄奶头的动作闹醒了，站在她的面前的是两天多没有见面的那一个人。她坐直了她的身子，伸了一个适意的懒腰。

"他妈的，真是有点怪，心里面就是像有多少虫子往外钻着的，弄得你坐不稳站不安，非叫你的腿往这边拐不可！"傻大哥笑嘻嘻地在秦大嫂白腻的脸上扭了一把，大声地笑着，"歇晌的时候本来是该睡觉的，可是我偏就有着使用不完的精神！"

秦大嫂在放肆地做着意味深长的动作笑着，一面移转开话头开口问道："你吃过晌饭了吗？"

"就差没有睡晌觉了。"傻大哥说。

"那你就在这里睡一睡吧，可是你怎么两三天没有来呢？"

"我们的少当家的王中藩回来了，我跟他在一块扯闲白的，他说他想成立义勇军，我觉着也可以试试呢。"

"成立义勇军干什么？"秦大嫂插进来急急地问。

"打日本鬼子呀。"

"可得小心点，不是闹着玩的。"秦大嫂做着一个关怀的媚眼说。

"你真是把我看成了小孩子。"

"你比小玉大不了许多。"她说这句话，自己也忍不住地笑了起来。

"你倒会占便宜。"傻大哥说着说着也乐得在傻笑着。

秦大嫂从炕上下来了，她一边扣着纽子一边说："王中藩这一次回来，他的老爹可高兴死了。"

"那自然，他还要杀猪还愿呢。"

四月的热风玩弄着向屋子里吹着，又向着屋外退去了，但是却遗留出暖洋洋的浮游着的撩人的空气，日光也在凑趣地把暗黑的屋子描画成多样的色调，归来不久的一时燕子在檐前呢喃，私语……

傻大哥在呆呆地直望着他的对方出神，从他的深邃的眼波中，似乎说明着他的深心之中存留有许多待说的话，然而他又像无法畅通地把那些话语说出口外，归结是把他所有的言语都停留在他的眼睛的上面。

这率直而又含蓄的动作把秦大嫂引得发笑了。

"怎么直在翻着眼珠子，你难道还不认得我吗？"

她接着贴近他的大张着的耳朵，用一种可笑的低沉的声音告诉他说："给你留一张黄面饼子，我再给你找出一点红糖叫你开开胃。"

他点头同意了，却在制耐不住地一连打了两个哈欠，她便机警地指点着他说："你困了，上炕去睡一会儿吧。"

"不，"傻大哥向后尽力伸了一个懒腰，"有你在我的面前我还能困吗？"

钱老太太在他们谈着话的时候，顺利地做好了他们的晌饭，小米水饭，黄面饼子，咸菜疙瘩丝外带着大葱和大酱。她还费尽心机地特制了一张黄面饼子，包了大馅，使用着大量的油，对于这个饼子应该分给哪一个人吃的，她和她的女儿的意见是不谋而合的。她用一种亲热的语调向着屋中的男客说："尝尝，这是给你烙的特别加料饼。"

"不，"傻大哥实在地推辞着说，"我也刚刚吃完了黄面饼子。"

"妈，"秦大嫂把那张饼接了过去，嘻嘻地笑，"让我给他填上一点红糖。"

傻大哥到这时是一点困意都没有了，黄面饼子既然吃不下去，先寄存一会儿吧。人不困了，就掏出来屁股后的小烟袋，抽起来烘干的叶子烟。

"王中藩回来了，"傻大哥又对着钱老太太说，"我们的老东家可乐坏了。"

"就是该乐的呀，儿子是一家的命脉，传家之宝哇！别说是儿子，就是姑娘我都当成了宝贝！"钱老太太一边嚼着饭食，一边很夸饰地说。

"妈，"秦大嫂插进来说，"王中藩在山沟子里听说拉义勇军了。"

"什么叫拉义勇军哪？"

"什么叫拉义勇军呢？"文儿想了一想，到后是无缘故地笑了，"我也不大明白，还是叫傻大哥说吧。"

"把老百姓集合在一块，练习练习去打日本，这些人就叫义勇军。"傻大哥回答着，他也不能说出再多的解释，他悄悄磕去了烟灰，又在烟袋锅中装上了一袋。

"怎么，又是春天那一套吗？快别那么乱闹吧。"钱老太太表白出她的不同的意见。

"怎么是乱闹呢，日本鬼还不应该打吗？"傻大哥站直了高耸的身子，在屋地中不停脚地遛。

秦大嫂早不知什么时候把糖罐子拿到了手，她把那些像冻结的土块一般坚硬的红糖塞到黄面饼子里面，拉住了傻大哥的右手递了过去。

傻大哥本不兴旺的食欲，这一来就像有什么东西诱引似的使他不能不嚼着了，从那个肥腻的手上所遗留在饼子上的奇香，温暖了他的秘不告人的意念。

钱老太太望着这深含意味的举动，在皱拢的脸面上浮游出会意的微笑，不知不觉地她已然把黄面饼子吃了两张了。

孩子在这时睡醒了，第一个叫人注意的动作就是发动一个不可理喻的哭呼，急心眼的傻大哥对于孩子的哭叫常是感到应付的困难，而且他对于这项音乐的播散一向没有好感，他只有从这吵乱的哭声上引出来他的不能忍耐的焦躁。

"我要走了。"胡乱地咽下了最后一口黄面饼子，似乎也没有吃出黄面饼子的味道，傻大哥说完话就插好了他的烟袋。

"怎么，你要走？"秦大嫂故意地阻止着说，"我不许你走；你越讨厌越不叫你走。打狗看主人,孩不好还看她娘呢。你走能行吗!"

傻大哥满不自在地坐下了,转着眼珠子一声不出。

"你不喜欢孩子?我将来还要给你带去呢。"秦大嫂更进一步地耍戏着说。

"得啦,得啦,我斗不过你这两片嘴。"傻大哥不自然地摇着他的头。

"你就是惹不起我们娘儿们哪!"钱老太太凑热闹地也加上来一句。

家家的晌饭都吃完了,地里面"打头的"们粗野的歌声又在田间播散出来,他们高着个上半截身子,用两手直在挥动着锄头。"小工子"们包着白头布,远看去像一片雪,犁杖翻起的垄沟,是潮湿的深黑的颜色。孩子们挑着水罐来送井拔凉水,小猪倌们把猪群放在牲口甸子上,他们去下"老羊赶山"或是玩着"打瓦"的游戏……

傻大哥要走了,他是也得下田铲地去的,他临走的时候忽然想起来一件事情地朝着秦大嫂说:"啊,我差一点忘记了,我的兜肚你早做好了吧?"

"哼,这就是你今天来这一趟的原因,是不是?要不是兜肚,你怕还不来的吧,是吗?"秦大嫂沉下脸来装腔作势地抢白起来。

这一来可叫傻大哥的心里着实地着了急,因为秦大嫂这话太伤了他的心,他这朴质的人真就生了气了。但他紧接着钱老太太走出屋外收拾锅灶的时候,终于还是压抑住胸中难忍的火气,把秦大嫂紧紧地抱住了,他在她的滑腻的脸蛋子上用力咬了一口,算作是报复地出了气,一面眯细着眼睛低声地说:"别生气,今天夜里你预备好吧。"

三

王德仁老头子打定了主意,无论如何,即或儿子是一块顽石,连一针吗啡都不能钻进去给他注射星星点点的刺激,而无法由此希冀着他的回心转意,但那还愿的事情总是天经地义的不能更改的法理,该办的事情是总得办的。这个儿子是他唯一的继承人，老头子爱护着他胜于爱护自己。至于儿子的不听劝说的脾气能不能改变过来，那是另一回事情，而他当真，从久无音信的遥远的地方回到老家来，这是不可否认的铁一般的事实，这事实的实现是由于什么力量所促成的，老头子也是比谁都知道得一清二白的。一点也不错，当他回到老家之前，他日夜焦思地因为得不到他的下落而在伤心落泪，因此他才虔敬地许愿，请求神爷的帮助，神果然不负所期地帮助了他，他是应该实践着他的诺言的，这就是说，他决定了还愿，办理他应办的事情。神既然用大无畏的悲天悯人的精神在人力所不能为的情势之下，替他挽回来他的近乎绝望的狂澜，复活了他的垂暮之年饶有生趣的希望，他自然也需运用最大的信心，表示出他的必应表答的感谢。他要吃个喜酒，在还愿之外邀请几个村中的头行人物，痛痛快快有说有笑地喝上几盅。想想吧，儿子突然归来，比作久旱之后骤降的甘雨，不能算是比拟得过分吧。

为这样一个隆重的举动来杀上一口猪，还有人说过于铺张吗？即或是过于铺张，在当事人是也会引以为快地觉着是一种无上的安慰。按照平常日的说法，人们对于一切俗气的往来酬应，本都要斟酌情形使用可多可少的吝啬手段，他们那种讲斤论两的特性的保有，常常就给他们争取到意外的便宜，而人们也就增添出得意的高兴。但如今的情形则就全为不同了，王德仁老头子所酬谢的是高出一切人力之上的神的救助的力量，他为了本身的实受其惠，为了顾念着神祇的尊严和他那信士弟子虔敬的，对于神的报答，他是决定要大大方方地完成他的报恩答谢，而又绝无稍稍节省花销的打算。

老头子的家里原是喂养着两口肥猪的，当它们远在"上槽"以前他就在计划中做上了他的决定：大的一个留作八月节用，小的一个喂养着留着过年，现在他还能掏出大把"官帖"到别家去买一口猪吗？不必，他只消把他大个的猪杀了就行了。至于八月节的时候就再说吧，即便那时买不到一口猪，又有什么不得了的关系，未必少吃一口肉就失了体面，把自己所宝贵的食品贡献给帮助你的神爷们上供，那实在是最快乐的事情。

这一天早晨，当银灰色的夜气还残存着破晓时分的暗影，露珠还在悄悄地倾吐着絮语的时候，轻脚轻手地从远里摸索到那里的，王德仁老头子就在开始找寻着他所需要的物品了，他翻动着抽屉和柜子，接连着地碰撞出轻重不同的带着反抗性的声音，仿佛它们正在发泄着被搅醒了睡眠的不愉快的脾气。他把一张四条的长方桌子放在炕上，紧接着把找出来的揉皱得褪色的纸铺平，当他把那支秃尖的羊毫笔和残缺了一角的砚台弄归了的时候，天便在不知觉中亮起来了。老头子的脸上欢喜的皱纹，像初升的朝阳的金星一样在不停地闪烁着，他很快慰地运用一把切片肉的"片柳子"，在十分小心地裁着纸。

天是确确凿凿亮了，四月的太阳爬上了东山头，它妩媚地在大地之上散布着灿烂的光辉，面对着袅然飘动的炊烟，雀子们在赞美地唱出它们的歌曲，在白杨树的尖细的枝条上，鹊鸟在不停声地叫，臭鸪鸪则不知隐身在什么地方，用断续的有节奏的声音唤叫着："咕咕，咕咕……"

"是一个好日子呀！"王德仁老头子面对着满室闪烁着的阳光，这样地在心里愉快地说，他为一种罕有的欢欣所把持着，遏制不住地直在揉着他的昏花的眼睛，似乎更真切看看太阳究竟是光明到何种地步！他的盘踞着紧紧的嘴边上，潜留着有忘记了散失的微笑。遇到这样不刮风下雨的明媚的日子还愿请客吃喜酒，这未始不是反映在儿子身上的可能回心转意的吉兆。

裁纸，磨墨，写着请帖，这虽然是简单不过的事情，然而它也尽够延误一个老年人做事的不利落的时间。这是说明着一个老人做事的时候，他的动作多少要显露出他的迟钝。老头子把两条腿盘叠着坐在炕上，笔管把握得像标尺一样直，他一边写着帖子，一边计算着被请客人的姓名和数目。杀猪的自然是赵家哥儿两个了，那是不必思索就成为定案的，因为他们的手艺就是他们赢得这份工作的事实，事实使他们在村中造成了他们的声誉。

从对面炕的炕上面，儿子像一条矫健的狗似的，忽的一下子就那么敏捷爬了起来，他的下半身穿着一条不清洁的短裤衩，裸露着他那膀大腰圆的上半身，紧翻着他的生硬的眼皮，他像要把戏似的伸着胳膊抬着腿脚。

"爹，"抽动着宽阔的鼻子，王中藩坦白地露出来一副直率笑脸，"你老人家年轻的时候，若是天天早上也做上这么几节体操，到现在老起来的时候，身体一定比现在还要结实的。"

"哼！"老头子不同意地暗自咽下一口郁闷的丧气摇了摇头。

在院心的平川地上，儿子无忌惮地哗哗响着在撒尿，那一种粗俗的声音使他感到十分刺耳。

"这不听话的东西，真是能瞎闹，"他心里面难受地对自己说，"怎么好呢？……还有那白布的胳膊，那五个字……不快意的愁云几时才能消散？……"

当第三张帖子刚刚写完了的时候，像长了翅膀一般飞到刚走来的儿子的手中去了，他那两只不圆大的但总是一看人就闪出炯利的青黑色的光彩的眼睛，在浮泛着轻蔑的冷酷的笑。

老头子能够忍受这种不自爱的侮辱吗？

"不！"他愤愤地对自己说。

"你还给我！"他终于忍不住地竖起浓密的髭须，发着一个气到极端的反抗脾气，他伸出他的枯瘦的手恐吓着说，"可恶的魔鬼，你倒搅闹我，你还想管你的老爷子吗？快给我！"

"我不是魔鬼，爹，我是真真正正的一个人！"儿子否认地反驳着，不定神地在屋地上走了两三个来回，过一会儿停下了他的脚步，仿佛也有些生气想离开这间屋子，然而他到底是大量地做出一个满不在乎的姿势，在笑了。"爹，你别急，我才不要你请帖呢。"说完，便又把那张飞走的帖子重新放置在桌子上，"可有一字我不能不说，爹，你这一套真是多余的呀！还什么愿？吃什么喜酒？不是自己找麻烦！"

"你管不着!"老头子更倔强地连声叫喊着,"去!去你的,你别再惹我生气!"

儿子哧哧地笑着,依然在解说着他的道理:"爹,不是那种说法,你老人家实在不该多此一举,要是别人我自然犯不上多嘴,可是你是我的爹呀,我能不说话瞧着你的好看吗?反正你老不能信神,我说的是实在话!神有什么用?神的长相什么样?神蹲在什么地方?……那全是迷信哪!还是相信你自己,那才比什么都好呢!那才是最靠得住的呢……"

"你这不要脸的畜生,不许你乱说!没有神保佑你,你能够回来吗?你能活这么大!"老头子却郑重其事地严重地责斥着。

"没有妈妈,光有神保佑,也可生出我来吗?"儿子流露着坦白的、不诡诈的、正直的气派,在顽强地以质问的姿态向着他的对手攻击!

在蹦跳得十分厉害的颤动着的胸膛上,如同在火炉上面煎沸了的开水似的,王德仁老头子感到了一阵热的蒸发的暖流,在他的浑身上下流窜个不停,憎愤的火焰烧裂了他的易怒的肝胆,他默默地呆注着他的对手,让一种忍耐不住的愤怒通过了他的全身,他为这现地里遭遇到的严重而罕见的困难而摇头。这不是一个当儿子的应该在他的爹爹面前放肆地说出来的话呀!真是一个专心折磨他的爹爹的魔鬼儿子!他终于忍耐不住地举起来一只暴露着青筋的无力的手掌,照着儿子放肆的脸上,惩戒地打出去他的教训的掌头。一个没有心肝横不讲理的坏儿子,最妥善的办法就是给他一个正义的庄严不屈的反击!任何怜悯的心肠,这时候是不需要加在他的身上的了。

但事情是太出乎他的意料了,儿子居然运用着他的粗壮胳膊,抢先地捉住他的爹爹打下来的手掌,不使它打在自己的脸上,随后就竖起来他的愤怒的眉毛,像一个不驯顺的野兽一般咆哮起来:"爹,你别动野蛮!你若是再不知好歹的,我就要对你不起了!"

"你还要打你的老子不成?"老头子更其是发急了,跳着他不灵活的脚,用力大声喊道,"忤逆!你简直是逆子!跟你爹动手吗?天打雷劈死你!"

　　儿子使力地支持着不肯放手,那样子就如同在对敌人做着正当防御,谁也不肯让谁一手。他皱扰着眉头,似乎又想出来对他的爹爹无理的署骂给以分辨,或者是纠正纠正,突然地,他有如想起来什么被遗忘的事情似的,一言不发地松开了他的手,收束了他的正当防御,一个人头也不回话也不说地就跑了出去。

　　压抑着胸中被激起不痛快的火气,老头子捶着身后小小的驼背,坐在炕面上向着空气吁以一口长气,就又继续着写他的未完的五张帖子。手上稍稍有些酸痛,还在不停地微微颤动,简直像有一股邪气在腕子上蹦跳,使他半天半晌地写不出一个字。苍老的带着红膜的眼睛,似乎也花得无法使他看清纸上的色调,而当他正如此着急地责骂着自己这副老骨头太不中用的时候,猛然地在一种轻微而有感觉的声响中,却让他清清楚楚地发现到滚在红纸之上的几滴眼泪。他以一个解剖专家的手法,在那湿透的地方慢慢地划着,一下两下地似乎要从那中间找求到他能希望得到的影响,到最后,他用一声冗长的叹息把那不如意的感应和暴躁待发的火气,一股脑儿地都那么平静地吹出口外去了。

　　其实,老头子自己很明白,仅仅劳苦一点是不要紧的,仅仅多奔忙一些也是不要紧的。只要儿子听说听道,当爹的就是累死了,也无怨言,因为这总是为着一个有希望的扑奔。一句话说回来,儿子究竟是儿子,终究是自己的骨肉,无须再和他生些用不着的气。

　　他终于在极不愉快的心情下把请帖写完了,被请的客人一共有八个。当别人趁着大清早把各自的体力消耗在肥沃的土地上做活的时候,老头子却有如一个"跑封"(方言,意为"到处乱跑")人似的拿着帖子送着去请客,桌席的碗筷家什,也都从别家借了下来。

　　这是不消耽误多大工夫的,王家村的人们就不约而同地知道了一件新鲜的事情,那就是王德仁老头子将在今天杀他的那口过年的猪,还愿,请客,为他的儿子归来贺喜。这举动确乎不是一件平常的庸俗故事,所以马上就被人们当成了奇闻的,有如从平静的水池中搅起来的浪花，慢慢地散布开去，而被人们在不吝啬地谈论起来，特别是那些在田地里铲地的人，他们七嘴八舌地争着议论地说出来对于这两父子不满意的话。

"王德仁这老头子简直是一块废料，连自己的儿子都管不好，这怎么能行呢？听说他的儿子像养汉老婆似的可有着主意呢！"

"自己的儿子若是自己管不好，不听说听道的，那就不是自己的儿子，当爹的纵死在地下，他怕也不能陪灵尽孝烧张纸。养儿为老，既然不能用，爽快把他赶走算了。"

"老头子也是不知好歹，俗话说得好，儿大不由爷，他主意正就由他去，也用不到跟他说好话呀！当爹的总得有个当爹的派头才行。"

"王中藩这次回来，也不知他要什么玩意儿，胳膊上缠一圈白布，像戴孝似的多么丧气！可是他呢，倒是大模大样地满不在乎，真可以说是一个怪物。人变得肚子里不知装的什么打算。他又弄到一支手枪，白天夜晚不离身旁，就像他有多少仇人要防备防备，可是那又能够吓唬住谁！"

"他简直是拿着鸡蛋硬往石上碰，一定得不到好下场的。"

"天闹有雨，人闹有祸，骑毛驴看唱本，咱们大家伙走着瞧吧。"

"是呀，他进山里当胡子，原就心怀不良，这一回来还能不玩个花花路道嘛！"

"要小心他呀，长虫一有机会，随时随地它是都要毒人的。"

"让日本人把他抓去吧，弄死他也就净心了，也就去了一块病。"

其余的不在田里做活而是把身子留在屋里看家育儿烧饭的妇女，她们对于这种重逢一处的爷儿俩，用言语所表达出的意见，和男人们的说法，是稍稍有些不同的。她们的言语中包含着有无穷的属于妇人的对于一个老头子的同情和怜惜。

"王老头也确有点可怜，遇到个不听话的儿子，管不好，教不好，就是够他难心的。"

"他就这一个儿子呀，你让他怎么管教，金子若不是稀少，也不能卖那么贵的价钱！真难为他，老伴死了这多年，好容易才把个儿子带大了，他还能不娇养的吗？这样的下场多叫人伤心哪！"

"王中藩这样的儿子，谁遇到了倒霉，他是屁事也不懂。论理现在他回来了，就该做个好安分的老百姓才对，可是他却玩起来花样，真是有些不安于位。"

"王中藩本是个心思灵巧的人，现在他八成是中了魔了。"

"他的妈死得早，没娘的孩子，当爹的就是不容易管好的。"

……………

所有这些不满的和同情的言论，如同盛暑的暴雨似的以极快的速度降落出口外地被说出来了，也正是因为暴雨来得容易，过去得也更为迅速，仿佛像一阵云烟一般，又并不能在人们的记忆上刻画有深厚的痕迹，当话说完之后，人们也就都忘到脑后去了。

漫过近处的碧绿草原纤细的尖梢，牧童们哼出来的不打调的山歌，像和风一般在徐徐地温暖人们的蒸热的胸脯——一种有着春的气息的音乐呵。像棉絮一般散开来的羊群，它们仰起来尖小的头，在放怀地咩咩地叫，至于那些闪烁着光辉的颗粒的，则是野地里的没有定形的露珠。四月的热风，凑趣似的带来了柳树的絮语，傍立在板桥一端的翘着尾巴的大黄狗，在面向着充满温暖的气息的原野纵情地狂吠……

但王德仁老头子的眼光中，却没有看见他周遭的一切，他没有看见摇曳的绿树，他更未感染到暖热的风，他尽在无头绪地忙着，仿佛他正有一些做不完的事情，非要他亲自动手不可。当他预备好香烛供果之后，不叫儿子也不请帮手挎着柳条筐，跑到老爷庙和山神庙去上供上香，还了他的愿，一点也不吝惜地磕着数不清的头。当他在祖宗龛前做完了同样的事情的时候，忍耐不住的他终于出了一口劳累疲乏的长气，腰和膝盖都像是有些酸痛，但他可没有半点怨言流传在他的口外，倒仿佛这奔忙的辛苦正赋予他无比的慰安和稀有的兴奋。

当他回到家门口的时候，那只满身沾满了污泥的大猪，对着这位熟稔的主人，在猪圈中顽皮地尖起污泥满布的嘴巴，哼出求食的语言，它是再也没有料到，就在今天，也可以说就在不久的一刻，它就将了结了它的生在这世界上的一条无用的生命。这大猪倘若留养到八月节的时候，老头子可以卖上一部分现钱，而作为日常生活的填补；可是现在他不能计较这些了，正如他明明知道今天他将要歇下身子，不能去他的菜地铲地一样，有着同样的苦衷，归终一句话，这是为真神爷祖先的保佑，为着儿子的归来呀，他应该不惜一切牺牲地费上一些平常看得很宝贵的金钱和时间。

老头子接着就看到了猪圈的门框上所贴着的一副颇不相符的褪色的对子，是过年的时候他自己亲手写出来的。对子的上下联是：

> 大猪年年长，
> 小猪月月增。

横批上面"肥猪满圈"的四个横写的字，在他看来，实在显得有些过于夸大，因为他所有的猪不过是很有限的两只呀。他为什么写对子的时候没有仔细斟酌实在情形呢？他是不是忘记了呢？不，他那时是在朴厚的打算中希望他的猪能够成群结队变成为他的财产的。

在脚面子上，在腿肚子上，可以说在王老头的整个下身，都让大道上小草之中的露珠沐浴般地给打湿了，鞋帮上沾满了潮湿的烂泥。冲出他的几乎光着的头顶，热汗像云雾般蒸腾个不停，他用着不灵活的手掌，把头顶擦了好几把，老头子到这时有些伤心，暗暗地在摇他热烘烘的头。

"人一上了年纪，腿脚就造反似的不听你使用了，什么都不灵便了。是不是年轻人因此才不欢喜老年人的呢？"

"不，"他否认地自己辩护着，耸了耸他的臃肿的驼背，"老年人他们的身体虽然不十分灵便，但他们过日子的经验总是多的。至于说到识时务老成慎重这些地方，年轻人们也是赶不上的呀！"

从这一个小小的猪圈上，王德仁老头子又从这上面引发起一件过去的回忆。这个不甚宽大的猪圈，原是他的不听话的儿子亲手搭盖成的，三年多的日子像烟云一样地过去了，猪圈坚固得还没有经过人手的修葺，且并未因此显露出有什么坏漏的现象。至于这里面的两只猪，也是由于儿子的几次提议，他才从南屯买了来的，当春天没有日本人闹事的时候，他每天都在很小心地喂着它们，估计着它们会发育到怎样的肥胖，可以出多少斤的荤油。他保持有对于它们极深厚的关联和不可言说的喜悦的感情。每当他赶集回来的时候，他的脚步一经踏到了大门口边，第一件事情便是重逢般地先探视着这只动物。他喂猪的时候，常常也是愉悦地咧开大嘴，哼出催食的歌曲。可是这些事情啊，都已经成为过去的陈迹了，过去的一切是再也无法追逐回来的；而现在呢，他的儿子自从回到家里之后，他不仅没有听任自己的脚步移近过他亲手搭成的猪圈，即或连顾盼地朝着猪身上瞄那么一眼的动作都是没有的，但他从前是多么爱惜那些小生物的呀！那些小鸡、小鸭、小鹅、小狗……几乎都可以说是他的亲爱的朋友，每当早上下地以前，他总是不惮絮烦地把它们放出到外面来，让它们在坦平的院心中晒着太阳，吹着风，仿佛这是他生活上一种无法形容的趣味。这一点都还曾经引起老头子嫉妒地对他责骂的，他认为他的儿子实在不应该在这些小生物的身上，多浪费着无用的工夫；但现在想起来，那总是不脱离庄稼地的吃苦耐劳肯做活的小伙子的正当之途哇，那时他那样地安心做活，怎么这一时就完全不一样了呢？是一种什么力量驱使着他改变了做人的态度？他现在几乎类似一个无羁的野马，除了每天抽空回家吃上三顿之外，他仿佛多在家里耽搁一会儿工夫都是他的累赘！

谁知道，他究竟是什么心思呢？

"王大爷，中藩大哥回来了吗?"

打断了老头子的过往的一段回忆的，是这一种粗壮而有弹力的声音。老头子仔细地睁大了苍老的眼睛向着左近察看着，一面转过身子伸出去他的稍稍颤动的右手，搁置在右眼角上遮蔽着太阳。他看得十分清楚，那个问话的人，是木匠的儿子——一个小木匠阎小七。这是一个愣头愣脑的家伙，矮个子，却有着一个喜欢跳着脚走路的习惯，别人常常会从他这习惯上断定他的腿上有着先天带来的缺点的，那可实在是把他看错了。紧依着他的右眼角的下面，刻画般地留存有一个黑紫色的稍稍凹下的疤痕，不外乎在儿童时代因为行路不慎跌伤之后留出来的遗迹。在他的蓬松着的头顶上，顶着一个褪色的破边的草帽。从敞着怀的小褂的中缝里面，裸露出紫红色的紧缩缩的胸脯。他的眼睛出奇小，就像一个刻字匠在他那黄色的脸上给轻轻地刻了两条细缝一样。春天的时候，他也是嚷着打日本的人们中间的一个，而且他还干得挺有着劲儿的，不过他逃出本村之后，在王中藩回家以前很久很久就人不知鬼不语地溜回来了。

"你干什么打听王中藩呢？"老头子反问着对面的小木匠，在内心之中沉思了一刻，暗暗地对他自己说："是不是又想勾搭着王中藩再闹那春天的一套勾当呢？"了不得，这小木匠也应该是属于不安分的分子。

"我不干什么，就是想看看他。"阎小七说。

"他嘛，"老头子胸有成竹地支吾着回答道，"他回是回来了，可是过两天说不定还要走的，我现在还正抓不到他的影呢。"

他用这不着边际的拒绝话打算把对面的人物推走，如果他的心愿当真可以达到目的，无异地也就是给他减少了一些不愉快的忧心的病症。

"不在家吗？"那个不了然的又跟着追问了一句。

"老早老早他就出去了，到什么地方干啥去，他也没有给我留下话头，唉！这年头，儿大不由爷，一点不错。"他装作为难的样子而又颇不耐烦地回答着，顺势地转过去他的身子，做出来要移动脚步离开这里到别处去的姿势。

"不是好家伙，"他对他自己说，"你们这些年轻人，到处惹事，总有一天会把脑袋送掉的。"

但那是多么不作美的和他开玩笑的奇遇呀！天知道，从猪圈的边角的小路边上，居然他的儿子拐过来他的茁壮的身子。这可是糟糕！全完了！方才他苦口婆心所敷衍着的一套搪塞言辞，像崩溃的堤防似的失去了它的阻塞的作用，他两个不从人愿地当真碰在一处了，而他的沉重的心是更其加重了。

王中藩一眼望见了阎小七，眼睛里面立时迸出闪耀的喜悦的光焰，一下子攀住了阎小七的矮小的肩膀久久不放，发狂一般说："好，在这里遇到了！我是刚才到你家里去的，说是你已经出来了，想不到你上来找我，咱们是两找哇！"

短短的话，说得实在过于急迫，吐沫星像喷壶似的向口外喷。

"就是呀，我也是来找你的！太巧了。"阎小七跳了跳脚，陪衬似的又耸了耸肩膀。然后，他有如获取到丢失的宝物似的，拉住王中藩的手，半天半晌也不释放。

"千真万确的糟糕！"王德仁老头子无办法地把右手放在猪圈的横门框上，心中不耐烦地说。

而王中藩这不知好歹的家伙，仿佛猜透了他的父亲的心意，故意要和他作对引起他的愁恼似的，和小木匠做着极亲热的长谈，说得那么絮叨不休，叫一个爱听闲话的老头子都不能不为之摇头。

"你这一向可好吗？"王中藩把话语移转到问候上面来，一面不待回答地先就又说道，"看你这样子，大概还不怎么坏吧。"

"托你的福，我没有长病，"阎小七挤弄着一双细小的眼睛笑着说，"像咱们这样的家伙，天老爷也要多分心照料的。"

"你都干些什么事？"王中藩加了一句。

"闲得快饿瘪了。"

"有什么打算吗？"

"这还用说吗，筋斗怎样摔的，还得怎样爬，朝着对头冤家磕头作揖是办不到的。"阎小七说话的时候，脸缩得像要爆裂似的紧。

"对！你这才是有尿的小子了！"王中藩兴奋得有如公报私仇似的在那矮小的人的肩膀上用力打了两巴掌，掌声打得格外清脆。

王德仁老头子站在两个不务正的年轻人的身后，不知道怎样来处置他自己才较为合适，照理他是应该迈开自己的脚走进大门去的，那可以免去从他们的言谈中引发出不愉快的烦恼；可是偏偏又有个想探听一究竟的欲望，这就又扯住了他的不愿迈动的两腿。但他在这个场面之下是去的哪一种的角色呢？他不知道，他不能用适当的辞藻解说清楚。很显然地在现地情况下，他也不能插嘴发言发挥一点意见的，无论他有什么正确的高论，只要一说出他的枯皱的嘴唇，就会变成了他们耳旁吹刮的风，吹过去就息了，任什么印象也存留不住。

他望望耸立在高空上的天，天上蓝油油的像一匹绵软的绸子，望望左近起伏的山岭，山岭上树木丛生，他望望村里外延展着的田地，田地上的打头的们、大工子们、小工子们，各自在干着活计，鸟在不停声地纵情地卖弄着歌喉，孩子们不避讳地唱着骂人的小曲……这一切看起来都是那么有规律地充满着幸福的生之意味，只有他，一个名叫王德仁的老头子，浑身上下自内及外地缠绕着一重重的抖不掉的烦恼和忧郁。仿佛有什么魔鬼故意瞧着他的好看似的，从今之后，就再不叫他过上一天有意味的、舒心舒意的、有希望的日子。

但那口大猪又有如了解了它的主人的不痛快的心意似的，不知在什么时候悄悄地凑了上来，它把一副满是污泥的嘴巴伸到了猪圈的门口，安慰着似的，向它的主人不停地低语，随后它像是要远引着这个老头子笑上一笑的，把它那多肉的脖颈在门槛上使力地磨弄，一面还凑趣摇着它的短小的尾巴。

若在平时，老头子可以从这只猪的身上引起无限的有趣味的幻想，且还可以跟它说长道短地做着交谈，以消磨他的无聊的难度的时日；但今天他的心情既然不同于往者，因之他对于猪的看法，以及这个猪做给他逗笑的动作所引起的反应，也就和往昔都是全然不同。他直感地以为这只猪来到门口，一方面是发现到他将要在它的身上讨取它的血和肉，因此不满地向他做着求饶求赦的要求，一方面则是去和那两个不务正业的年轻人连成一气的，在另一面扯他的腿，瞧着他的好看，给他一个过分欺凌的威胁。老头子因此是越发感到了不安于位的痛苦的滋味。

"听什么，他们愿意说啥就说啥吧，听到了也阻止不住，还不是白扯！"他最后用这样的心头话开导着自己，就决计要不理一切地回到屋内去了。就是躺在炕上痛痛快快哭上一场，不是也比上不上下不下地夹在猪圈前边好受吗？

他走了，生怕那两个不务正的人发觉地，悄悄地移动着脚步，他走得十分小心，但一个并不高大的石子，故意为难地把他绊了一跤，而当他好容易才支撑住身子站稳了的时候，两个人都以急快的步子奔了过来。

"王大爷，绊了石头啦？好险哪！"小木匠安抚着说，一面关心地问道，"怎样，没有绊坏吧？"

这才是愈急愈出毛病的怪事！老头子镇定了吓了一跳的心神，让呼吸慢慢地沉静下来，不屑答话地继续迈动着他的脚步，他们赐给他以不愉快的威胁，他怎么还需要他们的安慰！何况小木匠那种虚假的安慰，在他看起来尤其是叫他不愉快的变相的威胁！

"爹，你别走！"儿子也开口了，"你没有跌坏哪块吧？你看你那样子，像是在生谁的气呢。"

"去你的！"思索了半天工夫，老头子只能愤然地说出来这么短短的连在一起的三个字。

"王大爷，你别生气呀！"阎小七跳上一步，把两只细小的眼睛眯缝成一条线，"生气人不禁老，上了岁数的人要知道点好歹呀！"

"这小子！"老头子终于让这个小子的话给逗笑了，这一笑，似乎胸中潜藏的闷气也都跟着笑出来了，人既然不是有成见地想跟别人别扭，自然多说上几句话也不会感到头痛无味。

"开一个半老头子的玩笑是有罪的，"他随即说道，"你们这些人说话一点也不小心。"

"不开个玩笑，你老人家的眼眉都要皱到一堆去了。"阎小七说。

"又是瞎扯。"

"那么，我说句不瞎扯的话好吗？"王中藩就势地问了一句。

老头子加细地把儿子打量一下，亲切的父爱又在他的儿子身上扎根生长了。他的眼前在不停地闪动着欢笑的光辉。

"我多咱不叫你说话来的，"老头子把语气拿得很温和，儿子终是自己的儿子呀，"你说吧。"

"帖子送走了吗？"儿子遵办地问。

"我这不是才回来嘛。"老头子回答。

"不请客不行吗？"

"这怎么能行呢！"老头子的心又在掀起来他的烦恼，以下的话绝对不是他所要听的那一套，"去吧，去吧，别缠我了，我还有事情呢！"他随即不管一切地抛开了两个年轻人，一径地走回自己的家门。他仿佛还听到那个小木匠说句什么话来的，那话是属于对他表示不满的那一类，可是当他躺到炕上的时候，他却想不起来他那句话说的是什么了。

四

在说好的时间之内，王德仁老头子从清早起就在奔波着亲自邀请的客人们，先后到齐了。头一个跨进门来的是百家长，他穿着一件半旧的长衫——这是他只有在赴宴或是集会时穿着的大礼服，他的身子像一个瘪了的茄一般消瘦，堆满了棱角的干巴巴的脸面上，起伏着没有规律的纹络。一条刚砍下来没有多久的柳木棍，紧紧地握在他的右手掌中，当他走进大门的时候，那一个不认识村中体面人物的看家狗，毫不留情地很凶狠地向他狂吠猛扑，仿佛他正是它眼目中该当攻击着的敌人。虽然主人在狗叫之后慌慌张张地跑到院心，竭尽了力量地吆喝着他的家畜，可是他那一刻使用木棍打狗的过度紧张的一幕，终于消耗着地在他的手腕子上遗留着制耐不住的剧烈颤抖，他的脑门儿上冒出来窘到极点的汗珠。去年在位今年开春早就解除了职务的保卫团排长（王家村只有一排团丁，团总是扎在五十里外一个大镇市里，春天以后，保卫团被上面来的命令所取消了，他们所使用的枪支都缴到县政府里去）仍然像在位时候一样地穿着一身被人们看起来不大顺眼的军装，这军装穿在他这个不在位的官爷身上，就是容易增加人们一种不神合的感觉。在他的熏黄了的指头中间，一支哈德门洋烟在冒着曲成一条碎线的烟苗。人不过中年吧，却被多年的鸦片拖累着，在他的脸上影子一般地罩笼出一重灰黄而贫血的颜色，仿佛他正陷在长久的失眠中似的。他的一双呆滞而狡诈的不光亮的眼睛，存留着有老练的世故和摆给村人看的妄自尊大。施大先生——村子里独一无二的被尊敬着的和事佬，原就在他的两道浓眉的下面，眏动着和善而温存的眸子，因此引起人们对他的善意的爱戴。合适的养生的调理，奠定了他的颇为相宜的健康，这使他虽然上了相当的年纪，在别人判断他的年岁的时候，都要少给他算下去十岁。他有着一个特具的习惯，常常喜欢解闷似的摸索着下巴上的一颗黑痣上的黑毛。这三个人是王家村有头有脸的人物，如同人们所称许的他们也是乡绅。另外来的是冯家两兄弟，他们是以王中潘的娘舅的亲戚关系上被邀请来的。这一对虽然在年龄上只差两岁的兄弟，他们所生长几乎一般高低的身材和颇为相似的相貌，以及那团脸和三角眼、连鬓胡子、尖嘴巴，都会引起人们对他们的血统的观感，所不同的，就只是哥哥一头的少白头吧。但这又算得什么呢？至于那位孙老头子，王家村他是头一份的老人，八十八岁的垂暮之年，他的脚步是有些不甚灵便了，常常是往炕上一坐就混过了一天，眼望着孙儿们蹦蹦跳跳哭喊吵叫的情形，时常就勾引起他的过往儿时的回忆。"人生七十古来稀"，每当他接受外人对他的长寿的赞美时，他就情不自禁地重念出这句话来。但人毕竟是老了，耳朵软塌塌的像重叠的豆腐皮，听不清外界交往着的言谈，整个苍老的脸皮，缩拢得像一个消损了的石榴，在他的苍白而又稀疏的眉毛下面，不清亮的昏花眼睛呆滞地转动着，干瘪、松懈的嘴唇子，包不拢他那脱尽了牙齿红色的牙床，说话的时候，常常从牙床中间透出丝丝的不清楚的声音。是他的儿子把他扶着走来的，因为这是不多得的罕有的喜酒，既然主人殷勤地邀请他务必到席，仿佛他如果不来就将使席面减色似的，他自也就不能谢绝了。最后来的一个是快腿王三，小个子，偏脑袋，右面的颧骨高得有些特别，脖子的下面有着一片瘰疬疮的疤痕，眼睛成年是红色的，如像别人所说的，他的嘴唇不常离开黄铜的烟袋嘴，他是一个缺少烟叶便无法生活的人物。他常到集上去赶集，由于内行于走路的缘故，他那快腿王三的响亮的绰号便在村中备案了。老头子常常托他上集的方便，购买点零用的东西，人情也就在这样的形势下被欠下来了，也正是为了报答欠下的人情的缘故，今天就请了他。

两张并排放着的长方形的饭桌子，几乎把一铺南炕占满了，按照桌子和人数的分配，恰好是一桌六个人，桌子的长进一边坐两个，短边一边坐一个，加上两个杀猪手，王老头他自己和他的儿子，不多不少是十二个人。

当饭菜都已经做好了的时候，杀猪手带着满头满脸的汗珠，用肮脏得油光光的抹布，不停手地在他们的脸上擦着，一面谦虚着地告饶说他们的手艺不高，做好做坏请大家伙多多包涵一点，一面就在桌子的横头上坐下了。于是，一个无次序的无边际的谈话，就在人们的口中滔滔不绝地谈了出来。这一种谈话，向来是不必有什么根据和学理的，自然也更不会被什么专家拿去考辨真伪，他们凭着各自的超人的智慧，可以制造出各式各样不同的资料，在谈话中穿插着惊奇、叫绝、发笑、快慰、气愤、感动的诸种神韵，把故事说得娓娓动听，使每个人都自愿在深心刻画下经久不忘的记忆。他们的谈话就这么继续了多半晌，时间已经到了正午了。热腾腾的大肉和菜蔬，被傻大哥一碗一碗地端了上来，他里里外外地奔走，人们只看见一个高大的幌杆似的身子在动着，一阵一阵卷过来不凉爽的热风。酒也烫好了，一股诱人的酒香在壶口流散，什么都齐备周全，只是那一个主角，从早上出去之后，一直到现在还不见他回来。

天在慢慢地热起来了，正午的四月天气老实有点闷人，幸喜大家伙都在不停地抽着烟，便也忘记了从各自脸上流下来的汗水。百家长伸起他的右手，排长也伸起他的右手，他们共同地用绸子手绢擦着汗，相同地，他们的右手上面都存留着有焦黑的烙印——这是包含着一个惨痛故事的烙印呵。春天，日本兵无情地赐予他们这个创伤，据说是为着惩戒他们统治的不力的。冯家两位舅爷则在无所事事地玩弄着他们的长长的指甲。

还能再耐心地忍耐着吗？可不能再过久地等下去了，这将要引起客人的厌烦之感的。王德仁老头子不自然地摇摇头，终于运用着强笑的样子说了出来："来，咱们先吃着吧，这不听说的东西，咱们不等他了。"

"好，咱们先吃。我们先谢谢你了。"客人们异口同声地说。大家把酒杯举起来晃一晃，很爽快喝了下去。

肉菜成了人们眼中的目标，筷子在大碗中翻着夹着，一种乡下人不知避讳的吃东西的唇音在响着。

"王老头，今天吃的是你的喜酒，来，咱们先喝一杯。"百家长端起粗瓷的酒杯，挑战地迎了上去。

"大喜，大喜，这是千载难遇的事情。"排长接着说完话，把他那带有烙印的右手晃了一晃。

"不容易呀，真是大喜特喜，"孙老头子噘着松懈的胡子嘴说，自己先喝了一口酒，"我活了八十八年，还是头一次看见神仙的灵验。"

他的儿子陪坐在旁边，眼看着自己的父亲非常兴奋，也就不自主地跟着乐了起来。

指甲长长的两个舅爷，当着这样的时候，免不了也各自说出一套称颂的言语，他们几乎一齐举起来酒杯，端到了主人的面前。

"喝干，"他们同声地说，"这两杯酒可不比寻常，中藩能回来，多么不容易呀！"

只剩下两个杀猪手和王三了，他们并未想到在吃饭的时候还要说上两句的。现在，既然别人都那么凑热闹地说出来了，他们就很为不安地感到有些困窘，但是若说这一刻叫他们也想出一句半句适当的言语奉献给主人，那实在比他们杀猪跑路要难上许多倍。他们仿佛感觉到浑身上下流窜着一股痒溜溜的奇热，这情景是直到哥哥笨拙地说出话来之后，才算安下了心。

"我们两个不会说话，本行本业就是能杀猪，"那位哥哥说，"这么吧，你们老几位多喝几杯，多吃几口，就算是喜上加喜了。"

轮到快腿王三的名下，他一言未发地在咪咪地笑着，脸是早就低在筷子的旁边了。

王老头一杯一杯地喝了不少酒，人家善意地道喜，他总得宽厚地奉陪，否则那辜负了客人们的美意，他几番地想运用着适当语句，表白出他对于到府来客的盛情，又偏偏都被他们接二连三的赞颂阻止住了，现在他想该是他发言最适当的机会，沉默着一语不发并不是他的光彩。可是他应该说些什么呢？什么样的话才应该他说呢？儿子一直到这时还不回来，这不听说的东西的缺席，就等于失去了主要的对象，他该从何说起呀！一个不听话的儿子，不仅私下里给他父亲说不尽的折磨，在人面前也给他父亲留出来不好应付的难堪。他苍老的心中渐渐为一种不快的感情所罩笼了，他感染到说不出口的悲哀在他衰老的身上流动。可是这总是喜事呀，即或心中存有着千千万万的不快，也还是应该在众人的面前装扮出欢快的样子的，否则又使得客人有些不安了。想到这里，他到底把不痛快的感情一下子压服下去，而在兴奋地端起酒杯。

"喝，大家伙干杯！"他说，又兴会地努努嘴，"谢谢你们肯赏光，今天不光我一个人喜，大家伙都喜。"

在黑暗的看不清的角落中，小老鼠开始在偷偷嚼着东西，它是贪婪地为这香的饭食诱引得制耐不住地做着敌对的带有泄愤性的破坏工作，它是为这罕有的宴席所惊奇了。百家长似乎也听到了这小动物咬嚼着的声音，他歪着半个脸向墙根瞧了瞧，在吞下一口肥得带有油脂的肥肉之后，笑着说："耗子眼红了，也像是要吃喜酒呢。"

"这才是自己骂自己。"施大先生不同意地说。

"哈哈哈哈……"大家伙止不住一齐声地笑。

"我可真讨厌死耗子，"王老头插进来说，用筷子的一端挠痒似的挠着他的光秃的头顶，"它们才知道怎么欺负一个老头子呢。从前中藩在家的时候，吓得远远的日夜不敢露面，自从春天他离开家里之后，这些东西就不管不顾地在家中闹了起来，拿着棍子也吓唬不住，常常还会跳到身上来打闹，这东西是只怕恶人不怕老汉的。"

"耗子为什么怕王中藩？"大舅爷有兴趣地追问着。

"他在一个夜里，下夹子，张铁猫，打死三只耗子，他从此就立下了威风。"

"那么现在王中藩回来了，耗子怎么还闹呢？"

"他不干那旧日的一套了呢。"

因为从耗子的身上，谈到了制服耗子的人物，这些客人才注意到这个年轻人来。施大先生是头一个地说出王中藩的缺席，在世路上说起来是有些不礼貌的。

于是，王中藩就马上成了谈话的中心。排长做出很关切的样子说："我听说王中藩戴着白胳膊回来，还带着手枪，打算弄什么义勇军，这可不是闹着玩的呀。我说王老头，这屋子里没有外人，大概说话走不漏风声，倘若是日本兵探知了这个消息，我可以说他的命也就别想活了。想想百家长跟我胳膊上的印子吧，日本人是多么凶暴不讲道理呀！可是我们两个，你们都不能说是有造反心思的坏人吧，结果落了一块伤。至于王中藩，哼，弄什么义勇军，吵嚷着打日本，日本人知道了能善罢甘休吗？危险！危险！"

"跟日本人作对，当真能讨到好处吗？"他咽下一口酒，更加有力地说，"再硬的布匹，也禁不住剪子剪哪！"

"着哇！"百家长附和着说，"排长的话可是真情实话，我说王老头，过去的事你也总不至于忘记吧，日本兵怎样杀人，日本兵怎样烧房子，日本兵的炮弹有着怎样震撼山岳的威力，难道你都忘了不成？咱们用什么去跟人家干呢？好好劝劝你的儿子吧，可别叫他走入迷途，遭受杀身之祸。"

"对呀，不务正的人是应该严加管教的，如若不然走上歧途，那可就肉包子打狗，有去路没有回头路了。"孙老头子不甘寂寞地也在凑趣地而又显得颇为关心的样子说。

那位大舅爷是更其关心他的外甥，当着这样的环境之下，他也乐得贡献出他的意见："好好管教管教就得了！俗话说得好，管教不严，则子不贤，必要的时候，当爹的是应该拿出一点厉害来的。"

"不错，注意子女的行为，才能保障他们的安全，这是要连在一道说的。"施大先生说。

老头子被这些关心的言语说得伤心了，从他那两只浑红的昏花的眼睛里，悄悄地挤出来清凉的露水似的泪珠，那几颗泪珠仿佛在休息着地在他的鼻梁边上停留着，他为一种激动的感情所推动，冷静了几十年的血液猛然地为一把干柴烧着了，他的衰弱的心房像要爆炸一般地直在跳个不停，他的头脑中嗡嗡地做着长鸣，他的手在邪魔般地颤动……

窗外呢喃着的一双燕子，在檐下、在树梢上轻巧地飞行，它们正在有意味地嬉戏着。四月的燥人的热风，把地面的灰土吹得轻轻地飘动，不欢迎太阳强照光芒的照射的树木，它们的叶子都是回避地背过脸去……

王德仁老头子可不能不说话了，他须得解释，须得剖白，为儿子、为自己他都有声说一番的必要。

"几位老乡长，"他开口说，"我哪是不管教我的儿子呀，不是那么一回事！我一点也不像别人，有意袒护自己的骨肉，那真是错想了我，我总不能管他叫爹的！实在他太不听说呀，我对于他就差着没有办法！哪一个当爹的不盼望他的儿子长大成人为人表率！这坏东西，回家头一天他就跟我说打日本那一套，大模大样地简直不在乎。我一看那神气不对，总得设法开导开导哇，就跟他说：'好儿子，收拾了你的行不通的打算吧，好好地跟你的老爹过日子，爹老得快入土了，要有一个亲人照顾着的，好孩子，爹给你娶上一房媳妇，成立家，这日子多好过，娶妇生子，成家立业，也是咱们王家的光荣，爹是全靠着你的呀！'我是想，他好动乱闹的性子，多半是因为没有什么东西扯他的腿，给他弄上一个姑娘缠住他的脚，他也许就可以安心做事了。你们都知道，不娶媳妇的小伙子，正像一匹脱缰的儿马子，多少人都不容易纠正它的暴烈的性情。可是你们猜猜他是怎么回答我的？才够怪呢！他毫不动情地沉下脸来，露出来过分不耐烦的样子说：'爹，你的老脾气还没有改？'他用这句不驯顺的话开头，接着就放枪似的发射出一堆大道理来。什么道理？全是不合人情世故的瞎闹。这是一起初，我对他说着软话，安抚着他，希望他不上火，然后好再谈正经话。有的时候为了要制服人，就算你降低一点身位，也应该选取这个手段。但当我说了好话而不能制止他的邪念的时候，我还能再忍耐着任他性吗？不！一个人被推到了松花江边，眼看就要溺水，他唯一仅有的办法，就是反身一击实行最后的抵抗！我抵抗他了，我进一步地攻击他了！我强硬地向他伸出拳头，我想他看见我的拳头也许会暂时安静一刻的，我也就成功地心有所慰了。谁知道，这东西不但不怕我，不听我的威吓，反倒抓到了我的手，很蛮横无理地说：'爹你要再不知好歹的，我可要对你不起了！'天，这叫什么话！儿子也要打他的老爷子？这不是世代变了吗？说软话他不听，动硬的他比你还凶，你们大家说说吧，我摊到这样的逆子，有什么好办法！怎样管教呢？"

老头子一口未歇地把一篇话说完之后，仿佛有些吃力，他生气，他叹息，干了的嗓子赶紧喝了一杯酒润泽。

"你们说吧，你们说吧，"他向着客人们诘问似的连声说，"叫我怎么办？"

这篇话可把在座的人说得上了火，他们先后地引出来压抑不住的不平的愤慨。

"这可不行，"百家长说，把他盘好的右腿支撑起来，"儿子也敢反抗他的爹？哪一本圣书上这样说的！"

"这能行吗？真是岂有此理！"排长把筷子往桌子上一摔，那个空了半天的酒杯被冲撞得跳了一跳，随后就歪着倒下了，"老天爷不能宽恕不讲理的坏人，他不会得到好报应！"

"我们反对这样的儿子，我们要惩戒这不务正的东西！"孙老头子愤愤加上一句。

大家伙一齐声地喊叫着，不平的愤慨在朝外发泄、涌流，他们那种义愤填膺的样子，仿佛只有把那不务正的人当面给他一种责罚，那才是应有的快事。

傻大哥一直地就站在一边听着他们在发着议论，他在这场面上是没有发言的机会的，只是不停眼地望望这里，又望望那一边，似乎感到了今天这屋子里增添了一番热闹。在他的敞开的胸脯上，冒出来一片小巧的汗珠。

当人们正在愤愤不平发着议论的时候，王中藩恰在这时跑了进来，白胳膊布上闪着刺眼的黑字，在他的身旁，挎着那支叫人不愉快的带有危险性的手枪。

这应该说是一种什么样的环境呢？像一阵狂风掀去了房盖似的，在奔腾的咆哮中突地静默下来。所有人说得兴奋的嘴唇都自动地封闭了，不屑正视地粘着有仇视性的眼光，斜注到那一个人的身上。清静了，屋子里充塞满了檐前燕子的絮语的声音。

"赶紧坐席，"王老头做出不愉快的神气，"这半天就在等候你一个人了。"

"快坐吧。"傻大哥头一次地说了这么一句，催促着他的少东家。

王中藩听是听到了，可没有即刻做着回答，也没有遵从地坐到席位上去，那种淡薄的样子，仿佛他忘记了今天的这一刻原是他的父亲在请客，并且也惊异于这些贵客的光临。他像一捆卖不了的秫秸似的站在那里，把这些人加细地扫视了一遍，习惯地紧咬着他的下边的嘴唇，把他的胳膊挥动地点画了一下，话就跟着说了出来。

"好得很，你们几位人物，若是我挨家去请恐怕都请不来呢，今天可偏就都到齐了，多么凑巧！谢谢你们的大驾光临。趁今天这个巧机会，我要求大家伙一件事情，说是事情，实在是替我解决困难。你们回家之后，在五天之内每家预备出五斗小米，给我的弟兄们吃。听到了吗？第六天一到，我派人到你们家里去拉，谁也免不掉。弟兄们打日本出的是力量，你们不出力就该出钱出吃食，出钱出力全是国民应尽的义务。跟敌人干，咱们是绝不给敌人磕头管敌人叫大爷的！至于借用的米粮，也并不是白借，将来打退了日本鬼，一并归还，绝不缺少，你们最好放宽了心。"

吃喜酒的客人，一下子就变成了囚人，什么运气使得他们遇到了这样怪事？五分钟以前，大家伙不是还在吵吵闹闹吃喝的嘛，但是五分钟以后呢？

同样地也是没有人说话，恰如王中藩一进屋来沉默半晌的情形一样。谁能够开口呢？谁愿意开口呢？一想到那支冷森森的手枪，就足够使得每个人的身上不约而同地朝外悄悄地流着恐怖到家的虚汗。

酒凉了，菜也散失了热气，桌面上笼罩着悒郁的沉寂。

王中藩的手枪在动着，他虽然还未开口继续下去，但他那神气，却似乎在说："你们可别当成耳旁风，最好的办法就是听命，要不然，手枪就不答应的。"

世故到家的人，无论在什么环境之内，是都会用容忍克服了他们能遭受的羞辱或是迫逼的，当他们了然于暴力的威胁无法抗拒时，谁又愿意傻气地用性命去做赌注！忍辱才能求生，这是他们的最妥实的人生哲学。现在是轮到了这几位人物的身上，他们宁自一言不发，擎受着别人施给的凌辱，却绝不肯挺身而出说些反抗的词句，这正是俗话所说的"光棍不吃眼前亏"。他们是只有在合适的场面才发挥他们的威风。

沉默依然在继续着，世故的人既然不愿开口，无法消解的冲突自然也就不能发生。但这中间最过意不去，最觉得不安于位的，要算是王德仁老头子他自己，完全是一个出乎意料的行动，叫他摸不清是脚轻还是头重！他看看这边，再望望那边，缺乏一种打破僵局的力量。因为他既不能挺身而出给客人撑腰，又缺少责罚儿子的胆量，半天半晌不知道怎样启用他的词汇。而他的似乎丧失了知觉的全身，则被湿溜溜的汗水所刷洗了。

"中藩，"他停了好半天工夫，才无可奈何地说，"他们，他们是请来吃喜酒的客人……"

话还不等他说完了一句，儿子猛然地拦住了话头："喜酒？喜什么？别欺骗人吧！"

杀猪手弟兄两个人推说到外屋去添菜，悄悄地从厨房溜走了，接着跟过去的是快腿王三。排长也看透了这个门道，但等到他想效法的时候，王中藩的手枪动了一动地就制止住他的妄想。

"你想跑吗？哼，出五斗小米，还说不上拔你一根汗毛呢，用得到躲！"

"我今天是正事正办，"他又说道，"亲戚不讲，面子不看，六天之后一道见。傻大哥，"他朝着他的年造指画着说，"让开道，谁愿意走就走吧，我不再留了，多留一刻，多添你们一刻的不安。请吧。"

像些被释放的笼中的飞鸟似的，这些客人乐不得地走出王家的大门。在屋里困处在手枪的威胁之下的时候，他们都是发不出音的哑巴，可是一当他们这些被释放的飞鸟脱离了樊笼之后，言语就像伏天的雨水似的很容易地冲出口来。这中间，包含有各种不同的诅咒、詈骂、愤激和抱怨的成分的语言。他们是正在运用这事后的发泄来出一口大气，这种报复性的举动，就是他们失败之后的一种自慰的成功。

歪歪斜斜真像是为酒精所醉着的，王老头惶然不安地奔出大门，一直地追上了这群逃脱了的客人，在道歉般地气愤地说："你们老几位千万别生气，反正是我倒霉。这可不是我的意思，他行凶作恶，不会得好死，天老爷也不能宽容他。"

他在祈求着人们对他的谅解，因为他们在村子里都是有着无上权威的人物，得罪了他们，那就等于得罪了全村，以后任便你办什么事情，处处都会遇到些意外的掣肘和留难。

但他这事后的讨饶，又怎能在这些遭受屈辱的绅士的面前取得原谅呢，一些平素日专知道在别人身上找寻错误的人，当他们偶然地遭受到挫折，他们是即或埋在土内也不会忘记了那种委屈的。

排长是最不甘于忍受凌辱的，他把老头子的话语当成了耳旁的风，当刮过来时即未引起他的特殊感觉，刮过去时也未使他留下记忆。他在提防着地朝着王德仁的大门口溜转了一眼，当他确实地看到那个怪物没有跟出门来的时候，他就很顽强地发起他的脾气来——一些完全施惠给老头子消受的借题发挥的报复。他还在愤愤地半仰着黄瘦的脸说："这简直是胡闹！反了天了！找到了我的身上？他也不瞧瞧骨头长结实了没有，非想法处置了他不行！太岁头上动土，等着要好看！"

"这……这可是什么事呀……"孙老头子摆脱开儿子搀扶着的手，痉挛般地在松懈的皱脸上震颤着铁青的颜色，紧倚着一棵古老的榆树上气不接下气地说，"这事情……从古……从古以来找不出，圣人白教人了，天下变了……人也变了！……"

百家长把他那顾长的身子气得直在抖着，他舞动着打狗的柳木棍，跳着脚地骂："丧尽天良的无赖！八辈的杂种！等下雨天打雷的时候看吧。"

"我还没听说一条蚯蚓长了翅膀，还会变成一只蜇人的马蜂！"施大先生不服气地说，习惯着地摸弄着脸上黑痣光端的黑毛，"不学好的流氓，得不到好死。"

两位舅爷是一直地也没有说话，但这也并非因为王中藩是他们的外甥，从亲戚的立场上原谅着他的年轻的妄为，正和其他的绅士一样，他们也有着共同的对于这无赖汉的憎恶！他们是正在用这一刻的时间盘算着十斗米的来源呢。

大舅的心中在这样地想：回家之后，再有人看病，必得在药钱里多开些价码。他还给这办法起了个名堂——一个遭殃，大家担当。

二舅和他的哥哥的想法是完全一样的，这两位"先生"真有他们的妙算。

其实最感到晦气倒霉的，要算是孙老头子，因为这一个宴会依着他的本意，并不想叫他的老爹参加的，而他也可以省出身子到地里去铲地，老爹也可以免去出出入入走路的劳累，这是再好没有的事情。但是，谁知道是哪来的一种热情，把老爹的沉静的感情鼓舞起来的呢，他偏偏就那么口不连声地说是什么自古少有的喜酒，无比灵验的神助，好，就乐乐呵呵地来赴宴了，搭着工夫赚着走，到后是遇上了这样不顺心的怪事。他怎就这么不走好运呢？

如果人们家里存的枪支不在春天让日本兵缴收了去，他们这一伙人怎么能白白地吃了这个眼前亏！只要大家伙一开枪，还愁除不了这个祸根！但现在，一切都成了过去，像烟雾一般地过去了，追不回来的枪支使他们无法对付这个可恶的坏人！

话也不过是说说就算了，骂得再深多少层，也仍然是无补于事。绅士们暂时用几句言语消泄了胸中的火气之后，还是迈开了沉重的脚步，慢慢地走起无味而烦躁的回家的道路。路上，四月的暖风扬起的尘土，盖住了残落的杏花梨花的花瓣，而那绿油油的一望无尽的田野，露海似的遮拦了他们的眼睛，他们的听觉也听不清放牲口孩子粗俗的歌声，他们也更没有感觉到苍蝇盘在脸上的疼痛，他们把所有的精神都贯注在被损伤了的自尊如何挽回上了！

是魔鬼光临王村了，在王家村无忌惮地作怪了。天下仿佛不是天下了，人间似乎不是人间了，为什么好模好样的年轻人不去下庄稼地，却偏偏地挎着手枪在造反呢？这魔鬼是从山沟里飞下来的，还是从松花江里流下来的呢？……

从旁边的小道上，走上来满身的油渍和汗臭脏污了的两个杀猪手，他们缩了缩各自的舌头，做着个脱难后的鬼脸，先后地问道："怎么样啊？你们老几位受惊啦？"

"除了借米之外，王中藩是不是又借了房子地？"

"你们这一对奸头滑脑的家伙，谢谢你们的关心吧。"孙老头子不满意地说，故意做出来一副守正不阿的神气，仿佛在说明着他们没有临阵逃席也并未就掉了脑袋。

"好东西，亏你们想起来我们，黑瞎舐了屁股了，这么样地不要脸！"百家长泄愤地骂了一句，又摆起来他的绅士派头的风度。

"逃就逃吧，又找上我们来卖弄什么聪明！"排长冷冷地说，他把他们的逃脱认为是不英雄的行径，而他却忘记了当他在王中藩的面前哆嗦着腿的时候也是不英雄的。

"老几位别生气，"做哥哥的杀猪手说，嘻嘻地笑着，"你们家里有多少，我们有多少？一只小鸡不能跟一条黄牛比呀。"他是在解说着他不得不逃的道理。

"你们老几位不用说每人出五斗，就是出十斗，也出得起，树大阴凉大，算不了什么。可是我们弟兄两个呢？卖屁股没有人要，要地没有，要钱不存，天上不长小米，身上不下小米，不逃跑又怎么样？"做兄弟的也在解说着，表白着他的苦衷。

"得啦，得啦，说这些干什么！"排长不耐烦地把这事遮挡过去，悄悄地在内心之中打着他的主意。他已然在羞辱中做下决定了，他决计要把这个无赖汉弄他一下，给他一个厉害的泄愤的报仇的惩罚！最初他在想：找上几个人，就着暗夜里把他打死就算了，但这要在五天之内才行，否则他的人马一多起来，就难于下手了。这办法其实是不容易办到的，因为王中藩有一支手枪保护着，十个八个壮汉也动不过他！后来他就想，干脆报告给日本兵，由他们来处置吧，这叫作借刀杀人，再痛快没有的了；这样一来，不但是为地方除了害，他还可以借此得到功赏，讨取到日本人对他的欢心和信任。这是再合适没有再稳妥没有的办法！

他想到了这个周密的决策之后，被损伤了的自尊心，便又如愿地挽回来了，他的骄傲，他的威风，依然又专利似的固着在他的身上。他仿佛一直到这一刻，才重见到那遗失在眼前很久很久的光明，田野、树林、水沟……都那么拥护般地朝他表露出钦佩的敬意。

他拉过去用顾长身子低着头走路的百家长，低声地把他这自认再合适没有的意见说了出来，一面奸诈地用斜眼瞟着他的对手。

"着哇，着哇，这是再好没有的了。"百家长用低低的声音称许着排长的意见，他无条件地赞成这个办法的实行。他也有着他的见解，他的见解是借着这个机会向日本人讨讨好，就把自己的清白全部洗刷了，他再不会第二次地再遭受日本人的烙手的侵害，好一好，说不定还可以趁此谋求到一个新的出路呢。

"快办，说办就办，"他因此更为着急地催促着排长，一面夸赞地摆一摆手嘻嘻地说，"老兄，不愧当排长，有你的一套。"

王德仁老头子第二次地又追了上来，从他喘息不定的脸面上，豆粒大的汗珠在不停地倾注着，他伸出哆哆嗦嗦的右手，莫名其妙地白话了好半天，临后就一屁股坐在热烘烘的大道上，带着沙哑的哭声喊着说："他，他可越闹越凶了，越闹越不像样了……他踢翻了上供的桌子，摔坏了香炉，烛台摔瘪了，上供馒头他也抢去吃……这不是，不是反了天了？造多大的孽呀！我受不住这魔鬼的折磨，我情愿死了吧！天！……天老爷快报应他吧！"

大家伙惊奇地注视着这个老头子，为他这痛楚的声诉封住了不知如何发言的嘴，而在这时，可怜的父亲又在道歉般地继续说："千万别怪罪我，我没有办法呀！唉……"

接着，他在绷紧的脸上抹了一把，似乎稍稍沉静了些，但当人们想加上一言半语的时候，他就又不安地站了起来，迈开他的回家的脚步。

"他许是疯了，也许会点起火来烧房子的，改天见，你们千万别怪罪我……"

五

像一阵袭来的狂暴的冰雹似的，王中藩搅得天翻地覆，他搅乱了整个平静的有如一池春水的王家村。

谁也不知道，而且是谁也猜不到，他是从什么地方勾引过来十几个膀大腰圆做棒的小伙子，跟他一样的，他们的胳膊上面也缠着那一条同样的白布，他们的身上同样地佩带着有大的小的枪支，他们天不怕地不怕地把老爷庙整个地占领着了，不怕触犯神怒地把那里做了营盘，看那样子仿佛要在庙上安家立业似的。

这还不算，他们不知从什么地方弄来了一些马匹，一人一匹地村里村外乱跑着，也不知道他们究竟是在忙着什么事情，每当马匹跑过之后，那些扬起来的尘土，就封住了整个的大路半晌不散，而那灰土拧成了一条绳，活像一条长长的土龙。

在地里铲地的庄稼汉子们，不以为然地摇晃着他们的脑袋，用怕被对方听见的低小的声音说："你们哪来的威风！少作点恶吧！肉长的人难道就没有心肝吗？"

"造孽的人，老天爷不会叫你们好死的！"

"跑'逃勇'的年头又到了吗？天下变样了！"

庙里面的老和尚，这一位吃了三十年神爷饭的出家人，因为没有答应着这群人合作的要求，结果是被驱逐地退出了他的安乐窝，三十年没有人敢侵犯的神权的代表人物，一向被人们当成奇货似的尊重着的，不是谁要是冒渎了他谁就该遭受灾祸的吗？可是现在是全然意外地离开了他的宝座。从此之后，那暮鼓晨钟的生活和那焚香诵经的工作，都将像烟雾似的成了过去的陈迹。

其实王中藩和他办理交涉的时候，那态度是非常客气的，他绝未运用他的叫人害怕的手枪给他做着帮凶。

"老和尚，跟你商量一件事情。"他找到了和尚说。

老和尚原本有个先入为主的成见的，他是早就把他看成为败类之类的人物，因而对于他提出来的商谈，一开始他就摆出来一副不愉快的盛气凌人的做作的神气。他带搭不理地用鼻子哼着说："商量事情，商量吧。"

王中藩的心中马上被激动得不愉快了，但他因为避免着多多树立仇敌，还是在极力地压抑着他的火气的发作，并且在希望把和尚争取过来共同工作的原则下，得到一个圆满的解决，因之他照常地，用着极和平的声音说："咱们来合作打日本，你说好不好？你出房子，把老爷庙给我们借住，你也加入我们队伍里干点事。"

"不行，不行，这可不行！"老和尚这回是用嘴叫出来的，连连摆着他的不同意的手，"我凭什么跟你们混！"

"不加入也可以，可是把房子得借我们用一用。"王中藩心平气和地又在提出来他的意见。

"房子？关老爷的房子，你们也敢占用？你们也真是发疯！"老和尚从他的座位上跳了下来咆哮着，一边伸出两手做出驱逐的姿势，"走！走！快请吧！"

王中藩眼看着劝软的既然没有好的办法，而占用庙房又是刻不容缓的急务，他到后是无有办法地拉下来他的暴怒的脸。

"让我快请？"他的声音沉重得像打了巨响的大雷，"对不起，请你快点吧。"

老和尚简直是有些莫名其妙了，怎么还会有人找别扭找到他的身上？想想这些年过去的日子，他可不是在人前愿意吃亏的人物。

"这是我的房子呀，我凭什么走！"他理直气壮地反抗着。

"你的房子你叫它答应？"王中藩向后退了一步，把他那被人们所称呼的"吃饭的家伙"又掏出来了。

局面是意外地有了一个很大的转变，不知为什么缘故，先在装腔作势的老和尚，这一下子就再也强硬不起来了，就是关老爷显灵也不见得就可以救了他的命吧！他没有敢再多说上第二句话的，就服服帖帖地，自动地退出了被他盘踞了三十年的红漆的大门。他还记得清清楚楚的，仿佛当天退出大门之后的时候，后面有人在吓唬着说："你再走进这个庙门，就叫你回老家！"

王中藩收回了他的吓唬人的手枪，找出来小和尚和大司务，他把刚才的事情照实地说了一遍，把打日本的事情也说了一遍，然后他征询着他们的意见。

"你们怎么办？愿意加入我们欢迎，不愿意干就收拾行李回家。"

小和尚今年才只十四岁，在庙上住了足足有三年的日子。他在这三年多的日子里，吃了不少老和尚所施给他的无情的苦头，现在老和尚既然被逐得离开了院庙，他乐得地改换一下生活的，很慷慨地就站到王中藩的肩膀下去。剩下那另外的一个，三十多岁的矮个子，一只眼，好抽叶子烟的庄稼汉，原来是由于贪图租种庙上的二十垧地少纳一点地租，而被家中的当家的二哥派过来给庙上担水烧饭服务的，十天半月回一次家的人，他现在对于王中藩提出的问题，牢牢实实地费了踌躇。回家吗？全家的人都会因为二十垧地的租约的担心，摆给他各种难看的脸面，他们更会给他一些冷嘲和热讽。因为在他的全家二十多口人的大庄稼院中，他是弟兄们眼中最低能的人物，他的老婆常常因此在深夜之中向他哝唧着抱怨地诉苦，他因此是乐不得在庙上多消磨时间，倒落得享点清福，他觉得他在家中实在是常常感受到弟兄们加给他的不愉快的鄙视的威胁！就因为这种缘故，家里和庙上交涉的时候，虽说规定他十天半月可以回一趟家，而他是即或到了月底也不当兑现。他有一个小儿子，这孩子倒多少要勾引起他的挂念的怀想的，但他常常是为了躲避弟兄们对他的恶意的奚落而忍着心地在庙上过着怀妻念子的苦闷的长夜。他希望着有一天他们能够分家，那就是他和妻子团聚快乐生活的一日，他可以分到三垧地，日子凑凑合合地就把他过老了。他是多么望着这一天到来的呵！但现在，当他的希望还未到实现的时候，他所服务的地方竟然发生了意外的变动，影响到他不得不做一番去留的思考，他究竟要怎样办才好呢？那么，不回家吗？跟那个小和尚一样地答应了他们的要求一道干吗？不行！人家一定更会笑掉大牙地指着他的背后骂他"独眼龙"！倘或日本兵下乡来算账，保不定他和别人一道地被捆起来当成叛党治罪了！他的后半个三十多岁的日子就被冤枉地埋在土内了，他的老婆，他的孩子，他的三坰地……都跟着他一下子宣告完结。他不能！他不能答应！他尤其又想到了加入之后的危险，譬如他们发给他一支枪，叫他将来上阵去打仗，可是枪手是没有眼睛的，打上了他的身上可就什么都完了，光棍小伙子死了还不打紧，而他是有房子地有老婆孩子的人哪！

但接着又另外地想出来加入也有加入的便当。比如说，家里的弟兄们因为他的加入自然是再也不敢惹他了，他们并且马上就得对他另换一副亲热的眼光的，轻看他的人大概就不再轻看他了，老婆和孩子不是因此更感到光荣的吗？不过这中间还有一点值得考虑，就是说，他也可以加入他们一伙，但须得有一个附带的条件，那条件是为伙夫！他不当兵。当兵的危险性他一想到就害怕。倘若这次困难能够得到解决，那他就可以不走。

"我加入是可以加入的，"他睁着一只眼睛很有理由地说，"不过眼睛不好，不能放枪，当伙夫行不行？"

"好哇！我们正缺伙夫呢！"王中藩兴奋地说，在他的矮小的肩头上用力拍了一下。

他们的胳膊上，白布条跟着就缠了起来。

大殿里面原是环立着很多的塑像的，现在都被这群人拆毁得干干净净，屋子里像厂堂似的放宽了不少，香炉碗大烛台都被收拾起来，代替而来的装饰则是桌凳和纸笔，这是他们的办公室。在那三面高高的墙壁上，原先那整部三国演义故事的壁画，无非在表扬着关老爷的全部生活史，那赤兔马，那青龙偃月刀，那五绺长髯，白脸关平，黑面周仓，那些战争的紧张场面，是都曾经引起人们的仰慕而传的，乡下人们质朴的心中常常忘不了这个伟大的英雄，因此对他形成了普遍的英雄崇拜和信仰。现在这些画幅刷上了一层白石灰，上面贴上了各式不同的红绿纸条的标语——

"打倒日本帝国主义。"

"老百姓联合起来，打走日本鬼子。"

"想把日子过太平，快跟鬼子把命拼。"

"日本兵是老百姓的仇敌，我们要消灭他。"

不仅是大殿里变了样子，充满了一种前所未有的新的气象，就是东西厢房也完全换了一个样，一切都是和从前不相同了。

究竟是从哪里勾来的这一帮无赖呢？几乎是共同的，人们在这么不了解地怀疑着。

在王中藩所限定的日期之内，施大先生派人把五斗小米送过来了，照原来王中藩的说法，是应该他自己派人去拉的。这位乡绅在送这五斗小米之前很使他麻烦了一阵，送他自己家里预备吃的好小米吗？不！那么，就另外碾一点新的吧。他把那碾了一遍里面带着很多糠麸的小米送去还了债。若说起施大先生来，他和排长，和所有其他的人的心情一样，全是讨厌着逞凶霸道的王中藩的，如果有良好的机会的话，他也绝不缺少希望在他的仇人的身上找寻到报复的机会。然而在目前无法反抗的现有环境之下，他世故地把什么都观察得十分清楚，他因此也就给自己定下了与己有利的打算。他是要借着遵命送米的殷勤以取得王中藩的欢心，不在最近内期再对他有什么啰唆，那就是他自己的成功。

冯家，两个舅舅，他们也没有忘记外甥借米的事情，但他们是多么不情愿于拿出十斗小米呀！这两兄弟商讨了几天，也得不出一个完善的办法，到最后却不知怎的就都想到了求情上。心虚的人往往在态度上就欠大方，他们鬼鬼祟祟地钻进了庙上的大门之后，拉着他们的外甥到当院心中，倚着一棵虫蚀了的古老的大柳树，像怕人偷听似的，用低到只有他们对面的人才能听到的声音，要求着他们的外甥看在亲戚的分儿上，叫他们少出五斗米。人与人之间存在着有一种道不破的情感，常常要在特殊关系的托庇之下，收取到意想之外的顺利的后果，否则你磨破了嘴唇，运用海水一般无尽的辞藻，也说不住一个倔强的人的理性的转移。凭着这一点，这一点亲戚的关联，两个舅爷在事先就握到了八分以上成功的把握。人是有灵性的动物哇，有灵性的动物是较任何其他动物都讲究情面的。

但是不对，话是以极委婉的修辞一五一十地说出来了，而外甥的脑袋却有如拨浪鼓一般地直在摇动，难道是外甥真硬着心肠不采纳他们的意见吗？

"那怎么行呢？"他决然地说，脸上没有一点表情。他果然没有答应，亲戚简直不是亲戚了。

"中藩，"大舅终于忍耐不住地说，"就算你没有念过五经四书，亲戚的远近你难道还分不出吗？要亲戚干什么？是需要患难相助的！"他忘记该避讳人地提高了声音却喊着，"我是你的舅舅！舅舅求他的外甥高高手，少摊几斗米，在人情上也不算过分哪！"

"讲不得人情的。"王中藩冷冷地说。

二舅皱眉呕心地溜着外甥的脸，一边很烦躁地把木头棍子在干硬的院心乱画，但过一会儿他竟然不知如何地哭了起来，紧钉钉地注视着王中藩的脸，在慢声慢气地说："中藩，你这回回来，是高升啊，做大官的人很有大官的派头，也得学着大方点哪，咱们是至亲，沾你一点光你还能不答应吗？"

"至亲是至亲，这一点也不假，"外甥马上不同意地回答上来，不屑地注视着他的对手，斩钉截铁地说，"至亲是私人方面的关系，讲私情自然可以答应你们……"

"就是呀！"大舅拦腰地插了进来，"就是可以答应的。"

"你别抢话，"王中藩竖起来不愉快的眼睛，伸出他的大手阻止着对方发言，"我还未说完呢！我是说，讲私情可以答应你们的要求，但是我现在办的是公事，公私两项怎能够混在一块！办公事自然讲不了情面！至于二舅你说我高升，那真是可笑的怪事，什么叫高升？做官的人才愿意听这句话呢，至于我，不仅现在没有高升，将来也没有高升的一日，因为我不是做官，我不过是跟大家伙来干打日本的事就是了！别的都是闲话，说上三大车也是没有用的！"

"别的全不论，"大舅向前赶了一步，完全是乞怜地说，"单看你死去的妈妈的面上，你也该让一让步哇！"

而二舅的话则更为有意味，他说："中藩哪，你可不能忘本哪！

你记得吗？你小的时候，我常常抱你上街逛？你知道吗？我花钱给你买糖吃。从前我对你的好处，就换不回你一星半点的回心转意吗？"

"说什么也没有用，两位舅舅，积那么多的钱死了也带不去，一石小米算得什么，我不陪了，还得办公呢。"王中藩一边笑着，一边把两个舅舅送出了大门。

"可别生我的气呀。"他最后说。

走在回家的路上，两个舅舅均各带来一身消散不开的愁恼，人人的身上似乎都有着难挨的痒痛在钻动。大舅的脚跟轻飘飘地失去了原有的重力，当他快走到家门口的时候，竟然不幸地为一个砖头绊倒了身子，他那养了好多年的被当成宝物一般看待着的爱惜着的修长的指甲，齐边齐沿地断了多半截，手很痛，心也痛，一句话也说不出地，沉默不语地在深心之中流着痛楚的眼泪。

孙老头子父子两个也自动地把小米送到庙上，用九斗充着十斗的数目，他们本想取巧讨点小便宜的，结果是被察觉出来，于是，一个应有的惩罚就加到他们身上，除了补足那一斗的缺乏之外，另外罚他们再送二斗豆子的马料。

"这事情你们也想要取巧吗？"王中藩对着那一个送粮的伙计说，"讨便宜别上这个店。"

"我哪知道哇，这是他们叫我送来的。"伙计剖白着自己。

"说的就是你的东家呀！"

只有排长家里的小米还未送来，也没有拉来，因为派人去拉的时候，据说是人没有在家，至于百家长的五斗小米是早就拉过来了。

"排长没在家？"王中藩追问着去拉米的人。

"出村了，他家里的人说的。"

"出村啦？"王中藩翻了翻眼睛，沉思着地咬着下嘴唇，随即下了他的命令，"等排长回来，要特别加以注意！"

笔直的用松树做成的旗杆，被竖立在庙门的外面，在旗杆的尖端，高悬着一面蓝色的大旗，旗上面飘摇着看不清的"抗日义勇军"

的白字，依着旗杆的四进，开发出一大片坦平的操场，原先种植着的白菜被铲除了，原先种植的苞米和豆角子也被拔扔了，即便是一棵纤细的小草，也被铲除得干干净净。

当每日天光破晓的时候，当每日太阳偏西的时候，当每日傍晚的时候，分成三遍的，这十几个人在一块操练着，跑步，跪倒，瞄准，掘沟……没有人愿意看，没有人敢去看，仿佛他们的本身像炸弹似的带有着危险的本性，谁靠近了他们谁就会吃亏。

人们虽然不敢亲近这些坏人，但他们的心中却止不住在悔恨地抱怨地想道：若是春天的时候日本兵不缴去了村子里的枪支，不取消了保卫团，一排团丁的武力并不算弱呀，谁能眼看着这十几个怪物逞凶霸道也不敢说个"不"字呢！可见日本兵的主意，是并未仔仔细细给老百姓打算打算的！为什么他们不给百姓们想得周到一点呢？是不是这就是他们该反对的地方？

老年的人们没有办法地告诫着自己的孩子们，很严肃地说："谁也不许到老爷庙旁边去！谁去谁就没有活命回来，魔鬼在那边兴妖作怪了！"

老爷庙简直成了禁地，谁也不愿意挨近了它，只有那个被驱逐了的老和尚，像一个觅食的野狗似的溜到庙的近边，不放心地，恋恋不舍地窥视着，他惦记着那被他遗剩在庙中的一点积蓄，他要把他失掉的再找回来。他悄悄地向小和尚招手，打算从他的身上探求到一点线索，再做进一步的打算，但这个小和尚可不是从前的小和尚了，不是他从前的徒弟了，他中了邪魔似的变了心肠，且在示威地对着他伸来反抗的拳头。

"找我吗？没有用处！"小和尚眨着眼睛做出一个鬼脸，"还是你自己进庙来吧，我们的王中藩是个交朋友的人物，说什么没有不准的。"

老和尚知难地退走了，真见到王中藩他真得不到好。他如此提着沉重的忧心。

整个王家村的人们的心都沉重了，像有什么东西压迫着似的，各处都感受着过度的不舒服。他们似乎吃饭吃不饱，睡觉也睡不着实，他们是一面在担心着人为的这帮无赖的胡作妄为，一方面又在担心着关老爷神力的报复。请想想吧，一位好模好样的关老爷，平常日他又十分灵验，谁敢惹他？可是现在他被坏人毁坏了，他怎么能甘心忍受这样的损害！他一定要来一个大报仇的！涨一场无边无沿漫平山顶的大水，失一场连绵不断扑救不下的天火，或是传染一场流行的疫病，都是在最短期中大有发生的可能的。于是，全个王家村就都遭受了无情的灾难。

人们是多么慌张不安的呀……

而王德仁老头子，像中了疯魔似的，不知疲劳地前街后街奔跑着，仿佛他忘记了他的家，忘记了他的猪，也忘记了他的年造和庄稼，任何东西都引不起他的注意和爱恋，他只是不停声地从这家走到那家地向人家剖释着说："你们别恨我呀，他不是我的儿子，他是鬼养出来的妖魔，我没有他这样逆子！"

儿子不是自己的儿子了，儿子简直不如不回来了，他不回来，那只能引起他父亲一个人的牵挂，而这一回来他闹得满村之中瘟疫病似的不得安然！

有如要替他们父子解围似的，傻大哥在他的老东家面前夸下了口，他说他愿意到庙上去跟少东家说一说，使他们父子重修旧好。他在老东家的赞许之下做着和解的努力。他在庙上停了是有多半夜才回到家来，当他的老东家非常焦急地问起他的结果时，他的回答是简单的，沉默地摇头，而且从此之后，他的脚步被吸引得学会了走向庙上的路。

木匠的儿子找到了王中藩，也成了他们中间的一个，他还带过来他那套吃饭的家伙，正缺少木匠来修工呢，他连砍带锯地乒乒乓乓就制造起方桌和长凳来。

六

穿过敞开的南窗，洒进屋子里一片银白色的幽静的月光，四月的夜风，摇着院心的梨树悄悄地吟语，不知名的小虫，用机械的音响鸣唤个不停。天上的月光真是太过于明媚了，北极星则贴近着北斗星的近旁，点缀寂寞地眨着眼睛。

傻大哥忽然地从沉睡中醒了过来，睁开眼睛，他看见自己那没有盖着什么的身子，整个地沐浴在月光之内了，那光亮恰如水波似的在他的周身荡漾着。他是怎样醒过来的呢？他可有些不大能记得出来，但他是为着做了一个什么梦，梦着梦着就一下子睁开眼睛跟月光打个照面，这可是事实。

他穿起来放在身旁的衣服，走到了院心中，朝着那猪槽子拉开了裤裆，哗哗地尿了一泡尿，尿完了，才知道脚面子上落了一片尿点子，跺跺脚，自己就骂起自己来。

"这——这简直是个'二百五'。"

他像牲口打滚地尽兴伸了一个懒腰，周身的疏懒这一下子都出尽了，人也就增加了精神。究竟是到了什么时候了呢？看看星星看看月亮，他心里可有个底。他痴痴地站了一会儿，悄悄地开开大门，带着一身不可告人的隐秘，就朝着他所熟知的一个地方走去。

道上是冷月和凉风，加上点懒散的狗吠声。人们都在安心地沉入了睡乡，在这样的夜中奔走着的人，恐怕只有他一个吧。

他的眼睛可看见了什么啦？傻大哥走得很急的脚步，一下子就愣了半天，他的心中就在问起他自己来。

"点灯做啥呀！还没有睡觉吗？有什么事情吗？"

他张开来他的不大相称的大嘴，猛力地吸了一口深呼吸，脚步跟着就加快了速度。他一直地跑到秦大嫂的屋中，灯火下的那一个，拉出来苍白的深锁着愁容的苦脸，她仿佛没有发现进来的人似的，只是那么静静地而又呆呆地抱着她的孩子盘腿坐着一动也不动。

这才是怪事！傻大哥一股滚热的心肠马上就冷了下来，她是怎么了呢？不搭理他傻大哥，莫非又有了别的新人啦？而因此，就给他这个不理睬的难堪吗？

他可老实有些忍耐不下了，呼隆隆的耳根子直在发响，他猛地伸出去他的两只熊掌似的大手，风一阵地把孩子抢了过去。他是想，索性就往地下摔一下吧，看她心疼不心疼！看她搭理他不搭理他！可是他是抢去了一个什么孩子呢？紧闭着眼睛，浑身凉冰冰的！这哪是平常日那个用笑脸逗人的活泼可笑的小玉呢？怎么她也不哭不叫呢？……

"死了！"他忽然地就明白过来，不知是出于何种感情的冲动，使他制止不住地疯狂一般地在她的白嫩的脸蛋上猛烈地狂吻。他把孩子更紧地贴身地搂着，仿佛这样就可以把她苏醒过来似的。

孩子的母亲像圣像似的，端正地坐着没有动一动，她的脸上也没有任何的表情，而她的平常日光亮的眼睛沉暗了，她的笑容和双唇也都封闭住了。她简直像失魂少魄地另外变了一个人。她冷冷地朝着傻大哥溜了一眼，随即伸出她的两只哆嗦着的手来。

她在讨索着她的孩子。傻大哥一边把孩子小心地放在她的手中，一边就说不出地觉着一阵心酸，终至于刺激得他的硬性的眼中，挤出来几滴滚热的眼泪。而在这时，那个做母亲的可就一反静默地放声地哭了起来。她一边哭着，一边用手娇贵地拍抚着，嘴里面也在滔滔不绝地述说起孩子值得记忆的优点了。她在抱怨着上天的对她的薄情，她也在埋怨着自己不强的运命，她的哭声一阵又一阵地向着沉睡的暗夜播送。

傻大哥为这哭声更激动起他的悲哀，平常日为着闹点小别扭，他也曾看见过秦大嫂在他的面前流过眼泪，然而那眼泪是不同于今天的眼泪的！而今天他不知所措的情绪，仿佛是他有生以来的第一次，他愈觉得她的可悲，又愈感到她的可爱，他因此反省地就忏悔起从前他对她的粗暴来。

他跑到西屋去，他打算把钱老太太唤醒，来打破这悲痛的局面，来处理这悲痛的局面。他也希望在没有办法中探询出一点确实的消息。西屋在空着，哪有一个老太太睡在炕上呢！他只有再转回到东屋，在颤抖的灯光中眨着眼睛。

老太太却在这时走回到大门口，她用低沉的声音在为她的外孙女叫魂呢!

　　　　小玉小玉，
　　　　回来吧;
　　　　小玉小玉，
　　　　回来吧;
　　　　跟姥娘回来吧。
　　　　回来没有哇?
　　　　回来了!
　　　　回来了!

　　她那拿在手中的水瓢，被她敲得低声地响着，接着闪进来一片烧着黄钱纸的闪光。她的声音是颤抖的，她的脚步是迟钝的，她是抱着一个最后的希望回来的，而当她进屋之后一看当面的情形，就知道她的方才的努力都等于白费。她什么话也没有说地，就把孩子抱了起来，不同意地摇着她的滚热的头。

　　"什么病呢?"傻大哥忍耐不住地终于开口了，过分的沉默，像暴雨前那一阵的低气压似的迫使着他更难受。

　　"哪知道呢，"钱老太太回答道，一颗大的滚热的泪珠，坠落到孩子板平的没有呼吸的脸面上，"早晨起来就发烧，也不吃东西，心想等等再看看，哪知道晚上就不行了。阎王爷怎么就偏要叫去这个孩子使唤呢? 倒不如我死了的好。"

　　"妈，给我再抱一会儿吧。"秦大嫂的嘴唇微微动了动，便又把孩子接过去了。

　　孩子是死了，她的在人世上不到一岁的生命告了结束，平常日的哭喊，欢笑，都成了过去的陈迹，她死了，留给大人短时间不易忘记的痛楚的回忆。她死了，使这个家庭失去了声音，失去了颜色，失去了欢笑，失去了许多种别样的东西。花的芳香不在这家飘散，燕子的呢喃徒徒唤起来大人们疼心的思虑。

"你怎么深更半夜地跑到这里来了呢?"钱老太太到这时才想起来向傻大哥问一句话。

"睡醒一觉睡不着,就跑来了,遇得这样巧。"

"这好哇,省得再去找你。你给做一夜伴吧。"

傻大哥用点头回答了,没有再开口。

"别抱着了,"老太太又跟她的女儿说,"死孩子过不了夜,赶紧抱出去吧。"

"不!"年轻的母亲拒绝地摇了摇头,"我抱她到天亮,我不信她真死了!"

"别说傻话了,"钱老太太开导着说,"人死还有活的吗?她死了,就是跟你没有缘,是孽根,有缘分也不死了!"

"老太太说的话对呀,赶紧想办法吧。"傻大哥加上了一句。

"你别说!你别说!"秦大嫂竖直着难看的眼睛,生了很大的气,"你平常就讨厌这孩子!现在死了可称了你的心!赶紧想办法?我偏不赶紧,偏叫你讨厌!"

若在平时,傻大哥的大巴掌又举起来要打人了,只要一生气,他什么事情都干得出的,可是他这一刻白白受了抢白,却没动什么声色。他是越看秦大嫂一眼,越觉着内心之中多添了一重不安。她即或发作着再大的脾气,他也要忍受到底的。

"不兴这样说,"钱老太太来给解围了,"傻大哥说的话就是对呀!"

"对吗?那么咱们就走。"秦大嫂控到炕沿边,穿上她的鞋。

"你抱着,"她把孩子移给傻大哥,直直地注视着他,"亲爹干爹你总是她的爹呀,你就抱这一回吧。"

她又放声地哭了起来,却让老太太劝解住了,她用极委婉的言语,笼络住女儿这一刻的盛旺的感情。他们慢慢地走着月夜的路。大约走出半里地吧,他们都停下了。夜风在吹,虫子在鸣,露水在滋润着大地上面的生灵,月光为一层浮云遮拢得变暗了颜色,天河两旁的星群也失去了光明。

傻大哥把孩子交给了钱老太太，在一棵榆树的下面挖了一锹，一阵腐烂的泥土的气息冲了上来。

"不挖坑，"钱老太太说，"小孩子不能的呀！"

"那不是叫狗给撕烂了嘛！"秦大嫂说。

"就要狗撕烂，以后才好养呢。"老太太说。

"不，我不！"秦大嫂反对她母亲的意见，但当她偶然望见傻大哥的脸面，联想到母亲迷信的说法时，心里一活动，也就不坚持她的意见了。

但傻大哥可有他的主张，他终于还是挖好了土坑，把孩子放了进去，他说："我们不信那些婆婆妈妈吧。"

孩子被埋在土内了，她将在土内慢慢地腐烂了，这一个突然失掉了的空虚的损失，秦大嫂将用什么来弥补呢？她再也忍耐不住地放声地大哭了，她抓着那些铺在坟上的土，这些土是使她们母女不能见面的障碍！她的哭声一阵高一阵低的，而那夜风也是一阵紧一阵慢的，月亮则又是一阵明一阵暗的。这回是她的母亲用上千言万语也劝解不开了，她躺在坟边上，忘记了地上的露水和泥土的脏污，她是服服帖帖地在抱着她的孩子睡觉呢。她是多么失悔于从前每当孩子搅闹了她的午睡，或是耽误了她的工作而施给她的吆喝和责骂的呀！她骂过她："你怎么不死了呢！"而现在她确确实实地死去了，她的骂言实在是她的罪恶，她尤其不该伸手打着孩子的，多么小多么嫩的肉哇，她也曾忍心地用巴掌打出几条红的印子来，她这母亲不是太残忍了吗？也许这都是孩子不愿长寿的原因吧。想到这里的时候，她的哭声更悲哀而凄惨。

傻大哥的心在软下来了，他的手也软下来了，一直到锹把在地面上撞出声音来的时候，他才发现那铁锹不知在什么时候离开了他的大手。

钱老太太的头低下去了，她的心是更沉了。

"你劝她一会儿吧，"她关照着傻大哥说，"好好劝劝她，她是听你的话的。"

她走了，脚步走得那样沉重，就像有什么东西背负在她的身上似的。

傻大哥拉起来秦大嫂的手，她的手中死死地抓着两把土块，他把她拉了起来，她的身子软得像没有了骨架，他把她靠在大榆树上，伸出去他的大手给她擦着眼泪。她不哭了，傻大哥的滚热的手温暖过来她冰冷了的感觉，渐渐地她似乎看见了顶在头上的月光，渐渐地她似乎感觉到夜风不像白天的风热得叫人不大喜欢，而是冷得怪叫人哆嗦不止的。

　　"该回去了。"傻大哥趁势说道。

　　"不"

　　"不早了。"又加了一句。

　　"我不嘛！不嘛！"秦大嫂伸出拳头在傻大哥的胸脯上使力地敲着，那些抓在她手里的土便沾染在傻大哥的衣服上。

　　"我要守到天亮！"她说。

　　"人死还会活吗，你守到天亮又有什么用处！"傻大哥渐渐地又有些上来了他的脾气，他着急了。

　　"你急！你急！"秦大嫂用力地说，把他推开，就坐在地下了，"你急你先走！走！走吧！"

　　"走就走！"他说完了话，就负气地迈开他的大步。

　　"谁回来谁就不是他妈养的！"秦大嫂激怒着他。

　　"婊子养的才回来！"傻大哥也加了一句。他觉得这女人也实在怪，她总是风一阵雨一阵的，干脆以后就不登她的家门算了。他正面对他自己起誓："王八羔子再登她的门！"

　　走了没有几步，结果还是他自动地打转回头，他忘记了自己骂的话，他也忘记了自己发的誓，一句话说回来，他这一刻觉着她又是可怜又特别可爱。娘儿们在难中，他能看她的好瞧吗？

　　他回来了，且在逗引发笑地伏着秦大嫂的耳朵边小声地说："婊子养的回来了。"

　　"怎么又回来啦？"那一个反问了一句。

　　"等着你嘛。"

　　"我是不回去！"

"那么我也等到天亮。"

"别等了，"秦大嫂说，站起来身子，"我这不过是试试你的心就是了，咱们回去吧，我知道，人死是守不活的。"

"你这家伙！"傻大哥在她的手上用力地捏了一下。

他们默默地走着，月光渐渐在沉西了，不知谁家的狗，在猖猖不休地狂吠。

"我想加入义勇军，"忽然地，上不着天下不着地地，傻大哥提出这句话来，不待回答地他又说，"我还想叫你也加入，你看好不好？现在，你也没有孩子累你了。"

"你们男人家加入还可以，我们娘儿们加进去干什么，一点用处也没有。"秦大嫂说，感觉不到一点趣味。

"男女都有责任！"他把从王中藩那里学来的话语搬运出来，"男人放枪打仗，娘儿们可以洗衣做活救伤啊！"

"你先去，我以后再说吧，我现在的心不闲哪。"她说，在月影之中拉起来傻大哥的膀子，一面悄声说，"我干不了事情了，两个月没有见那个东西了。你惹的祸呀，你知道吗？这孩子可来得太快了。"

"真的吗？你净瞎扯。"傻大哥不信任地说。

"婊子养的才骗你！"

"你恨我吗？"傻大哥有意味地不安地反问着，他是第一次尝到做父亲的羞愧的滋味。

"你自己想吧。"她摔开他的胳膊，一溜烟儿地跑了。

傻大哥跑了几步就把她又抓到了，呼呼地喘着急迫的呼吸，她半天半晌也不抬头。

"怎么不跑了呢？"傻大哥低声地问了一句。

秦大嫂苍白的脸上渐渐地浮露出她平常日的笑容，她虽然没有开口，傻大哥却已经从她的眼睛里看出来她心中往返着的言语了，他的心中感受到了一种莫名的愉快的慰安，他在暗暗地笑了。在他的简单而平凡的头脑中，仿佛感到这是不平凡的暗笑哇。

"秦大嫂。"他开口说，似乎有什么话要跟她说着的，可是他仅只说完这三个简短的字，就被对方猛撞过来的言语给阻断了。

"你别再这样叫我！"秦大嫂不同意地说，"我不姓秦，我再也不姓秦了。"

"不姓秦啦？"傻大哥反问道。

"就是呀。"

"那么……"

"是的，我……我也许就快姓李了。"

傻大哥用力地把她搂到怀里去，他看见天上的星星都在放纵地朝着他笑了，而在这时，他们也都听到了钱老太太在大门口那里说出来的话："你们回来了，好哇，我等你们多半天了。好好歇一歇吧。"

七

少数的朦胧暗昧的星球，在灰白色的曙色中微弱无力地眨动，风在初夏的松花江的漫平的水面上，在农家半旧的草房上，在山坡的稀疏的树梢上吹拂着，渐远的江水的下流附近的山群和近旁展伸着的原野，涂色似的笼罩着一层灰色的晨雾，蔓草丛生的沙石的浅滩上，渔人们接二连三地抛出去轻纱一般的渔网。

王家村的公鸡，伸长着懒散的脖子，最后一次报着天晓，于是，所有的大的小的动物，都从前夜的睡眠中苏醒过来，在各种不同的地方开始着各自的活动。

为了兑现夜里想好了的周密的计划，为了要从计划的实施上得到了赞助，施大先生蹒跚着地踏着草地上湿漉漉的露珠，大清早地找上了孙老头子。

"他大爷，"他指着孩子的口吻称呼着说，"你可说吧，这日子过得可有个样啊。从哪个耗子窟窿里钻出来这么一个坏蛋呢？无法无天地瞎胡闹，将来要闹到哪个归结算完呢？要闹上哪一条道呢？"施大先生过分为难地说，伸出手去无可奈何地摸弄着下巴上的黑痣，如今他这和善的人物也变了心地对于这帮坏人生长出不饶恕的憎恶之感，而计划出对付的方法来，"这样一天天地磨下去，咱们怕不要叫他们给磨完了吗？咱们的老人家也没有做过缺德的事情，怎么就会给咱们这样的报应！日子若是再过下去，公鸡也逼得下蛋了！"他压低了声音，仿佛怕被别人偷听了似的说，"咱们得办办他们，给他们点亏吃吃，一定的！"

"话是说不得了，什么都变了。圣人的书多咱叫人胡作非为的呢。可是没有信服四书五经了，人就像迷了一窍，十个老牛也拉不回他的坏心。他们这些东西，眼看别人掉下河去就要往河里摔石头的家伙，哪有半点人性啊！王八吃秤砣——铁心了，办办他们吧。你跟排长商量着看，无管怎样，我算一份就是了。"孙老头子同意地说完话，心有所慰地痛痛快快出了一口大气。

这正是施大先生所希望获取的满意的答案！他这一趟腿居然没有白跑。这也正是在证明着他事前的估计和判断是周密而正确的呀。

但当他再往前走着，打算去寻冯家两兄弟的时候，他可稍稍有些犹豫，王中藩是他们的外甥，他们在亲戚的情分上，是可以不赞助他的计划的，并且，说不定还可能把他的计划拿去送礼给他一个破坏。他虽是想多寻取赞助着的人，以增厚自己的实力，把事情做成功，但现在他却不能不加以仔细的考虑。

"不要紧，"他有把握地对他自己说，"他们一定不会偏向他们的外甥的。"他用过去的事实和利害关系来做判断的根据，最后得出来颇为自信的结论，而他的脚步便也就很有力、很迅速地踏进冯家的大门。

这是不再需要客套和谦虚的，他随即把他的计划一五一十地说了出来。他在悄悄地用眼睛瞟着两个主人。

主人倒的的确确地难住了，赞成惩办那不学好的外甥和他们的一群吗？似乎以亲戚的立场上说，实在有些对不起长眠地下的同胞妹妹，手足的情谊是不比寻常的交往的。外甥再不通人性地胡扯胡闹，当舅舅的总还得原谅他的年轻，当舅舅的也绝不能跟外甥一般见识，这就是旧日的一种普遍的说法！纵然他不仁，咱可不能不义！

不过话也不能这样说着的，外甥虽然是自己的亲戚，却更不该放纵地听他胡作非为，那无异就是放弃了导诱的职责，当他犯了严重的过错，给他一种应有的惩罚也是应该的。尤其是现在的王中藩，他领着一帮人做着违法的行动，倘若不设法惩办，不洗清自己的清白，将来自己说不定全家都会遭受连累。可不是闹着玩的。可不能因为亲戚的关系就大意的。

经过了仔细的考虑和缜密的斟酌，这两弟兄通盘地较量了一下，到底是赞成了施大先生的办法，为了要给那群坏人以彻底的打击，只有大家伙不间断地携手合作，才可以消除这一块毛病，徘徊观望，说不定还会有别的啰唆找上门来的，说不定还会有别的灾祸临头的。

"你们可不能走漏风声啊！"施大先生最后说，他是生怕他们为了亲戚的缘故而变了心的。

"你还疑心吗？"大哥歪着头说。

"嘻嘻，没有什么。"施大先生咧着嘴在笑。

"老天爷在上，我们弟兄有三心二意，不得好死。"大哥郑重其事地扰画着磕折了指甲的手，起誓般呼了起来。

这正是施大先生所需要的一着，他是极度满意地放心了。

尽着最大的努力，像个化缘和尚似的各处奔波着，施大先生一连跑了好几家，家家户户，都是跟他有着同一的主张和憎恨。"大家伙的意思不会错的。"他兴奋地在心中念诵着，一方面就自满地觉得这世上的好人到底还比坏人多。他的计划成功了，他各家的接谈也成功了，他感觉到他的身上有着一种说不出口的轻快。

他特别小心地叮嘱着他所交谈过的人家，要求他们务必要给他严守着秘密，否则有人不留意地泄露出去，他的计划不能按步地实现，他的脑袋恐怕也就要搬了家。

他摇晃着他的脑袋，玩笑着说："就是这个脑袋呀！"

"你放心好了。"

人家这么负责地答应了之后，他也真的就放心了。

最后，他去找寻排长。这一个过去的村中的头行人物，有大事小事你总不能越过他的门槛，这是说，他虽然被解除了职务，在村中人们的眼光中，办起事情来仍然是一个要角。一切条件都具备了，只要和排长商量出一个妥善的办法来实行，那就是他的努力的最后成功。

萦绕在施大先生心目中的办法，在他看来应该分成三个步骤去做，那是最适宜不过的事情。第一，到县里日本驻屯军司令部去报告，报告王中藩率领一帮乱党胡作非为祸害乡民，并且还口口声声要与友军为敌，总之，以能够激发起日本兵的更大的愤怒为原则，必要时不惜加添一些题外的坏话。第二，请求友军下乡痛剿匪党，以安地方，而维民生。第三，请求县政府明令派遣警察大队分拨人马，常川驻村，以杜后患。这么一来嘛，施大先生满意地笑了笑，在暗暗地说："以后的王家村就可以过太平的日子了。"

当施大先生一脚踏进排长的大门的时候，迎他而来地冲出一阵尖刻的女人的吵骂声，这是什么事情呢？但他可没有在这方面多花费思索的时间，他是照常不慌不忙地走进屋去。原来是排长的姨太太在不知和谁生着气的。铁青着的筋络，在她的脸上愤怒地蹦跳着，她的尖细的手指在空中不停地比画着，十足地露出来她的暴躁和粗野来。她是在骂着王中藩的，因为他刚才派过人来横不讲理地拉去了她的五斗小米，而且据他们说，又因为什么缘故吧——她可没有听骂清楚，却又多罚了一斗。他们硬硬气气地拉着小米走了，她就不客气地，背后地，祖宗三代地骂了起来。虽然，她明明知道他们连一个字也不会听得到，而她是骂过之后觉着心里确实痛快了不少。

"算了吧，好太太，别那么当一回事吧，你就当拿六斗米喂喂狗不是也就算了嘛！"施大先生赔着笑，在打趣地说。

施大先生究竟不愧是一位场面上的人物，他说出来的话就是非常顺耳，尤其是这一刻，他这话有如一曲低声吟咏的淫渎的小调，说得她心满意足地止不住咧开两片红红的嘴唇笑了。

"施爷，到底还是你走南闯北的人物，真会说话。可是这些东西实在够气人的。我们的小米子难道就不是花钱买来的吗？"她故意地扭动着她的腰，又起一只手。

"你以为就是你们一家出了小米了吗？"

"怎么？"她截住话头关心地问道，"别人也都在内吗？"

"别人不别人，我就是一份。"施大先生说。

"百家长也摊上了吗？"

"总有那么五六家。"

"这些东西，实在是气人，这还有王法吗？"她显然还没有消尽了她的火气。

"算了，以后再说吧。"

"你真是会说话，我佩服你，你跟你的太太不会打仗的吧。"她向后退了一步，有神韵地挤弄着她的眼睛，抿着嘴说，"好几天没有见面了，今天是什么风把你这稀客吹来啦？"

一个在城中四等土娼里混过几年的女人，由于生意上的交往和磨炼，她自然就不缺乏着一副应世的口才，尤其当她从繁华的都市返身到闭塞的乡村，无疑地她在酬世方面是村中女人的魁首。她的以往的经验，变成了今日乡人眼中的炫耀的光彩。一叉腰，一扭屁股，甚或是一怒一笑，叫别人看起来都不是勉强的做作。也许这就是被排长看中的一点吧，因而不惜把历年以来借着他的权位用手段剥取来的横财，心愿口愿地花了出去，把她宝贝似的买了进来。

人只有二十七岁，一件蓝布大衫罩在她的不胖不瘦的身上，穿起来非常合体，这又是和村中的妇女们总是把衣服剪裁得宽大的有些好笑的土气又不同了。脸面有着过度的焦黄的颜色，那上面涂抹着黄的、白的带有着一股奇香的脂粉，在她的圆溜溜的两只善于眨动的眼睛的上面，修出来两道窄小的柳叶一般的黑色的眉毛，她那鲜红的嘴唇，为她那被大烟熏黄的牙齿连累得不免有些减色。

"别挖苦人吧，闲话少叙，我是找你的老爷商量事情来的。"施大先生说，有意地向后退了一步。对于这个被人们称颂为"狐狸精"的女人，他实在不愿挨上她的边，免得连出混乱听闻的瞎话；而其实，他这斯文到家的绅士，确确实实地在睡眠中越规地梦见过她有三四次，这不可告人的隐秘是直到现在还藏在他的心底。

"这可太不巧了，他出门了。"对方在轻佻地掷出来一个微笑，一面送上一支洋烟。

施大先生没有抽烟，女的倒是很痛快地自己点燃了，她一边喷吐着浓重的烟雾，一边在真真地瞧着她的客人，好像在探问着他说：你有什么事情吗？

"这怎么办，有事情呢……"施大先生踌躇不安地在屋中踱着步，不时地伸手去摸弄着他那下巴上的一点黑痣上面的黑毛。

"有事也没有办法，明天天不黑，他是不会回来的。"她解释了一句。

"明天才能回来？他到什么地方去了？"施大先生追问着，希望能得到一点底细。

女的长久地注视着她的来客，好像要观察出他的装在肚子里的隐秘。她一连抽了好几口烟，喷出来的烟圈一个连一个，慢慢地升腾到半空中去。她稍稍沉默了一会儿，带笑地又开了口："施爷，你也不是外人，我就老实告诉你说吧，我们老爷是到县里去了。"

"哦，我明白了，我知道了！"仿佛完全明了了其中的内情似的，施大先生不停嘴地重念着，随后又补足地说道，"我这回来找他，也是为着这一件事呀。"

"我早就猜到你的来意了。"女主人说，巧妙地又叉起腰来，嘻嘻地笑。

"这些坏种，非把他们收拾干净不可！"她紧接着说，表白着她的猜想是一点也不错的。

"你真行。"施大先生说，一面也就稍稍放了心，因为排长既然跟他有着同样的见解，把事情慷慨地担在自己的肩上，定会在预料之中弄出头绪来的，那就好了。他到县里之后，以他的过往的交结和联络，朋友们必要给他分心帮忙，自然事情就可以顺利地完结了，说不定明天晚上，跟随排长一道，那些友军就会下乡来的，庙上的一帮无赖也就一个个明正典刑了。

到这一刻，把一切事情都弄明白之后，施大先生就没有再在这里停留的必要了，称心如意地回家等候那好消息的到临吧。但是，他简直像一个走在山路上的人似的，满身上下都为那些乱糟糟的荆棘牵连着，使他半天半晌也拔不动步。又有如什么人特意在他的脚脖上拦上了一条绊脚绳，绊住了他不能即刻前进。是什么绳子呢？啊，一条长长的无影无形的绳子——一个带着天脸的二十七岁的女人……

"你在想什么事情啊，大先生？"二十七岁的女人开口了，意味深长地转着她圆溜溜的眼睛。

施大先生不自主地但又是本能地眨动着他那只几乎闭拢了的既不温存也不和善的眼睛，他望不见那牵连着他的丛生的荆棘，他也寻求不到那条无形的绳子，他只是看见一副叫人不能平静的打动一个乡绅不能告人的隐秘的心的女人的脸！早点离开了这里吧，要不然，也许会陷进无底的深渊的……

"那么我明天早上过来听听信吧。"也不敢回答女人的问询，生怕勾引起再多的牵连，施大先生急急地迈开了慌张的脚步走了，就这样他还是听到了身后飘来的尖细的声音："施爷，干啥这样急呀？没有时候来串门，记住，把大嫂也一道领来。"

这女人的嘴巴，简直是一根带刺的针，一下子就刺进施大先生的心窝里，好羞人的话呀，她提到他的屋里人，分明是给他一个有意的羞辱！天知道，地知道，施大先生他自己知道，论起他的身份，在王家村里应该是数一数二的人物，但他是有点美中不足的——也正是排长太太所讽刺他的，他的太太实在是有些看不过眼，年纪比他大了四五岁，已经就不算"般配"，而她有些地方简直是不随时，尤其是叫他摇头。

但是把话说回来了，这是一小小父母订定的婚姻，父母之命，媒妁之言，这还有什么说的！施大先生又是村中读书知礼的人物，满肚子礼义廉耻，为了保有他的自尊和身位，他不能存有半点逾越常规的打算，他不能容许他自己的野心得以发展，最后是只有默然不响地忍受这难心的苦病和缺憾了。一方面，儿女成行的乡绅，他做人处世万万不能忽略他的模范作用，他要子女们对他敬重，要别人拥护他的名誉，这是他不如意中的唯一的安慰，至于那些非分的乱念，那是年轻时候该有的事情，现在对于他已经绝了缘分。

他忽然想起来，他几乎忘记了一件大事：他还未到百家长的家里去呢，怎么就忘了这一着？这可是怎么也错不过的门槛。

雄赳赳的三匹大马，马身上骑着三个坏蛋，从他的身边紧贴紧地飞驰过去，大道上面，迷雾似的扬起来高高的刺鼻的尘土。施大先生直感地往路旁慌然地躲避着，却未留心到脚下绊到一棵不大不小的木头根子上，人便像一个抛出手的包袱似的摔在路边上了，于是，应时地，在他的保养得颇为得体的丰润的脸面上，不客气地、刀切似的划出来一条流血的伤口。

"倒霉，倒霉！"从惶恐和伤痛中爬起来身子，施大先生先朝左近望了一圈，真好，连个人影子都没有呢，这就使他骄傲的自尊心中把握到一点安慰，别人当成话柄来戏耍他的机会也就没有了。他因此安然地缓过一口气来，着手在整顿着他的身子，可糟糕，长衫也不是完整的长衫了，前襟的下半边撕裂了一条缝，脚在烧热地发着痛。

对于这些乱党的仇恨，在这位乡绅的被侮辱的身上，是不折不扣地又加深了一层。

"这些坏种，得不到好死的！"他悻然地用鼻音骂了一句，又迈起他前行的脚步来。

八

一夜一夜地睁着眼睛望着房子，一夜一夜地睁着眼睛听着夜狗的吠声，王德仁老头子夜夜地睡不着觉，就像有什么说不出的苦痛，蛀虫似的咀嚼着他的深心。他是多么为着想不出妥善的办法制服儿子的胡闹而在担心着、烦恼着的呀！神仙们和祖宗们也不再帮他的忙纠正他的不学好的儿子走上正路了，是不是对他感到失望了呢？一夜一夜地他在伤心地叹息着，他的老来命运未免太苦了；儿子不是自己的儿子，当爹的一点享受不到当爹的福分。一夜一夜地他不停歇地抽着旱烟，那浓重的烟气，强烈地刺激着他的鼻孔，一声叠着一声地打着喷嚏，顿得他的衰老的骨节直发痛。一夜一夜地他贪婪地喝着高粱酒，让强烈的酒精烧红了他的松懈的脸，烧热了他整个不痛快的身子，只有在经过这样一种过度的刺激之后，他才可以稍稍地遗忘了所有不快的感觉，慢慢地睡上一点觉。

为着他的不听话的、胡作非为的儿子，他曾经去拜过胡仙爷，像捣蒜一般磕着头，一面要求着说："胡仙爷，行行好事显显神通吧，把那个胡闹的人领到正路上来，他现在已经中了邪了。"

这可怜的老人，也请过"跳大神"的，给他的儿子找算一下，看他胡闹的日子还有多久。

这都是背着儿子偷偷干着的，倘或儿子知道了的时候，他免不了又要乱搅乱闹。胡仙爷可没有显灵，那位大神给他的结论是：黄鼠狼窜了他儿子的壳，现在胡作非为的早不是本来的王中藩了。

老头子到后是无办法地和烟酒做了更亲近的朋友。现在，看在他眼中的东西没有什么颜色，吃在他口里的东西没有什么滋味，他这一刻整个的生活，平淡得无声、无色、无臭。他不是在过着生活，而实在是生活抛弃着他！他不再关心下地监工了，猪也是隔上一两天才看上一眼，耗子在屋子里简直闹翻了天，咬坏了东西，打碎了茶碗，环绕在他的家中的是无法形容的紊乱。

老头子咀嚼着苦难的滋味，无办法地几乎不想再活着受这个罪了，偏偏是他这时一点杂病也不生。

被赶出庙外的老和尚，有一天找到了这个伤心的老人，他们很顺利地建立起亲厚的友谊。

"行了，"老和尚说，"王老头，你别伤心了，你丢了儿子，我失了窝巢，咱们两个正是一对可怜虫，咱们在一道过几天再说吧。"

老头子压抑着一肚子不愉快的心肠，欢迎着这个受难的新客的光临，同时他也很明白，完全是因为儿子的胡作妄为，才牵累了一心无挂的出家人也遭受了灾难，他是那群坏人中间的祸首的父亲哪，他应该向这个不幸的来客表示出歉意的。

出家人是与世无争的，他们在本分之内给神仙爷们上几炷香，或是静坐在禅厅静心地念上点经，难道这也会引起他们的厌烦吗？苦苦地和他为难，赶出来他，占了他的房子，这到底是为着什么缘故呢？

"行了，"他替老和尚冤枉着地抱歉般地说，"老师父，只求你不见怪，你住在我这里我真是求之不得呢，是我没有养到好儿子，把你弄得没有立身站脚的地方。天老爷不能容他们，他们都得不到好死……"

这就正迎合了老和尚的欲求，因为他自从脱离了老爷庙的庇荫之后，简直就失掉了生活的倚仗，像一颗抛在天空的石子，不知道将要坠落在何处。

两个人就这样地住在一起了，老和尚破例地开了荤，葱蒜鸡蛋不避讳地吃得非常合口。他白天教给老头子念佛，据说这是可以给他儿子免罪的，晚上睡不着觉的时候，他就不嫌絮烦地讲说着王老头所不理解的佛理，他更忘不掉他那份被劫夺的积储，即或是在做梦的时候，他也会很顺利地把那失掉的东西收回到自己的手中，这正如王老头不能忘记他的儿子一样！但他们的梦想是不能实现的呀！两个人常常为此就感伤地在深夜之中长久长久地叹气。

老和尚的命运，大概比起老头子来还要恶劣的，当他在王家住了几天，满以为有个吃饭落脚的地方，心里面也觉着有些安然的时候，一个意外的事情，暴风雨似的，很快地降落在他的眼前，王中藩——这叫人头痛的名字呀——他挎着一支手枪，带着一副令人畏惧的面相回家来了，他对着这位出家人竖起来不屑的敌意的眼睛。老和尚立时就慌了神，过去庙上一幕怕人的情景马上又搬演到他的面前，他慌怕地悄悄地溜了一眼，赶忙地就拔着破脚朝着门外逃走了。太忙了，临逃的时候忘记了带走那一二十年跟他相依为命的木鱼，一个很大的损失呀。可是当他刚想返身看望一下的时候，那东西正好打从屋里被扔了出来，同时，他清清楚楚地也听到了那不愿听的声音了。

"拿去你这套宝贝东西吧，谁稀罕你这骗人的玩意儿，跟你一道去受罪吧！"

王德仁老头子什么话也没有说，只是在机械地像一个傻子似的在盯视着他的儿子，坐在那里一动未动。

他真正是不想说话吗？他真正不想动一动的吗？不是的。他的心中正有着他的打算。他是想：儿子总是自己的儿子，那他就还得设法说服他，导引着他回心转意。至于儿子驱逐老和尚的难堪的举动，他却知机地不在这不良的时间之内加以责斥了。他既然回到了家来，就赶紧抓住这个机会使他屈服吧，虽说他对于老和尚的受辱，更增加了他的内心的负疚，这一刻也实在管不了那么多的闲事，去给他圆下他的面子。他想用一种柔和的言语开始一个谈话，先把儿子留在家里稳住他的心神，然后再进行第二步的规劝。他随即装出一副虚心到家的笑脸说："中藩，你回来了，爹正想着你呢，可真是，想着想着你就来了。你这几天好不好哇？"

"天天不坏，爹你也好吧。"儿子说。

这样心地平和说话的态度，关切地问询着爹爹的安好，恐怕还是儿子回来之后的第一次吧。老头子意想不到地乐不得了，在他看来，若是儿子变了性子，那就该是他回心转念了吧。这是多么难得的机会哟！老头子赶紧讨好地要求着说："没有事就在家里多坐一会儿吧，好不好？"

儿子居然是出乎意料地、听从地答应下来，也真够赏脸的。老头子要去预备饭食了，杀一只鸡做一顿好饭吃，不是更可以把儿子笼络住吗？可是当他把这意见说出来之后，儿子又别别愣愣地摇起头来：

"我不吃饭，爹你别费事，我是专来探望你老爷子的，我还有一件事要跟你商量商量，我是想请你也到我们的队伍里去，给我们做点零活，咱们都在一块，同心合力打敌人，有多么好哇！"

原是为了这件事情才回来的吗？原是叫当爹的归降到儿子手中的吗？老头子火热的心冻结得像冰一般冷，有什么办法呢，你正想说他收收心吧，他倒先来说你去入伙，难道这是在做梦不成？一个老头子也戴上了白胳膊布，大吵大嚷地跟着胡闹，笑掉了别人的大牙！不能答应！他还是照着原意说出来他的意见："好孩子，依爹的意思，你最好收了你的心……"

"爹，我跟你说，"王中藩不理会地依然继续着说，"我们欢迎你加进来，人多好做事，就可以打下基础。你别再想把我留在家里，娶媳妇，养孩子，日本鬼子不打出去，什么用处也没有！日本鬼缴枪缴地照你忘了吗？日本兵杀死方家小七，强奸了孙大姑娘你忘了吗？日本鬼烧了太平村，烧死了一村人你忘了吗？这样残暴的仇人，你不把他们打出去，还能有太平日子过吗？我说爹呀，算了吧，你别再做梦了，也别信神了，神瘟死了几个日本兵？还是好好干点事情才对。"

"孩子，你说的话不错……可是咱们能打过日本人吗？……能打过官家也早打了。……你……"老头子还是要说服他的儿子。

"不，只要大家伙齐心合力起来干，日本鬼不难打走哇！"儿子坚持着他的意见说。

老头子想驳斥儿子的不正确的道理，但他一时之间又想不出话要从哪里说起。儿子的两片嘴怎么这么能说了？人多好做事，按道理讲话并不错呀！他可就难于说服他的儿子了。可是他当真能够听从儿子的说法到庙上去吗？可不行！一个庄稼汉，死也不该做出越规的行动。

这就更为难了。

但老头子还是很巧妙地开了口："中藩，爹的好儿子，这么办吧——你听爹的话先收了心，过上一年看看，若是真没有太平日子过，你再来干这一套，你看好不好？爹那时一定都陪着你干。"

老头子是明白其中的道理的，只要儿子能够答应下来，一年工夫过去，再硬的铁锤也会磨成纤针的。

"你是不加入了，是不是？"儿子不愉快地说，"别的话说多少没有用，我忙得很，多少事情都等着我回去办呢。"

话说完，就一直地没有一点留恋地走开了，连跟他的爹爹打个招呼都没有。

老头子着急了，儿子依然不肯改变他的蛮干的主意，这可怎么好呢？从他的带有一层红膜的眼睛里面，这时候止不住地挤出来酸透了心的、难过的眼泪。

"中藩，只要你答应我，我管你叫爹好不好？"他哭着追了几步，拉扯住儿子的胳膊要求着，可是儿子是毫不动情地甩脱开去了。

"这东西，他是铁做的人，他有一颗铁硬的心，他，他让黄鼠狼窜了壳……"

王德仁老头子到这时是完全绝望了，既然不能说服了儿子，使他回心转意，而他自己又不能跟儿子去入伙，胡作非为，两种合不拢的苦痛在折磨着他，包围着他，于是，没有办法地，一夜一夜地他睡不着觉，一夜一夜地叹着气，一夜一夜地抽着旱烟，一夜一夜地喝着老酒，这之外，还加上了一件新的装点———一夜一夜地哭泣。

傻大哥眼看着他的东家日以继夜地受着折磨，他的质朴的心中跟着也在难受。他这几天以来心情的变化，老实也有些叫他捉摸不定。常常地当他正在铲地的时候，忽然就不知怎的想起来那个叫他不能忘怀的人，他简直放下锄头就赶到她家去了，问问她是不是有什么事情需要他帮忙。一方面，他的不可告人的心中，正在打算着一件亟待解决的事情，那事情在他心中搁置很久了，他曾经跟秦大嫂说明过一次，并且她还对他的计划加以赞助呢。而他的老东家的愁眉不展的生活，则又过分地增添了他的忧郁的感觉，他担着可怜的、可悲的心思。他是这么地把自己也陷在深渊中了。

"慢慢想办法吧。"深夜之中，当他听见老头子辗转不寐，连声长叹的时候，他从旁劝解着他的东家，一面也在睡不着觉地盘算着自己的事情。

老头子不出声地咕噜咕噜地抽着旱烟，有时被烟气冲着了呼吸器官不舒服地咳嗽着，半天半晌也咳嗽不完。

"何必这样呢。"他这时又有点觉得这个老头子未免自己太找着多事了。他有着他的一种看事的见解，他觉得儿大不由爷的话是对的。为什么一定要把儿子把在家里呢？他自己创上一点事业不是很好的吗？跟日本人作对，跟他们找别扭，你还能说那是不正当的举动？日本鬼狼心狗肺祸害人的地方可真多着了，老东家在这方面偏偏和儿子作对，未免有些不度德量力。到这时，他又觉得他的东家的愁恼简直不值得同情了。

"迟早我是要干干的，"他自己给自己做了决定，"少东家讲的那一套，就是有道理的。"

其实老头子近来也在慢慢地感觉到，他这能做活的年造，渐渐地和他的距离在远起来了，他似乎看来傻大哥的神情慢慢地变了样，他的言谈也和从前有了不同，他倒是颇为担心着他有一天也失足地走上了邪路。

"傻大哥，我看你近来像是心里有事呢。"老头子等待咳嗽停止了之后，也就自动地搭上话来。

但傻大哥却像没有听见似的不答一言，也许他还会装作睡着了的样子，打出来沉重的鼾声。

"别跟我闹着玩了，"老头子接上来说，"我知道你没有睡着，是不是秦大嫂这几天没有叫你摸，你的心里难受了？"

傻大哥终于被老头子打趣地逼笑了。

"老东家，"他说，"你真行，还有这一套呢，是不是你也想起来你的老伴了？"

"我这岁数还有那种闲心吗？我挂念着的只差王中藩的不走正路哇。"

摸着黑，东伙两个人就从此开始了没有头尾的谈话。夜风摇着树影在窗前慢动，虫子在凑趣地叫出来低沉的乐曲，小老鼠早在屋子里逞凶闹事了。

　　"少东家的办法，细想想也不错呀。"傻大哥顺势地露出来一点自己的意见。

　　"错嘛——倒并不错。"老头子认可地说。

　　"那你何必生他的气，跟他作对？"傻大哥逼问进来。

　　"光是我跟他作对吗？村子里谁不跟他作对！"老头子兴奋地说。

　　"他们别人吗？那是因为他们另有他们的心思，他们的心思倒是不好的呀！"傻大哥解释着地说。

　　"我不作对，人家会说我任着儿子的性呢，这样他们还骂我管教不严呢。"老头子似乎在诉苦了。

　　"管他呢，自己好歹自己带着。"

　　"可是，真打起日本来，咱们真也打不过呢，你忘记了春天那一回吗？"老头子依然坚持着他的见解。

　　这问题，傻大哥可不能给个圆满的回答了，自己没有把握的话，他一向是不说的。但他这时却自动地把自己的心事说出来了："老东家，不怕你骂我，我也想干干去。"

　　"你？"老头子显然地有些惊讶起来。

　　"就是呀。"傻大哥用十分郑重的声调说。

　　"你去了，我的地谁种呢？"老头子接着很关心地问。

　　"我一边干，一边还给你种地的。"

　　"怎么你也想到了这条道上了呢？"

　　"自自然然地就该走上这条道的。"

　　"我望你别去。"

　　"我望你也去。"

　　"年轻人心不定，仔细再想想吧。"老头子很慎重地说，意思是叫他的伙计好好考虑考虑。傻大哥毕竟不是他的儿子，他加入不加入，那担心和对他的儿子不同，那倒毋宁说，他怕没人耕种他的田地，胜于担心他的走上邪路。

"年老的人心性太定，有时也应该仔细的。"傻大哥不甘示弱地说，给他的东家一个不客气的讽刺。

"老大爷，"他接着很有兴会地说，"告诉你，我想接人呢。从前不是叫我接过来的吗？现在我可要办了，我们两下都愿意，不办置，不花钱，来一个新式的。"

"真的吗？"老头子有些不相信。

"诳你我是个鳖。"

"好哇，正事正办，接过之后，人家就不会再说闲话了。"老头子说。

"闲话？闲话我才不听呢。现在是因为她的孩子也走了，她——她的肚子里，哈哈，王大爷，你猜怎么样了。有了小活蹦乱跳的了。"

"怪不得这几天看你总像有什么心事似的，果不然，你就是心里有事的。"

"过两天我就搬到她家去了，再别管她叫秦大嫂了，从此之后她姓我的李。"

鸡叫了，两个人虽然没有睡，都觉得怪有意味的。而在老头子的心上，似乎又多添了一层心事。

九

王家村——这个小小的村子，撒下了一层魔网似的，情形是愈来愈不像样了，那些意外的怪事，像织在魔网上的梭子，在不顾一切地、不休息地动作。谁知道这是到来什么样的时代了呢？平常日那些驯服得有如一群绵羊的雇给每家的东家做活的年造，在事先明明讲好了口头契约是到"挂锄"或是大年为止的，而且还在这期中使用一部分的工钱，按照村中的惯例，是只有做到说好的期限才算完工的，而这时候，他们相率着地纷纷地扔下了活计，不顾原来讲好了的口头契约，开玩笑地都到老爷庙里去凑着热闹。他们——一群一群地，一伙一伙地混在那些乱党一块，在一道出操、打柴、站岗、打立正。

王家村牢牢实实地在变了。

木匠的儿子阎小七，跟王中藩一样，也是成天骑着大马，挎着手枪，像有无数的事情须待他办理似的，街里外地奔跑着，提起来路上的干燥的尘土，刺激着人们的喉咙打着干咳。

这疟疾一般流行着的疾病，不仅限于一个地域地传染了王家村的年轻人，引诱起他们不正确的想头，同时在四近的村落，也同样在慢慢地蔓延，常春藤似的从这里爬到那里，从那里又爬到别的不知名的地方去。无论是南边的村落，无论是北边的村落，或是东边的和西边的，跟王家村一样的胳膊上缠着白布的人们，同样地占据了当地的庙宇或是空屋，在干起同样的勾当。多少人投奔去，多少人骑着大马奔跑，多少的乡绅都被摊派了粮食。

"洪水猛兽哇，这些乱党，得不到好死的。"

"这些无业游民，让他们进十八层地狱吧。"

"天下变了样了，无赖当权，还会有好日子过吗？"

"什么是抗日义勇军，简直是一群疯狗！"

到处的像夜里冒出来的露珠似的，人们在普遍地发着无尽的怨言。他们共同地引起来对于这群人的不赞同的表示。

而在施大先生的平静的家里，有如在跟随着整个村子配合着似的，更在发生了全然出乎意料的一种变动。那突来的变动，即使在幻想织成的梦境中，是也不会在他平正的头脑设想出来的！他的第二个儿子名叫施光烈的，本来在城里的中学当着教员，前些年南京北京地念大学，不知花了多少钱，好歹毕业做事算是成人自立了，当爹的眼看儿子的长大成人，真有着说不出口的高兴！而在一般墨守成规不离家门一步的人们的面前，他尤其更为此夸官般地炫耀的呀，他不也正因此获得不少人的赞赏的吗？可是现在呢？儿子居然中了邪地也变了心了，也不学好了，他扔掉了好模好样的高尚的教员不干，一百多块的月薪不想挣，却莫名其妙地偷偷地回到村子里来，也掺混到那群无赖汉中乱闹了。

还不止他一个人呢，听说他还带来一个女的，不是他的亲戚，也不是他的故旧，二十来岁的大姑娘，就跟他一道来了，也掺混到那群无赖汉中乱闹了。

当施大先生听说到这个消息的时候，那已经是儿子在庙上住过三天以后的事情了，是他的邻居，长一副刀条脸，没有顶门牙，一说话就沙沙漏着风，翘鼻子，有一对常在避免日光眯缝着的眼睛，外号叫"马善人"的告诉他的。

"大先生，你知道吗？你的二学生回到庙里来啦？"这四十多岁的善人说。

初初听到这句话的时候，施大先生仅只沉着地用斜眼瞧了一下，毫不为动的他没有多加理睬，这怎么会是可能发生的事情呢？马善人不管轻重地开起这个玩笑，确实有些侮辱了他的尊严。一个读书讲礼的，在南京北京念过大学的儿子，再愚蠢也不会扔开一百多块一月的事情不干，跟一帮无赖瞎闹吧？

"善人恶人的，你可不能顺嘴说白话，青天在上……"施大先生用鼻音不愉快地说。

但马善人可一点也不含糊，他半眨着眼睛注视着，用沉重的喉音说："你说我顺嘴说白话吗？大先生，玩笑是不能随便开的，顶好你自己去打听打听，若是我说了半个虚字，那么，你就割下我的头。"

全然是叫人不相信的事情，但是却正好把施大先生难住了，说起来他这位邻居嘛，是从来未在他的面前说过谎话的，这是无从否认的事实。而且，他为什么要开这样的玩笑呢，那不是太不识时务，太不知分寸了吗？看他的态度那样倔强，他的说话那样有力量，似乎不可能是无中生有的捏造。那么不幸的运气，当真临到了他的家门？这不名誉的丑声名倘若传扬出去，施家一向在村子里所保有的光荣都被辱没了。顶在他的头上的，是一片吹不散的深厚的愁云，环绕在他心中的是消不解的烦恼，他的挺直的脖子似乎都失去了抬高的勇气。不过这里似乎还有一个漏洞，这是说，倘或二儿子真的回来了，未必三天工夫都不回趟家的吧？

"听说还领来一个女的。"马善人又加了一句。

女的男的都不管，先去打听打听吧。他这样决定。

一打听，事情可就糟了，给他带回来两股不能排除的火气。

头一股气：当他到庙上去探问儿子的消息时，那些无赖，疯狗咬街地抢白了他一大顿，说他没有学问，骂他甘心当亡国奴，将来不得好死！这还行吗？以他这一向在村子里原有声望的、专受人尊重的乡绅，给他的骂言无异是对于他的极端的侮辱！第二股气：儿子是千真万确地回来了，那时正坐在殿房里写着什么——这可怎么对得起村中的老幼？谁还再尊敬他呢？人们会指着他的背后骂他祖上缺德的吧。这两种不如意的打击，怎么能叫他不发火生气呢？……

然而儿子毕竟是读书人，读书人是明白道理好说话的，施大先生当场就跟他的儿子开了谈判。他斥责地开了口："光烈，你是读书人，读书讲礼，难道还分不出上下高低？怎么回到村子里也不先到家里去看看呢？"

儿子不是自己的儿子了，儿子的性子变成了钢铁一般的强硬，凭你说什么话，他总有他的一套道理。

"爹爹，"他回答着说出他的道理，"就因为我是读书人，我才分得出上下高低，我才明白事理，要打日本鬼的！至于我没有回家去看你老人家，那是因为这边的事情太忙，人少事多，忙不完事情我怎么能回家呢？"

他今年二十六岁，瘦削的身子，支持着一副适度的、清秀的头脸，白色金边的近视眼镜，在他的白白的脸皮上反着光，后面躲藏一对尖利的、有着亮光的眼睛。两颊高耸着，刚刮过不久的胡子，露出来浅黑色的短毛，他的嘴唇边上，时常浮动着亲热的微笑。他用着盼待的目光，扫视着他的父亲。

施大先生的稀疏的头发，不自觉地竖直起来，朦朦胧胧的概念，使他意识到他这一刻不是人所敬重的施大先生，而是那众口署骂的王德仁了，施光烈呢，这时候恰恰变成了昔日的王中藩。爬进了心里一条大蛆似的，他全身作呕地觉着难受，他的脸上烧成一阵火似的热了。

王中藩却不知什么时候站到他的面前来，白胳膊，黑字，把他的眼睛晃花了。他且在开口说："施大爷，别的话没有说的，你也进来算一份吧。"

"谁理会你呢！"施大先生心中对着自己说，不过儿子总是自己的儿子，总得把他拉回自己这边才行。他不能像王老头那样没有正事地放纵着自己的儿子不敢管教，他有他自己的办法。无论怎样，当父亲的眼看自己的儿子走到悬崖边上，总得伸手快些把他拖回来！怎么把他的儿子往回拖呢？翻脸吗？当着众人的面前骂他一顿，给他羞辱着辱吗？不行，动硬的恐怕只有坏事，现在年轻人，他们的脾气是一天比一天大了。那么还是自己屈辱一下，先压下火气吧，把他好模好样地说回家就好了。想到这里，施大先生就世故地赔了个笑脸，和声和气地说："那么，光烈，别的话都不说，你先跟爹回趟家，看看家里的人吧。"

只要他能回家，家里的人包围着他，七嘴八舌地还愁说不服他！

可是儿子的回答就远着了。

"看到了你这老爷子我更不想立刻回家了。"他说。

"还有你妈，你哥，嫂子，都应该看看的。"他又加上来一句。

"那么，等晚上说吧。不过不一定今晚明晚，哪一晚有空就哪一晚回去。回家是私事，我办的是公事，不能因私废公啊。"儿子又说出来他的道理。

硬的一着不敢动，和平的说服也不能马上生效，于是，施大先生带着这样不能消解的两股气，不舒服地在路上焦躁地走着。

儿子不是自己的儿子了，这可是什么东西作怪呢？什么魔鬼把他们都赶到庙里去了？……

当施大先生走在路上看见有人从对面走过来的时候，他羞得有些不敢抬头，他感到这一时的脸上像巴掌打的一般热。这样不伦不类的怪事出在他的家里，他有什么脸见人哪！就算到人当面不说什么话，背地里他们的嘴也不会饶了他的。

"得了，施大先生，施光烈是你的儿子呀！"他们会这么说的。

他难堪哪！

乌鸦藏躲在榆树的阴凉中，不负责任地呱呱地叫着，仿佛在说："施大先生，你也有个不学好的儿子。"

在同一个时间，从大远的地方，刮过来无有影响的凉风，它操纵着四野的田禾草木做出一致的讥讽，好像是在向他说："恭喜施大先生，儿子当了义勇军。"

怎么地面上就不裂开一条缝呢？让他沉入到地缝的下面不就好了吗，怎么尽把耻辱给一个人消受呢？难道是他做过什么不道德的事情吗？世面变了，王家村变了，就连那些乌鸦、风，也全变了。

两股火气一直在他的心中蹦跳着，他有些难于安置。另外还有麻烦的事情在缠着他，那就是，倘若排长从县里请来了日本兵，下屯一抓人，他的儿子可就快要遭难了。还有，当马善人再问起他来的时候，他该怎样回答呢？

"大先生你要不要割我的头？"

只要他说上这一句短短的话，他就没有地方安放他的脸面了。

回到了家里之后，施大先生就把他所抬来的火气，都移转到他的老伴身上。

"是你养的好儿子，走到邪路上去！"他凶巴巴地叫喊着，一面伸出右手去焦急地摸着他下巴上的黑痣，"我说不让他念书，尽是你的坏主意，偏让他上学！一下生我就看他不顺眼，怎么样？丢人的事情都让他做出来了！"

"怨我吗？我知道你打哪里来的野种！找你死爹死妈去问个明白吧，去扒坟去吧。"老伴不甘忍受地今天也一反寻常地反抗起来。

"混蛋！"绅士这回可大大动怒了，"妇道人家，也可以跟男人分辩！打断你的狗腿！"

当施大先生真正发作脾气的时候，他的老伴可就不敢再惹他了，傻子才有勇气去捣毁蜂窝呢，因为他不知道蜂子的厉害。而这位绅士从前在他的老伴身上所打下去的拳头，那是直到现在叫她一想起来还要哆嗦着的。

"光知道跟我闹，我跟谁去闹！"施大先生说，吞的一声吐出一口痰，"弄不好，说不定有灭门之祸的！"

这句话倒是吓住全家的人，因为他那庄严的神情，他那郑重的语气，都在说明着他的言语气绝不是故意惊人的辞令。到这时，施大先生的老伴可就一点火气也没有了，倒是二儿子因为在庙上厮混而招引来灭门之祸的危险，占有了她的整个心神，发愁着不知道如何是好了。

她用一种颤抖的语音，关心地问道："那么可怎么办呢？"

"怎么办，我知道怎么办？"施大先生在老伴的面前更抓住理了，俨然在以征服了老伴的得胜者自居，而在显示着他的智谋，毕竟还是高出在一个老婆子之上的，否则她为什么要向他请教呢？

七岁的小孙子，不知道什么地方弄来的酸杏，站在施大先生的身旁嚼出来很大的响声，他每嚼一口，施大先生的嘴里面就不自禁地冒出一股酸水来，他感觉到他的味觉实在很难受，他觉得他受了很大的威胁。

"去！"他驱逐着。

孩子没有立刻就动地走他的路，他是很知道他的爷爷平常日对待小孩子的脾气是怎样的绵软的，他就猜想到他的爷爷虽然驱逐着他，却绝不会因此就生他的气，有时候他给爷爷做上一个鬼脸，反而可以把爷爷绷紧的嘴巴远引得发笑的。今天，他没有忘记他的旧方法。他不仅没有遵从地退走，且在进一步地走到爷爷的跟前，抬起头来摇晃着一个青色的杏子玩笑着地说："爷爷吃不到酸杏拿我来出气，爷爷真不好。"

看到了孩子聪明的、顽皮的样子，施大先生从内心深处涌上来一种悦爱的感情，他为这将来的一代的精明而感到无上的欣慰。但当他一想到二儿子胡作非为的结果，说不定累及了全家，甚而连这七岁的聪明的孩子也不能免于遭难的时候，他的眼眶里的凉热的泪珠在半天半晌地打转了。

"唉——!"他最后是无可奈何地叹了一口长气，无可奈何摇了摇他的光秃了的头。

"爷爷害羞了。"孩子更得意地叫了起来，他仿佛认为他已经说到了爷爷的心眼里了。

"别乱叫。"施大先生阻止着他。

"爷爷不让说话了! 不让说话了!"孩子更得意地叫着。

施大先生一阵地想到了那不如意的事情，心里就像打了个结子地沉了一下，孩子的嬉皮笑脸不听话的作为，同样地引起来他的烦恼的不愉快的感觉。他的不安定的心中异常紊乱，他止不住地发作了性子，伸出手去把孩子重重地打了两下。

孩子哭着叫着走出去了，孩子的奶奶一声叠不一声地劝慰着，施大先生则又失悔了他的不正当的迁怒的对于孩子的体罚。他第二次又叹了一口长气。而在这时，他猛然抬起头来，就看到了那个翘鼻尖、刀条脸、眯缝眼、没有顶门牙的人物走了进来。

糟了，他怎么找上来了呢! 施大先生真想找个方便的地方躲藏起来，免得遭受他的质问式的非难。

马善人仿佛猜透了主人的心思，唯恐他躲藏起来似的，特意加快了他的脚步，一下子就走进了屋门，那是使主人即或想回避一下的机会都没有的，他们对面炕的炕沿上坐下了。马善人可并没有即刻说出那质问式的刻薄到家的话语，他只是在翘着他的鼻尖，眯缝着眼睛，像一个军法官似的在盯视着。

他虽然没有开口，施大先生却已经在猜得出来客肚子里所要说的话了，他心里的话应该是：大先生，你看我的脑袋还可以长牢吧。

这位主人一直在期待着他的来客的开口，像一个取守势的部队专门在准备对方的攻击似的，他静下去一片烦乱的心情，在慢慢地抚摸着他的下巴上的黑痣。他给他的客人递过去旱烟袋，并且还把那一端冒烟的火绳也放在客人的手中，就差着没有说上任何一句话。在平常日子里，施大先生自然是一个有名的乡绅，这是说，他在言谈方面也是颇为内行的，天上的，地下的，人哪，鬼呀，他若是高兴起来，可以说得两片嘴唇的外面冒着白沫，他可以像打倒一个敌人似的，用言语说服了对面的人。可是今天他第一次感到了启齿的困难——也许这是他有生以来的第一次吧。这个使他难于开口的对手，偏又不是那种说起话来滔滔不绝的人物，不免叫他更加倍地感到惭愧。

但施大先生等待了一个相当的时间之后，依然未从对方的身上遭受到攻击，他可不能再沉默着不发一言了。俗话说得好，筋斗不摔则已，摔起来总得摔他特别地响。这位绅士即或是在把口实的把柄握在对方的手中，他也不能不设法挣扎一下，给自己可能地来一个掩饰。再不可能的时候，他还得取其次地给自己找下台的方法，他现在就正在取其次地向着对方迎接上去。

"我到庙上去了。"他说，瞟了他的客人一眼，"闹哄哄的有不少人。"

"啊。"善人仿佛并未注意地很随便地用齿缝挤了出来。

"施光烈——"

"怎么样，他在吗?"客人睁大了眼睛，故意做出吃惊的样子问。

"你说的话一点不错。"施大先生低着头在回答。

马善人磕去了抽过的一袋烟灰，拿过去烟荷包又装上了一袋。

"年轻人的想头也是奇怪呢。"他说。

"我想把他好好教训一顿，大概他这几天就会回到家里来的。"施大先生说，故意做出来他的绅士派头，故意显示着他的应有的家教。他可没有说出来他在庙上所受的难堪的羞辱，他也未说出儿子的倔强的态度，因为那都是有损他的绅士的尊严的。

"好哇，"马善人同意地说，接着他又否定地摇了摇头，"事情不一定好办呢，年轻人不听老人的训教，都成为时新的玩意儿了。"

"我有办法的。"施大先生有把握地说，似乎因为这句有力的话，挽回来他的不敢招架的颓势，而他也就不受拘束地把腰肢挺直起来了。同时，因为他的来客好久也未向他提出质问式的羞辱，这就更增厚了他的安慰和勇气。

"但愿你说的话能有办法。"

"年轻的人是不能对他们客气的。"施大先生更进一步地加上了一句。

这位来客这一时可是太出乎施大先生的意料了，平常日虽然他一见到他的眯缝眼，觉着有些呕心，而今天，当他把他的客人送出了大门之后，他还是牢牢实实地保有着对他的亲热的好感。客人的大方的对他的饶恕，不在他难堪的时候证实消息报告的正确，男主人实在认为这是给他的一种恩惠，而他也就连带地认为他的眯缝眼也有着他的可取之处了。

"忙着走什么，再坐一会儿吧。"他留着他的客人，他的心是出于真实的至诚的。

"不，不。"客人在推辞着。

"吃饭再走。"

"还有事情呢。"他已经走开两步了，却似乎又想到了被遗忘的事情似的又拐回来，向他说，"大先生，你到庙上去，看见那个女的没有？"

施大先生想了一想，据实地回答出来："没有见到哇！"

"可是我见到了，许多人都见到了，她上秦大嫂家里去了呢。"马善人说，有意味地挤着他的眯缝眼。

这就更引起施大先生的探索的兴趣来，他凑上前一步，有兴会地问："是个怎么样的人呢？"

"许有二十岁吧，剪发，胖胖的，胳膊腿挺结实，说话和气，好笑。"马善人报告着说，仿佛他比别人有着好一点的运气。

"姑娘家家的也来胡闹吗？年头可是真变了。"施大先生顺势说。

"不过那人看起来倒满精明。"

"精明？"施大先生不同意地又伸手摸抚着他的下巴上的黑痣，

"精明会干这样的傻事？姑娘家家的，抛头露面，在外面胡闹，丢尽了老人的脸面！这样乱来，跟'齐群子'有什么分别呀？"

"简直是胡闹！"当客人的身影没入大道拐角以后的时候，施大先生一边往屋子里走，一边在心中说，"简直是胡闹！胡闹！不会有好下场的！"

他另外为了一种好奇心的驱使，他却比不住在想着："她什么长相呢？她究竟是个什么样的人呢？……"

他在低着头地思索着，忽然，脚步在一个绵软的东西上面踩着了，他吃惊地往后一扯，那被踩的已经大声地哭了起来，原来是他的哭了半天的小孙子，发赖地躺在院心中半天半天也不肯起来，却不留意地又被他踩了一脚。他赶忙地安抚着孩子，使他不再哭闹，一面在心中把自己狠狠地骂了一声"混蛋"。

十

矮胖，身穿蓝大褂，爱说话，好笑，剪发，眼睛不大也不小，可是很有神，这样一个奇特的大姑娘，现在做了秦大嫂的房客。她住在西屋，原来住在西屋的钱老太太搬进了东屋，和她的女儿住南北炕去了，为的要减少女儿思念死去的孩子，神思不安，她已经搬过去有好多天数。

那一天是傻大哥把她领过来的，进门之后他就这样地介绍着说："这是吴——吴敬文，不，叫吴同志吧。"

指着秦大嫂的那方面，他说："这是，是秦大嫂吧，要过几天之后，才是李大嫂呢。"

秦大嫂透露着红色的光泽的面上就更为羞红了，两只明媚的眼睛，半天半天也无法抬起来。可是傻大哥又说了："别害羞，吴敬——吴同志是洋学生呢，有学问，也不笑话人。"

吴同志也被这句话说笑了，她看看这个黑汉子，心里面在说：傻大哥这家伙倒是蛮有趣味的。

一进门的时候，眼看傻大哥领着一个不认识的妇道，并且那妇道走得离他那样近，秦大嫂当真有些生了无情的恼怒，她真想骂他说——你在哪里领来的野婊子！可是现在她亏得没有骂出口，不然可就更羞得无法见人了。她仔细地打量过这位生客——吴同志之后，就给她下了一个她自认满意的判断：她是一个好人，洋学生没有架子，就差着稍稍黑了一点。

　　于是，她们就认识了，她们就住在东西屋了，几天之后，她们更成为很好的朋友。

　　"朋友"这两个字，是秦大嫂最近才知道的一个新名词，这也是那个吴同志解释给她听的，并且还说她们现在已然成了朋友了。

　　吴同志把西屋收拾得挺干净，单只这一点，就够引起来秦大嫂对她的尊敬。炕上放着一张桌子、一堆书、一沓纸、笔墨砚台，正如同乡下妇女的针线筐一样。她一写字就半天半天写不完，有时她的腿不能盘得过久，大概是盘得麻木了吧，她就伸手用力捶，她的腿也是短胖的，许多肉都在短小的裤子的外面裸露着，她有些不好意思看呢。她捶好了腿，就跑到堂屋的条桌旁坐下了，坐在板凳上，腿不至于麻木，她就可以静心地写字了。以吴同志的身上，秦大嫂证明了别人说洋学堂的女学生不会盘腿，现在是千真万确的事实。

　　秦大嫂很喜欢吴同志，每天有说有笑，逗得她的心开了不少窍，而她讲过的一些大道理，越听也越觉着有学问。"看看人家，看看自己。"那时她就真感到了惭愧。她现在的这位朋友，是在她生活上最有趣味的，最不能轻易忘记的人物。她很想和她亲近亲近，能跟她老在一块才更好呢，能给她帮点什么忙，也是她的幸运，可是她自己却存在着一种不敢太亲近她的心情，因为，她是一个在乡下被骂为不正派的妇人，而人家则是一个读书识礼的洋学生啊！她时常被这怯弱的心情所主宰着，想着问她点什么的，最后是都压服下了。

　　吴同志对于她的情形可就不然了。她是想到了哪里就说到哪里，想到什么就说什么的。譬如她说："秦大嫂，今天我来做饭好吗？"

要不然，或者说："今天小鸡子下蛋，给我留一个，我洗头。"

吴同志不擦胭脂也不擦粉，不描眉也不打鬓，就是好一样，过五六天，要用一个鸡蛋洗洗头发。这几乎成为她的习惯，现在，秦大嫂是很为羡慕她所剪的短发呢，因为每天早上起来，可以不用好大好大的时间去梳头。梳头，扎头发根，盘髻，真麻烦死人，而且也没有剪发的凉快呀。不只她有这样的见解，就是她的上了年纪的母亲，都说若不是因为自己的年纪很大了，一定也预备剪发。她还劝她的女儿也剪了去呢。可是秦大嫂说："人家洋学生才兴剪头呢。"

"瞎说！"老太太反对着说，"你还是剪了吧。"

"吴同志若是笑话呢？"

老太太这时就不出声了，因为她也不敢说，吴同志会不会笑话她的女儿，洋学生就是好笑乡下人的。

但秦大嫂的头发到底还是让吴同志给剪掉了。那是她住到秦大嫂家第三天以后的事情。三个人刚刚吃完了晚饭，在落了花的梨树下坐着乘凉，夕阳斜近了远处的山头，乌鸦在呱呱地叫，放牲口的孩子赶着猪羊各自回家了，吴同志一边称赞苞米糁子稀饭的好吃，一边就说到了秦大嫂的头上来。

"秦大嫂，你的头发剪去吧。"吴同志提议着说，一面在有意味地笑着她那两颊上的胖肉快要合上鼻梁了。

秦大嫂望了望提议的人，害羞地低下她的梳着髻子的头。

"像我这样一个大字不识的人，也可以剪头吗？"她腼腆着地反问着。

"剪头与识字有什么关系？"吴同志说，用她的明亮的眸子，牢牢实实地盯着她，"是妇道就可以剪发，这就像是人就该吃饭一样。"

"真的吗？"秦大嫂逼问了一句，心里面有点活了。

"谁还骗你不成。"

于是，吴同志拿起秦大嫂那把裁剪衣服的剪子，把她的长得长长的头发给剪下来了，她觉得脑袋上面松散了不少，也凉快了不少；可是当她拾起那剪下来的长长的二十多年的一绺头发时，心里面又反常地觉着有些可惜的，太对不住她的头发了。

"妈，"她说，"你把这缕头发给我留起来吧，我有点怪舍不得呢！"

吴同志在旁边端详着这位年轻而标致的少妇，心里面在打着两三天以来的盘算，她沉入深思之内了。秦大嫂这时正在预备给傻大哥剪一件小短褂，她一边乘凉，一边把白布铺得平平的，在做着剪的准备。她的手上还在留存着一些很短的头发丝呢。

"秦大嫂，我昨天跟你说的事，你心里觉得怎么样呢？"吴同志忽然站直了身子，问。她腿上的肉跟着她的动作裸露出来。

"昨天你跟我说的事情？"

"前天也跟你说过的。"吴同志提示着地解说。

"前天也说过的？"秦大嫂依然有些不能了然，但接着她就马上明白过来，她的剪刀也就从手中搁下了，"我知道了，我想起来了，昨天夜里，我想了多半夜没有睡觉呢。今天早晨我本想跟你说，后来不知怎的就忘记了。我是想问问你……"

"你问什么呢？"吴同志的眼睛眯成了一条细细的缝。

"像我这样的人，一个字也不识，队伍里能要我吗？"

"简直是求之不得呢！"吴同志说。

"那么，我加入——可以的，不过要请你多费心哪！本来我跟傻大哥也说过，我赞成他加入，自己候一候再看，想不到现在倒是我走在前头了。"

"好哇，这才显出来我们妇女的不落人后呢。"吴同志给秦大嫂以鼓舞，然后又说，"以后，我不管你叫秦大嫂了，你跟傻大哥快点把事情办了吧。我想给你起个名字，以后除了叫同志之外，也可以叫名字的。"

这才是秦大嫂梦想不到的事情呢，现在，她也要有个名字了，将来也有人管她叫同志，这不是一个新的变迁吗？这不是一个少有的奇迹吗？

"起个什么名字呢？"她兴奋地问。

"你不是姓钱吗？叫她钱自新吧，表示你完全和从前不一样，重新又来做人。行不行？"

"行是行啊，就是——有点不像女的名字……"

"要那么像干什么？就叫这名字吧。"

"女的名字也总得好听一点才好呢。"半天就在沉默着的钱老太太插进来说，发表出她的意见。

"那么，叫桂芳好吧？"

"好，好，"秦大嫂觉着很满意，钱老太太也赞成了，因为她在点着头呢。

吴同志的言谈，因为老太太的发言，顺势地就转到了她的身上。

"老大娘，你预备不预备加入呢？"她问。

"我还能算数吗？我老了，不中用了。"钱老太太说，实际上她是不想跟她们一道混的。

"年老人有年老人的用处。"吴同志说。

"等我看看再说吧。"她有着她的见解——一个半老婆子也跟他们一帮人胡混，人家更要笑话她没有正事了。

"也好。"吴同志明白老太太的心理，她也就不再勉强了。她的视线注视在西边远天的鲜艳的霞光上。

正在这时，扑通扑通的沉重的脚步声，渐渐地移近了大门，傻大哥三脚两步地走了进来。他朝着三个人扫视了一眼，随即吵吵大嚷地说道："你们可好哇，这样地消闲！"

他把草帽子往地下一抛，就不管不顾地坐在一个石头碰子上。接着，他惊异地跑到秦大嫂的身边，攀过她的脑袋仔仔细细瞧了一下，就哈哈地笑了起来："好哇，你也剪发了，倒很随时呢。"

"吴同志给剪的。"秦大嫂妩媚地说，感到了一种无上的骄傲和快慰。

"怎么，你也说起吴同志来啦？你知道同志怎么讲吗？"傻大哥哧哧地笑着，露出来对于秦大嫂很喜爱的样子，若是没有其余在场的两个人时，他早就会把她又搂过去亲嘴了。

　　吴同志眼看着这个人物，在暗暗地笑着，她感到这是一个非常有趣的、直率的、农民典型中的人物，但有些地方他显然地又抛弃了农民保守的特性，而又敢于大胆地、不顾一切地做出人所不齿的事情。他和秦大嫂的恋爱关系，就完全是在这种情形之中建立出来的。

　　"傻大哥，"吴同志说，"王中藩王同志跟你商量的事情你想得怎么样啦？"

　　"你是不是说加入？"

　　"不错呀。"吴同志说完，抓痒似的在嘴巴上抓了一把。

　　"我刚从那里回来的，今天下半晌我歇了工，特为到庙上去的。我是已经加入了，现在我想叫她也加入呢。"说到"她"字的时候，他用下巴向秦大嫂那面扬了一扬。

　　"我不信。"秦大嫂逗引着地说。

　　"你看！"傻大哥从怀中掏出那个白布条来，一面硬硬气气地说，"你看，这是什么东西？"

　　这是那个符号，秦大嫂虽不识字，但也是认得的。她在一边哧哧地笑着。

　　吴同志跳到了傻大哥的面前，抚慰着说："你加入了，那好极了，你也是我们的同志了。可是，你从今以后，别再叫什么秦大嫂，或是'她'的了，她起了名字了。"

　　"谁给起的名字，我可不知道呢。"

　　"就是我呀！我给起的，叫钱桂芳，你喜欢吗？"

　　傻大哥未置可否地嘻嘻地笑着，他看今天的秦大嫂，不，钱，钱什么来的？啊，钱桂芳，今天的钱桂芳更其招人喜欢，她那种样子也更其叫人爱。

　　"以后你可以叫她钱桂芳，或是钱同志。"吴同志又加上一句。

　　"好一个钱同志，还未正式加入就叫同志吗？"傻大哥开起玩笑来，摆动着他的大手，做出来不同意的姿势。

"告诉你说，我也加入了。"秦大嫂说。

"好哇！"傻大哥一下子跳了起来，倒是把大家伙都吓了一跳，"吴同志，一定是你劝说的了。"

吴同志点点头。天在这时不知不觉地就黑下来了，早一刻还挂在西半天上的美丽的云霞，这时被傍晚的暮霭掩盖上一层望不透的黑色，而在那辽阔的天空上，则在闪动出稀疏的、明丽的星子，凉风在陪衬着地徐徐地吹拂个不停。

傻大哥觉得他今天的后半晌是有点和往日不同，多少日子不拉屎，突然痛痛快快地泻了一顿，身上还有不畅快的吗？特别是他从今天起，也像孩子学语似的叫起同志来了，他感到这两个字分外亲切，而被叫同志的人，在他看起来又确乎都是有话就说，有事就干，不玩虚套，互相帮助的人。他觉得同志们很合乎他的脾胃，同志真是可爱。

谁告诉他叫着同志的呢？是王中藩。他跟王中藩说："少东家，我想——"他是想说他想也加入进来的话，可是王中藩把他的话头给强横地拦住了。

"叫王中藩不好吗？"他粗声地说，"我又不是无名少姓的！"

后来当他说明了他的来意之后，院子里喊起一片欢呼的声音，还夹杂着鼓掌声。他是没有听清楚他们是喊叫些什么的，因为那一时他的神经稍稍有些慌乱，直到后来当王中藩对他解释明白之后，他才明白过来别人对他的欢迎，而在颇为后悔自己没有搭理人家的不懂事了。

"好了，"王中藩拍着他粗壮的肩膀说，"以后你就管我叫同志，叫王同志，同志就是大家伙志同道合去干一件事情，你懂吗？"

"懂——了。"他回答着。

傻大哥离开庙上的时候，他就把"同志"两个字运用上了，他普遍地给大家行了礼，然后说："明天见，同志们。"

他因此就叫起同志来了，叫得很顺嘴的了。

天是完全黑下来了，钱老太太回到屋子里去休息，她静静地躺上北炕，默默地抽叶子烟。自从这位女客搬来之后，她的家中显然地起了一个变动，而今天这变动则已经到达了顶，她的女儿也加进去干了。对于女儿的剪发，她是十分同意的，对于女儿的同志同志的那一套，她还有些不十分明白，但女儿有了一个响亮的名字，她也是一点不反对的。这新的变动像一个沉重的春雷，把她从蛰居中震醒了，也把她从忙乱中震昏了。

她慢慢地品评着烟味，慢慢地不停止地想着，想着。

她也绝无阻止女儿的意思，从前，在最恶劣的环境中，她都可以不顾一切地庇护着她，为她担负着许多难听的骂言，难道现在这么一件事情她还能干涉吗？加入就加入吧，以后慢慢地再看吧，再说，吴同志跟她们说出的大道理，什么大家齐心合力打日本啦，什么什么啦，什么什么啦，也并不是没有道理的事情啊！

院心中三个人的谈话，似乎更增加了兴致，钱老太太在屋中静下心地谛听着，但过一刻她连一点声色的感觉都没有了。

"桂芳。"院心中的傻大哥又在说话了，他有意地要借说话的机会提到她的名字，这两个陌生的、新鲜的字眼，是多么地在他的面前炫耀个不停的呀！是多么叫他心跳的呀！

"干什么？"钱桂芳在反问着。

"不干什么，我就是想叫一叫。"

"愿意叫也没有不叫你叫哇，你赞成我剪发不？"

"我赞成极了，钱同志。"傻大哥顽皮地说。

"那么我叫你什么同志呢？叫李同志好吧。"

"叫——叫——对，叫李同志，反正我是姓李的。"傻大哥半吞半吐地说。

"可是，你叫什么名字呀，李同志？"吴同志问。

"我吗？"傻大哥说，"让我想一想，我叫什么来的呢……"

其余的两个人都为这句话引得发笑了，钱桂芳且在玩笑着地说："亏你长这么大，名字都忘记了。"

"啊，我想起来了，你别吵嚷，我想，我原来是叫李——李万发的!"他说完之后也止不住扑哧一声笑出声来。

"李万发？你想发财吗?"吴同志问。

"身上一吊钱也没有，发屁财。吴同志，给我也起一个名字吧，我们两口子……"

"说什么?"钱桂芳阻止着说。

"反正不是那一回事还装什么相!"傻大哥跳了起来，摸黑朝后边移动着，生怕他的新的钱同志给他一拳。

"不许你乱说!"那一个仍在郑重地提出她的抗议。

"对，同志嘛，不乱说。"傻大哥说，又坐回到原来的地方去。

"你叫李自强好不好?"吴同志对着星子注视了一刻，提出来她的意见，"自强不息，好跟敌人干。"

"好，好极了。听着，你们别再叫我傻大哥了，叫我李自强同志。"

"好一个李自强同志。"钱桂芳低声地讥讽着说。

"好一个钱桂芳同志。"李自强低声地回敬过去。

两个人在黑暗中相对地注视着，最后是不约而同地笑起来了。

"明天一早，你们两位都到庙上去，我给你们办你们的事情，你们就在一道吧。"吴同志最后提出来她的意见。

"好哇，"李自强大声地叫着，"桂芳! 桂芳!"可是那位桂芳同志已经溜到房子里面去了，她的心里浮现出一片光彩灿烂的、黄金色的、鲜艳的花朵。她向着窗外的星子使力地眨了一眼，然后就非常不安地，但又舒适地躺到炕面上去。

第二天天刚刚发亮的时候，钱桂芳就被吴同志弄醒过来了，昨天这一夜她睡得那样舒服，简直是愉快得无法可以用言语来形容呢。她像是做了一个好梦，一个美梦，可是梦境里所发生的事情，她是怎么也想不起来了。就是在想不起来的情况中，她仿佛还觉得留存着有无限的滋味。

"做好梦了吗?"吴同志问，轻飘飘地跳了一步。

她为这突来的话羞红了她的白嫩的面皮，她的两只清亮的眼睛也不敢抬起来看上一看，似乎她感觉到她昨夜里的好梦也全被这个吴同志猜到了。

"走，我领你到庙上去，过几天咱们还要到街面上去宣传呢。"吴同志说，拉起来她的细腻的手，有意味地用力捏了一下。她接着又指示着地说："穿上一件新衣服，今天是个难得的日子呢。"

钱桂芳知道吴同志说这话是什么意思，她很愿意听呢。从今以后，她的生活又跨进了一个新的阶段。吴同志做事这样地爽快，这样帮她的忙，真是世界上的头一份的好人。她以后要听从她的一切指派去做事，跟她念书认字，吴同志就是她的老师。

"穿新衣服干什么？我不穿。"她故意地撩起来吴同志的话头，希望她再多说上一句两句，那才是她心中所愿意听着的呢。

"别装相了，快一点。"吴同志催促着说。

她穿了一件天蓝色的大布衫，漂白的裤子，新剪的头发随着她的动作不时地摆动着，脸上虽然没有擦上一点脂粉，但她本来就是一个有红有白的脸面，眼睛清亮，牙齿雪白，真是一个不多得的漂亮人物。

吴同志眼看着面前这个美人，禁不住笑着说："简直是一个皇后，我都爱上你了呢。"

"皇后？"

"美人哪！"吴同志知道自己滥用了名词，就赶紧改正过来。

她们并排地走了，吴同志吩咐着钱老太太说："钱大娘，你搬到我那屋子里去，咱们搭邻居吧，你把东间屋子收拾干净，李同志今天晚上就过来跟你姑娘会房了。"

当她们到了庙上的时候，正是乱哄哄的人们挤在一堆，不知在干着什么事情，可是一当这两位女客走进去之后，人们就不约而同地停止了吵嚷，把眼光都移转到她们的身上。钱桂芳这一刻的心中，七上八下地直直在跳动，她的好模好样的两条腿，也会无缘由地哆嗦起来，她虽然在暗暗地咬她的雪白的牙，也不能发生一点制止的效验。她的整个的脸上，简直红得五月的石榴花都要失色了。她先还看见了一大堆的人来的，这时候，她不好意思地低下头来，无论怎样也不敢抬上一抬。她的身上在局促地、悄悄地冒出来一片一片的汗珠，她的呼吸也无法维持到均衡。她应该站在什么地方呢？她不知道。她应该坐在什么地方呢？她也不知道。她简直有些失悔不该跟着吴同志一道来了。而且她几乎在不痛快地想着，以为她上了吴同志的当。

但吴同志可一点也不像她那样腼腆。她朝着一大群的人喊着："欢迎我们的新同志。"

人们真奇怪，居然就听从地喊了起来，那声音沉甸甸的像下了一阵暴雨。

"从今以后，谁也不许叫她秦大嫂！"吴同志一跳两跳地跳上了石头台阶，指着钱桂芳说，"我们要管她叫同志。她的名字叫钱桂芳，她今天加入我们的阵营，并且和李同志同居。李同志叫李自强，就是你们知道的傻大哥，以后也把他这怪名字取消。钱同志是我们的第一位加入的女同志，请大家再表示一次欢迎敬意。"

"欢迎钱同志！"

人们在喊着，都是很兴奋的。但独眼龙一个人是例外。独眼龙对于这种欢迎一个女人的盛举，他打心里往外地不赞成。他在想：我独眼龙加入的时候，谁给捧过场？为什么对于一个臭娘儿们，这样的小题大做？可见大家伙还是见到一个女的就眼红。论说他给大家伙做饭，这事情也不能说不重要，可是做了这些个日子，没有听见有一个人说他个好字，他请假回一趟家，都还不准呢。打日本也不能不叫人回家看看老婆孩子呀！这些人的心思是不公平的。

他的心中很不愉快，他一个字也没有喊，不过当他用他那只唯一的眼睛看上一眼之后，他简直惊服于这个声名不好的小寡妇，毕竟还是长得不亏呢。他用自己的媳妇比一比，哼，自己的那一口子差得太远了，不过他那一口子虽然长得不好，可不至于给他戴上一顶不名誉的帽子，而这个小寡妇，可不知她搂过多少的男子汉！

独眼龙又在退步地想到了自己的眼睛上，因此也就不苛责自己的老婆了，"阴天日头高，汉子不嫌老婆骚"，老婆再不好也是自己的呀！他算是打定了主意：自己的老婆，好坏不管，说什么也不叫她来干这勾当，这勾当不是娘儿们干的！

王中藩这时打人群挤了出来，他紧紧咬着他的下嘴唇，把一个欢笑的脸接着就分送给大家了。他朝着那个脸上黑得透光的，有着一双大手的李自强，招呼着他说："来，李同志。"

李自强的俊俏的鼻子上，沁渗出来三四颗露水一般的汗珠，浑厚的嘴唇，随着短促的呼吸在一张一合地动着，他的黑色而带着光泽的脸上，也被一层红晕给遮盖住了。

"今天，我们欢迎他们两口子加入我们中间来一齐工作，今天，我们也正式承认了他们是一对夫妇。"王中藩说，忽然朝着人群中问道，"伙夫同志！伙夫同志呢？"

独眼龙从人丛中勇猛地钻了出来，答应了一声："有！"

现在，他觉得王中藩并没有忘了他，尤其当着大家伙的面前，特别地把他提出来，他更觉得是他的光荣，心里面一乐，就觉得自己的个子比外面的旗杆还要高。同时心里也在转了念头地想：只要给我点好处，我就是不回家也可以的。

"我告诉你预备的酒，你预备好了吗？"

这可把他牢牢实实地难住了，说预备好，那真是屈了自己的良心，可是说没有预备，王中藩能答应他吗？也真是，怎么就把这件事情忘记了呢？

"预备好了！"斟酌的结果。他仍然还是这么回答了，他想马上找机会就出去办，也坏不了事。

"好，你去吧。"王中藩说，"我们今天都喝一盅，今天是双喜临门！咱们这两位同志，一定能起模范作用的！"

现在，钱桂芳也就不觉得怎么拘束了，别人在称赞她，她觉得是她的光荣。她慢慢地用眼睛向四外扫视着，这才看到了那些新鲜的标语，那些男同志，和他们的那个白布的符号，而她的胳膊上，吴同志则正用别针很小心地给她别着呢。

她很兴奋，她感到有好些话想说说，当她从众人的环视中看到了她的李同志的时候，更像有好多的话要说着似的。她不是也可以像吴同志似的，对着大家伙说上一句两句的嘛！

话是终于被她说出来了，不过不是她对着大家伙说着的，而是当吴同志别完别针，问她觉着怎样的时候，她用一种颤抖的低音说给她的。她说："我觉得今天很特别，很招人喜爱，今天是一个新日子呢。"

十一

五月到来了，石榴花开得红鲜鲜的，耀花了人们的眼睛，从丰饶的大地下面，不停歇地蒸腾着土壤的香郁的气息，这香郁的气息是足可以使每个庄稼人为之陶醉的。高粱更高了，一节一节地往上面拉着节，高粱头在扶摇着地冒出红色的、黄色的穗子来，在高粱节的旁边长出来的乌米，已经露出黑黄色的粉末了。谷子也在不甘居人后地飞长着，今天是一个样子，明天又是一个样子。大豆是蓬蓬勃勃的，很肥大地生长出枝叶，每一个椭圆形的叶子的下面，都在潜藏着富有无限生殖的活力。大麻和苏子，照例地守候着每一片田地的地头，有如是围护着庄稼的藩篱，粳子那绿中带黄的颜色，是和任何种的庄稼都不相同的，柔柔软软地随风摇摆着，宛若河边上浣纱的娟秀的少女。樱桃熟过了，这小小的灌木，挂出来无数的红色的宝珠，紫红色的欧李，也在紧紧追随地成熟了，这是比樱桃还要甘美的东西呀。

五月，是最有生命力的一个月份，五月是颤抖着无限力量的季节呀，再过去一个月，到六月六，就可以看谷秀了。

五月的太阳，晒出来金黄色的、有热力的、火热的光，普遍地，在广阔的原野上，在崎岖的山岭上悦情地抚吻着，这是凌驾一切的有活力的光芒啊，这是推动一切的有活力的原动力呀。

马兰花充塞了大道的两旁，在飞扬的尘土中，不自馁地喷放着它的幽媚的清香，它那蓝色的花瓣，比五月的晴朗的天空还要妩媚。车轱辘菜封住了路口，在牲口蹄子和车轮子的践踏下，很有耐性地生活着，总有些黄澄澄的婆婆丁花陪伴在它的身旁，一同地遭受着那些无止息的牲口蹄子和车轮的磨难。靠着小河的两旁，柳蒿芽长出来极嫩的小苗，妇女们精心地采取着它们，去包着味道鲜美的白面饺。从古树上溶生着的白的、黑的菇荙，多半会落到勤快的妇人们的菜筐里的。

五月，是织结着人们的希望之网的月份哪，是一切生物都在起着变动的月份哪。

独眼龙在这样的五月天上山去打柴了，跟他同路的还有那个小和尚。柴也没有了，粮食也不多了，这是什么样的队伍呢？他心中不以为然地想，顺手用镰刀泄愤般地朝着路旁乱砍起来。

"上南岭吧。"小和尚提议。

"好哇。"独眼龙回答着，总觉着他这个伙夫干得没有劲儿。

一上了南岭，独眼龙的心绪可就更加紊乱了，因为，从山头的西坡下去，再向南走上三里路，就可以回到他的家里的，借这机会回去看一看家人不好吗？但是不行，小和尚这家伙会报告王中藩的，人家那些同志一定会笑掉了大牙。

然而家里毕竟对他也有点太薄情了，他这样牺牲一切住到庙上来，不是为着全家着想的吗？他自己因为公事在身，不能回家去看看，家里总该派个人来看看他才对呀！所以呀，他对于家里这种对他忽略的地方，依然还是抱有着仇恨的、不原谅的心理。

岭上的刺木果都红了，红得连成了一片，独眼龙本来打柴的对象就是这些矮小的灌木的，晒干了以后，只要一发火，就噼噼啪啪地燃烧起来。现在他看着那些红透的亮果子，简直有些不大忍心去动手。小和尚却在这时一颗一颗地摘着果子吃，不过这东西甜虽然很甜，就是肉瓤太少了，里面带刺的一包细小的种子，吃起来也不方便，他没有动手去摘。这小灌木遍生着些细小的刺针，不谨慎的人伸过手去，准会扎出血来的。

旁边还有着一堆堆的马尿骚呢，独眼龙预备去割这些东西。可是他又想起来了，马尿骚过了中间的软木，是可以用那个空筒打水枪打干枪的，小时候他常常玩着这些东西。现在又觉得这些东西很好玩，有些不忍动手了。

"割呀！"小和尚吃完了刺木果，朝着呆呵呵站在那里的同伴说。

"好。"独眼龙答应了一声，把镰刀就伸进了灌木丛中去了。

他们在慢慢地割着，那些小灌木在一排排地倒了下去，割完的时候，就都在大树的阴凉下休息。

独眼龙掏出他的半尺不到的旱烟袋，抽起来他的旱烟。

已经到了歇晌的时候了，大工子们扛着锄头，小工子们拿着短锄刀，走出了工作的田地，走上了大道，走向了各自的家门。小工子们头上的白头巾，白得像冬天的雪一样，她们的嬉笑声，在风似的向着各处飘动。

独眼龙又想到了他的媳妇，这一刻，包着白头巾，说不定她也在地里做完了活回家歇晌去了吧。

可是他又想到了那个小寡妇。白白的脸，大大的眼睛，傻大哥多么有福气呀。若是他能够摸摸她白腻的手，该多么有味呢！

接着，吴同志的黑胖的脸，也在他的眼前不停地晃动，人家是洋学生啊，能说能写，大大方方的不怕人。她将来要不要嫁人呢？嫁施光烈呢，还是嫁王中藩呢？或是，她也嫁一个庄稼老土包呢？

…………

他磕了烟袋锅，又装上了一袋。他的嘴边飘着烟，天上飘着白云，庙前的旗杆上飘着旗子，庙里面在飘出来歌声。

独眼龙才想起来，同志们在上讲堂了，这一堂是吴同志的唱歌。他失悔自己耽误了这一堂。这些天，他学了两个歌，没事的时候唱上一唱，自己觉着蛮有味的，但有时又会矛盾地想：孩子多大的人了，还不知羞耻地孩子般地唱歌，未免太滑稽，带便地也就觉得这一大群人都是在开着玩笑呢。

但是会唱两个歌，也总不能说是毛病吧。想到这里的时候，独眼龙则又感激到吴同志的身上。吴同志第一次教唱歌的时候，看见队外有一个人没有唱，她就把他喊到了面前，那个被喊的人就正是他独眼龙。

"你怎么不唱呢？"她问。

"我是伙夫。"他据实地回答，把眼光倾注在吴同志从衣服的开衩上裸露出来的胖胖的大腿。

"伙夫也欢迎加入，来，站到队伍里去。"

他是这样才学着唱起歌来的。

他很喜欢吴同志，洋学生毕竟有洋学生的与众不同之点，叫庄稼人一看，当真就开了风气，可是有的地方他是想怎么说不能同意的。譬如她的大腿不管不顾地露出来一大段，不能算是合理的光彩的事情，要么你就穿一条长一点的裤子，要么你就穿一双长一点的袜子，而她的裤子既短，袜子也不长，大腿就自自然然地从开衩的地方露出来了。这可不大合适。

娘儿们的大腿，谁不想多看一眼！大家伙把眼睛都看到大腿上去，那成了什么事情呢？

独眼龙还不敢远想着呢，一想到远处的时候，他就觉得万念俱休了。想想吧，这一群乱吵乱闹的人，有一天日本鬼下乡来清乡，机关枪一扫，谁知道那时候会死去多少人呢！他也跟这些人裹在一道，那时候他的一条性命也就说不定会完结了，他就和他的媳妇告别了，他就再也看不见他的儿子了，而他的几块地也就会落到别人的手中。

可是要是往好的方面一想呢，他似乎又看见了他的面前的光明正在朝外扩大着。倘若是这一群吵着叫着的当真打败了朝廷，打走了日本鬼，不也就跟朱洪武一样可以坐天下吗？谁到那时是都可以分到个一官半职的，他独眼龙就算不能当上县知事，当个分局的所长，也就比现在有了大面子了。

小和尚醒了，他是因为太阳晒到了他的头顶才把他晒醒来的，他伸了伸懒腰，一下子就跳了起来。

"不早了，该回去了。"他说。

独眼龙的跑野马一般的思虑，到这一刻算是被这意外的、催促的言语冲破了，他眨动着那唯一的一只眼睛，看了看身前身后，太阳也正在晒到他的矮小的身上。

"忙什么，"他向着阴凉地方移动着身子，又装了一袋烟，"再歇一会儿。"

"怎么啦，又想起老婆孩子了吗？"

"放你的狗臭屁。"独眼龙否认着说，"多歇一会儿还不好吗？早回去，就会有许多事情给你做，清闲一会儿就是一会儿啊！"

"你这磨洋工的家伙！"小和尚不满意地加上一句。

"不磨洋工应该累死了不成？"独眼龙竖起他的独眼，泄愤地吐了一口烟，"小孩伢子，你懂得什么！"

"比你懂得多！"那一个在故意地激恼着他。

他真的在生起气来了，猛然地就爬了起来，风似的冲到了小和尚的面前，指着他的鼻尖追问着："你说！你说！你比我懂得多？"

"比你多！"

"你娶过媳妇吗？你知道孩子怎么养出来的？"

小和尚被问得无可奈何地笑起来了，他倒抽了一口气，用齿缝讷讷地说："咱们比不过你呀，你还有一个媳妇呢。"

"你也娶呀，反正你现在也还俗了。"

"我吗？哼，打不走日本鬼子，什么也不打算。"小和尚说，从地上拿起他的镰刀来。

"所以你终是一个小孩子。"独眼龙颇为自得地说，觉着他这一刻所知道的东西，比起小和尚来不知要多到多少倍呢。

他们把那些割倒的刺木果子和马尿骚都集中到一起，然后用绳子绑成了两个庞大的堆堆，把余出的绳头往身上一背，他们就拉起来了。柴在地上哗哗地响着，尘土在慢慢地飞着，他们的脚步一步比一步地走近了庙上。

当他们拉着木柴走到了孙老头子的地边上的时候，独眼龙明明应该拐弯走着的路，他却从谷子地里一直地拉过去了，多少苗壮而活泼的谷子，就被那些刺针、那些枝子拖拉得受伤扑倒了，从那松软的土地中间，冲出来一片干燥的尘土。

"你看你，你看你！"小和尚看得很不过眼，大声地吵着说，"王中藩告诉你这样走路的，还是施光烈告诉你这样害人的？"

独眼龙在谁的面前都可以低头的，都可以服软的，独独对于这个小和尚，他牢牢实实地瞧不起他，他的年纪比他小，他的经验也比他少，打仗也打不过他这个伙夫呢，他惧怕他什么！

"我愿意！"他因此就大模大样地说，表示出你小和尚的多嘴是多管闲事的。

"你愿意，人家孙老头子可不愿意呢。"

"他不愿意活该，他能把我怎么样！"

独眼龙狠狠地说着，也正是因为现在的孙大先生不能把他怎么样，他才这样地找他的别扭。他有那个白符号哇，不用说孙老头子惹不起他，就是排长百家长也惹不起他！而他却正因为小的时候孙老头子在看驴皮影的夜里打过他一巴掌，到今天，他可就恰好找到了他的报仇的机会。他这一刻的心情简直愉快到了极点。

"人是不能就看三天的，"他自己在暗暗地说，"今天的独眼龙可不怕你孙老头子了。"

可是小和尚也不服气他这个伙伴的无理的举动，他最后找寻出他的正当的对付办法。

"你不听吗？"他说，很顽皮地挤挤眼睛，"你不听，我回去要报告你！"

独眼龙为这话可老实吓了一跳，立刻地就觉得像是手软了，身子也软下去了。这是与他最为不利的惩罚。在过去，他眼看着一个同志因为偷了别人一筐樱桃，被别人报告着了，结果是王中藩当众宣布了他的罪状，那个同志心里一着急，一天到晚没有吃一粒米。在大家伙的面前说出你的弱点，那真够丢人的，那实在是太不名誉的。

现在，凭他怎样看不起这个小家伙，可是他这两个叫人不愉快的字眼，太伤及了他的自尊心，太会找他的漏洞了。

"你看你那样子，你还想吃人吗？"他仍然装作挺硬气的样子，一面说，一面却在给自己打下了退步，"谁跟谁，你还去报告我？咱们是一同加入的老伙伴哪！"

"老伙伴就更不该不守法。"小和尚一步不放松地又说了一句。

"人非圣贤，谁能无过！"独眼龙忍着气地解释着，心里面气得他恶声地骂道，"你这无情少义的小舅子，我去你的八辈祖宗！独眼龙几辈子没有走到好运，跌倒在你的手掌里！"

"没有舌头碰不到牙的时候！"他接着在心中做着打算，"妈拉巴子，有一天一定给你点厉害看看！"

他从此就想到了去改行当一名战斗员，拿枪杆去打仗，一到开火的时候，看着小和尚的影子的时候，就朝着他的身上，把枪勾死鬼一勾，哼，看你认识独眼龙不认识！

他感到满意了，他的手和他的身上又恢复了原有的气力，他故意地、不示弱地挺了挺他的不高大的身子。

可是这时候小和尚又把态度改变过来了，他停住了脚步，完全带笑地说："独眼龙，你还当成真事了吗？告诉你，我是跟你闹着玩的。"

虽然这样，独眼龙可忘不了这仇恨，这耻辱。

"好小舅子，"他心中在骂着，"闹着玩的，可把你妹夫吓坏了！妈拉巴子，骑毛驴看唱本，走着瞧，你等着那一天吧！"

事情碰得可是够巧了，他们两个人走着走着的时候，忽然遇到了他们的老伙伴——那个旧日的老和尚了。但是他是穿着什么样的衣服的呢？他的那个时刻不离手掌的木鱼又到什么地方去了呢？

他变成一个庄稼汉子了，穿了一身破烂的蓝色裤褂，肩膀头上扛着一支安着新把的锄头，像是给谁在铲地似的。

他放下了锄头，一身热汗顺着他的手上直直往下流着，他问道：

"怎么样，你们是打柴来的?"

"啊，就是去打柴的。"小和尚回答着，不在意地扭过他的脖子去。

"你们在庙上好不好?"他接着问。

"不错，"独眼龙回答着，一面反问道，"你这一些日子好不好?"

"别提了。"他叹息地一屁股坐下了身子，在慢慢地摇头。

两个人也都放下了手中的绳头，陪伴着地坐了下去，那一阵从身后滚来的尘土，旋绕着他们的四周在飞旋着，三个人都不自主地打起喷嚏来。

等这一阵喷嚏打过去了之后，老和尚说话了："我以为你们留在庙里的人不知怎么享福呢，我以为你们都当了大官了呢，谁知道一直到现在，你们也还是下苦大力。"

他是在讽刺这两个伙伴，他在轻浮地笑出来他的不满，他是想用不好听的话刺伤他们的心。

小和尚第一个忍受不住跳了起来，指着他的旧日的老师父，严厉地驳斥着说："你别说这样的风凉话！你是不是还记念旧日的仇恨，因为我们没有跟你一道往外逃? 算了吧，还说那些旧账干什么，你一点也不比我们光彩！你说我们下苦大力，那么你现在背着锄头是干什么的? 下苦大力又有什么丢人的呢?"

"要是下苦大力的就算低气，那么你可也就并不比我们高一等啊！"独眼龙说，掏出来他的小旱烟袋抽了起来，大概是因为心地太不平和了吧，他由于上了一点意气，简直就连对于任何人都可以让上一袋烟的礼节都忽略了。

他们是靠近着一棵大榆树下面坐着的，树荫成了一个圆团，蚂蚁成群结队地乱糟糟地爬着，有大的，也有小的，一直爬到了老和尚的脖颈子里，他简直有些忍耐不住地生气地骂起来了："他妈的，蚂蚁也欺负到我的身上！"

"可是，"他又转向着小和尚，装出来亲近的样子，探询着说，"我那些破烂呢? 现在还有没有呢?"

"我也没有给你看家。"小和尚完全是和他树立着敌意地撞了回去。

"老独呢？你知道吗？"他又问向伙夫的身上。

"你别再老独老独叫我了，我不是吃你的饭长的，你知道吗？"独眼龙晃一晃他的胳膊上的符号，"你看看这是什么东西，认得吗？"

老和尚被抢白得没有即刻开口，却也掏出来他的旱烟袋又装上了烟。

"说话带上那么多的刺干什么？这都是跟谁学来的呀！"他说。

"谁知道是跟谁学来的，一见面就说人家做官做私的，告诉你说，做了官之后，我一定不饶你的。"独眼龙认真地说，磕着他的烟袋，那铜烟袋锅在石头上敲出清脆的响声。

"咱们走！"小和尚说，把镰刀和绳头拿起来了。

"等一等，"独眼龙说，"等我再抽完这袋烟的。"

老和尚觉着这一刻很没有意味，他本是打算借这机会探询到一点庙上的情形的，现在这样一来，两方面的话越说越说不到一块，他的打算无异变成了妄想。但是这两个旧日的伙伴，以前是多么听从他的命令啊！"独眼龙，来，叫我冲你脸上吐口痰！"就是这样不近人情的怪事，他们也不会有一个人敢反抗地说上一个"不"，他们在他的面前柔顺得几乎像两只绵羊，可是现在这两只驯顺的绵羊变成了横暴的豺狼！他的言语不能在他们的身上起着任何的作用，他的威严不能在他们的面前施逞，从前的一切，像浮云般都过去了，过去的一切真就没法追回来了吗？

"也是我从前太虐待他们了。"他给自己找出来他们对他歧视的原因了。他想起来当隆冬的时分，天气冷得一伸出手就会冻裂了口子的日子，他是毫不留情地使唤着小和尚，叫他做这样，或是做那样。那个独眼龙，五六月的大夏天，他不许他睡晌觉，不是叫他铲菜地，就是叫他打柴火。他对于他们是那样地使用着刻毒，现在既然有了机会变成脱笼的飞鸟，他们可就要尽量地自由了，他们要尽量地给他一种报复！

他后悔吗？不，他是一点也不后悔的！他仍然认为他过去的作为是合理的，因为他是一庙之主，他有管辖他们的特权，而他们今天对他的嘲笑和不恭敬的态度，那是他们自身的罪恶。

太阳稍稍有些偏了西，榆树的前影慢慢地移到东边去了，天空蓝汪汪的一大片，飘浮在上面的白云，像一些稀薄的大气。燥热的空气，火一般地烘干了整个大地。嗡嗡嗡的，到处都有讨人厌的苍蝇飞起飞落，刚刚被这边挥走了，又从那边飞了回去。黄狗热得直直在不停声地喘着，嘴外面垂下来半截长的舌头。

"有钱难买五月旱，六月连阴吃饱饭。"这是任何一个庄稼人都知道的一个常识，因此，迎接着燥热的五月，谁也不会发出怨言来的。

但老和尚可是真有点热得难受，人稍稍上了点年纪，他的体力毕竟是不比从前了。现在他给张大偏脸的家里铲着活计，每次下地的时候，只要是铲完了一条垄，剩在最后头的保准是他，若不亏得打头的每次接一接他，替他铲上一段半段的，那他铲个半拉子也不够格。

歇晌的时间就这样地过去了，多少年造和做活的大工子们，都扛着磨亮的锄头，慢条斯理地走到地边上来，小半拉子挑着水罐，盘着火绳，一斜一歪地跟上来。不知是谁在放高了喉咙地唱着"锔大缸"，当唱到了有意味的时候，于是，大家伙都止不住地、不约而同地、好胜地笑了起来。

小工子们的白头巾在田间飘展着，妇道们拿着摘地刀、八锄子，扯成了一长串地走着，一边也不停声地有人笑那么一笑，或是被谁打了一下，喊出来尖细的声音。大姑娘们多半都打扮得整整齐齐的，头像个头，脚像个脚，衣裳也是新鲜鲜的。妇人们就稍稍有些不同，新娶的媳妇，脸上擦得有红有白的，走起路来才有着一个俏皮的样子，普通的妇人们就多半不顾及这一方面了，衣服多是穿的褪旧的，孩子们刚刚吃过奶，还不会扣上纽扣呢。可是她们对于自己的小姑子们，虽在百忙之中，也不忘记了开开玩笑。

"收拾那么干干净净的给谁看呢？那个小打头的可挺俏皮。"

"回家告诉哥哥打你，撕你的不说好话的烂嘴！"

"你哥哥心眼里有我没有你!"

她们就可能地打上一拳,捏上一把的,于是,一阵喧声就在人群中奔流。

人们在分成不同的方向,向着不同的地里面进行着,老和尚也就在这时站起身来做着准备。他把小烟袋别在屁股后,用力地紧了紧他的裤腰带。

"怎么,要走吗?"小和尚耸动着他的小下巴,问。

"到时候了。"

"磨点洋工吧。"独眼龙说。

"磨洋工?一人抱着一条垄,就是那些活,你去磨谁的洋工?"老和尚回答着,正一正他头上的破草帽。

小和尚拉起他的柴火向前走去了,独眼龙安置好他的旱烟袋,也拉起来绳子头。

"走,"他说,"改天见。"

老和尚眼看着这两个人拉起来一片尘土,眼看着他们的影子被尘土遮拢了之后,他才收束了他的眼神,这两个人是渐去渐远了,这两个人不再是他支配的人了……

他快快地、少气无力地走上大道,刚刚拐过去一片小的树林的时候,迎面走来了两个怪人,一边走着,他们一边低头说着话,就像在算着豆腐账似的。

该不是王中藩吧?一点不错,正是他,那另外的一个也让他认出来了,是施光烈,胳膊上都戴着那讨人厌的白布条。

他的心里猛然地就抖了一下,而他的脚步就迈得没有气力了,这是一种什么样的道理呢?

"是你吗?"王中藩已经走到了他的面前,拍了拍他的肩膀问道,"给谁家铲地啦?"

"给——"

"只要好好干就行啊,你几时来入伙,我们照样地欢迎你。"

当他们走过去的时候，他的身子马上就不抖了，他的脚步也迈得动了。他用了最大的气力，在心中狠狠地骂道："我去你几辈祖宗！关老爷不会饶你的，天打雷劈死你！"

这两个向前走着的人，可没有听到老和尚骂在心里的话，他们只是一边谈着一边走着，就像他们的话永远也谈不尽似的。

他们赶上了前边两个拉柴火的人，前边的两个也发现了身后的来人。

"独眼龙。"小和尚低声招呼着。

"干什么?"

"后边来人了。"

"王中藩跟施光烈。"

"站一站吧。"

"等一会儿。"

等一会儿之后，他们就都站住了。他们共同地朝着这两个行者敬礼。

"打柴啦?"王中藩问。

"是。"小和尚回答着。

"太辛苦了。"他安慰着说，"可以多歇一歇呀!"

"歇好几歇了。"独眼龙说。

"为了打日本鬼，是没有办法的，人人都得辛苦一点。"施光烈加上来说。

"就是。"

"是。"

"好，一会儿见。"王中藩说完，越过去他们的柴火枝子，又叨叨地一边走着一边说个不停。

"毕竟当官比当兵好哇!"独眼龙背上绳头的时候想。

十二

天上稠密的云彩，明得黑沉沉的，在洁白的闪着亮光的松花江上不停地流动着，渐渐地，有些显得特别低下的云彩，看起来真有点像掀开锅盖之后喷吐出来的朦胧的蒸汽，它们在玩笑着地俯吻着广大的田园。云彩慢慢地移到了王家村的上空，慢慢地加黑了颜色，接着来的便是无尽无休地下起来见不到一线阳光的连雨。一天，两天，刚刚天上放了晴马上又被乌黑的云彩遮盖上来，于是又是不停止地滴落着不休止的雨点；就这么样一直到了第四天，一个意外的灾难就不客气地降临到王家村来。小河沟里面暴涨起漫原漫野的泛滥着的混浊的大水，这水和滴落在田地里没有退下的水汇合在一起，淹得村里村外成了一片汪洋。往远往近，随便看了一眼，都是水，黄亮亮的水，无边无沿的水，会使人想到了这又回到上古时期的洪水时代。

田地都被无情的水淹没了，房屋也都被无情的水包围了，人们出村入村的时候，必须要特别小心地涉水而行。小孩子们倒是非常好玩地在各自的家里，用木板撑起船来，他们不知忧虑地打水仗，蛤蟆大量地增加了数目，呱呱呱地直直在叫。

每个人家都在做着防水的工作，堵坝，淘沟……这无情的大水，淹没了多少人的希望和欢乐，淹没了多少人的忧愁和憎愤，这里，那里，触人眼目的尽是无边沿的汹涌的浑水，水就如攻击使用的军队似的，当他们突破了一点阵地的时候，便雄起起地、加大着地扩展着新的占领区，过一会子之后，又会顽强地开拓出一块被征服的、新的地段。整个王家村，现在只有老爷庙那一块地方，因为地势比较高了一些，没有遭受到水的灾害，孤零零地凸立着，正如一群斗士在困守着的最后的一个仅有的据点，等待着外来的援兵来解围似的。

那些个抗日义勇军，他们并未因为连雨而得到了消闲，他们是相反地、特别地忙碌起来。王中藩转旋着两只闪出炯利的、乌黑的光彩的眼睛，朝着他的一群同志在吩咐着说："同志们，我们全体动员，到各家去帮同老百姓们去防水！"

在这样的命令之下，却有一个另外的附件，那附件是：尽先地帮助着小户人家——因为小户人家的人手太少，他们的家境贫寒，是禁不起水淹的。

于是，好些个像百姓们所说的"白胳膊"，戴着那些被雨水打湿了的白色黑字的符号，分散在各家的门口，不停手地工作，修壕的修壕，打坝的打坝，一边还在点缀着地唱着歌。

一直到了第七天头上，天才算慢慢地放了晴，等到大水完全消退，那已经是第十天以后的事情了。

施大先生的家里，这回可受了不小的损失，白胳膊们没有到他的家里来帮忙，而他是多么地需要着人手的呀！请想想吧，他的家里的人本来就不多，但却有着一个很为宽大的院落，不是这里漏了，就是那里塌了，花多少钱雇人也雇不到哇！而那无情的水呀，却不管不顾地尽往他的院里开玩笑地倾注。土墙整整地淹倒了一面，堆积粮食的仓房塌了一个角，园子里大垛的烧柴，像浮萍似的，一堆堆地漂了出去。

"把柴火拉住哇！用绳子，用钩子呀！"

施大先生大声地喊叫着，眼珠子几乎都要气红了。

"简直是养到好儿子了，家里有难也不回来帮帮忙，帮着别人去伸手，这还是人吗？"他急得伸出手去，无可奈何地、使力地抓挠着他的下巴上的黑痣。

老伴子也在抱怨地、帮衬地说："这样的儿子就是白养了，哪一辈子作的孽呀！他怎么就不惦念家里呢？"

排长的那位姨太太，坐在家里喊叫着人们呼救，但人们都在抢救自己的院落，谁有工夫分身来救助她呢！她是多么着急的呀，男人到县里去了，原说一两天之内就会回来的，一直到现在，半个多月了，连个音信都没有捎回来，这是为了什么缘故的呢？婊子养的牵住了他的腿了？大水淹没了她的白面，也淹坏了她的粳米，冲毁了西山墙的水，一直灌进了炕洞子里去，这些，也还都可以忍受着的。唯有她的首饰匣子，因为惧怕歹人抢劫，曾经由排长亲手给她埋在墙角的秫秸垛底下的，地身比别处还高出一些的呀，可是也没有免于水灾！秫秸被一捆一捆地漂走了，垛整个地塌倒了，谁知道那底下埋藏的东西，究竟是怎么样了呢？透进水去了吧？上了锈了吧？被冲走了吧？……

她试着不顾一切地偷偷地卷起裤腿，想到那个地方去探索一下，可是她还没有走上多远的时候，水便没到了她的腿根，她虽然很急于探求首饰的下落，可也又很知道自己的性命也须得注意安全，而她又不能告诉别人泄露了秘密，最后是只有陪着雨水，无尽无休地流着泪。

在水退后的街上，王中藩骑着大马巡行着，他监督着白胳膊们打墙，修道，做这样，或是做那样，雨后新晴的五月的太阳，热得像一盆炭火，他和所有工作着的弟兄，都在那脸蛋子上、脖颈子上，时刻不息地流着汗。

王德仁老头子的家里可没有受到大水的损害，两个白胳膊，加上了傻大哥，把门前门后临时堆出来一圈土堤，水高，堤也增加着高度，三个人在雨水汗水的交流中，时刻不停地工作着，终于挡住了从各处冲来的大水。当王中藩有一天回家的时候，他因此就问道："怎么样，老爷子？义勇军好不好？若是没有义勇军帮忙，这一回可就完了。义勇军不是老百姓的对头，是老百姓的好朋友哇，爹，你说对不对？"

"话是不错的。"老头子这样想，却并未说出口外。

对于这一次的水灾的发生，王德仁老头子、百家长、施大先生以及其他好多的村里的人，他们都有个共同的看法，他们是完全一致地认为是白胳膊们造孽所得的报应，主要的一点，还就是关老爷显了神通，故此惩戒这般不学好的坏货。

说是这么说着的，不过神爷们这样的惩罚，可就稍稍有点不大公允，因为闹事的全是那般坏人，占据庙宇的也是那般坏人，而结果被灾被害的则是与坏人作对笃信神爷的老百姓！叫他们那些坏人生点病死上几口，那才是报应他们的最妥善的办法呢。

王中藩和施光烈，还有阎小七也加入了，当天晴之后，他们就跑到了各家的门口游说起来。遇到了一些老太太，他们就说："老太太，白胳膊好不好？白胳膊不帮忙防水，水恐怕早就涌上你们的炕头上了。"

遇到了老头子的时候，他们就说："老头子，这回你们可知道白胳膊是怎样帮老百姓的忙了吧！要不然，谁帮你们各家防水呀！告诉你们说吧，白胳膊不是跟老百姓作对的，作对的是日本兵，白胳膊见日本兵就打，见到老百姓就帮忙，可是天底下数一数二的好队伍。"

遇到了年轻的小伙子们时，那就又是一套了："来吧，加进队伍里面来干吧，年轻人当真想做一辈子的亡国奴？忘记了春天时候日本杀人放火了吗？我们的胳膊腿能动一天，就不能等着挨杀，我们要去杀敌人的！"

然后，附加着地说："晚上没事躺到炕上的时候，好好想一想，我们并不是强迫你加入，是要你们想好了道理之后自动来加入的，来吧，没有亏吃的。"

遇到了妇道们的时候，那又是另外的一套："你们别以为义勇军是红胡子，红胡子要戏你们，抢你们的首饰和衣裳，可是义勇军有过这样的事吗？义勇军是打日本的，因为日本人比红胡子还可恶，不把他们打走，就不能过太平日子。"

遇到了小孩子们，他们说："小小子，小丫头，义勇军好不好？义勇军替你们防水，不要钱，真是好人。春天缴枪的事情，你们看见了没有？忘记了没有？野蛮的日本鬼子，不能不把他们打走唉！"

老头子们听完了话摇摇头，老太太们摇摇头，小伙子们摇摇头，妇道们也摇摇头，他们甚而还在尽可能地有意地向后回避着。只有那些小孩子，却有人在好奇地发问了："我问你们，你们打日本，为什么朝别人征米粮？"

天真，直率，孩子们表露出他们憨直的心。他们是想到哪里就说到哪里的。

于是，这就得给他们以解答了。

"他们那几家的存粮多，出几斗米算不了一回事，大家都是一伙人，分什么你的我的！日本兵春天下乡怎么还给收豆子喂马呢。"

"施大先生说你们胡闹呢……"

"不，他是怕打日本遭扰他的家，牵累他的家，才这样说的，他

119

是一个老顽固。"

"对，打日本！"

"打日本！"

孩子们在兴奋地、高声地叫喊着，可是当他们回到屋子里去的时候，大人的巴掌就在他们的头上狠狠地抡了起来，他们的哭声也就传到街外来了。

当吴敬文和钱桂芳的影子出现在街上的时候，情形可就稍稍有些不同。人们完全撤回了回避的态势，自动地把脚步走到她们的面前，男的，女的，老的，小的，像赛会似的来瞧热闹，他们简直是把她们当成了观赏的对象了。

"那不是小寡妇吗？"有人在挤眉弄眼地说。

"就是她，她嫁给傻大哥了。"另外有人在悄声地说。

"这是第三个了吧？"

"她得嫁三十个！她也要克死三十个！"

"娘儿们家家的，胳膊上也戴上那个东西，也是义勇军啦？"

"简直是中华民国大改良，年轻的媳妇不守本行。"

"烂货，傻大哥把她当成香饽饽了呢！"

但他们主要的观赏对象则是吴同志。多久以前，他们就听说打县城里来了一个女学生，女学生，就该是女秀才吧。他们就正来瞻仰这位女秀才的。当人们——特别是一些妇道，一见了这位女秀才的时候，第一句话就是带着惊讶、出乎意料地、低声地说道："呀，那么黑！"

天天关在屋子里读书识字的人，会长了那么一副黑皮肤，这是一般的庄稼人所不能理解的。剪发，矮胖胖的，打扮挺时新样。小寡妇也剪了发呢，她也想跟女秀才比比吗？真是怪事。

"哟，大腿怎么露出多半截！"

这也是庄稼院的妇道们看不过眼的，女秀才念了一肚子的书，难道连点廉耻都不知道了吗？

"是姑娘还是媳妇呢？"

“鬓角可撩上去了。”

“看那两个大奶头，高高摇摇的！”

就在人们这样地用好奇的眼光包围着，用怪异的言语讥笑着的情形之下，吴同志大大方方地站直了她的身子，把这些人普遍地扫视了一眼。

“怎么这样地看我呀！”她扬起肥硕的脸，朝着人们说，“我的身上有什么好瞧的东西吗？”

妇道们在不自主地笑着，小孩子在有趣地笑着，男人们有的扭过脸去，有的低下了头。

钱同志可显然地窘到了极点，别人说出来的，刻薄着她的那些话，和那些针尖一样锋利的眼睛，把她一下子就压服住了。她转一转身子，仿佛哪面都有人在用着恶意的眼光，在死死地盯视着她，她的身上难堪得像水洗过的透出了一身热汗，她的脸上一阵红一阵白的，手也不知放到哪里是好了。

“我回去吧，吴同志。”她的头脑中现在只存有这样一个单纯的念头，只要能说出口来，那就是一句完整的言语。她想向吴同志这样要求着，只要吴同志答应了她，她马上就可以冲出人群，脱除了这个与她不利的窘境。

“不！”她接着就下了一个最大的决心，做了最后的决定。她对她自己说：“愈是人家想压服我，我就愈是要反抗！吴同志不是说过，要有大无畏的精神嘛！”

于是，她的胆量猛然地就壮起来了，她大大方方地也就在回敬着地把那些人狠狠地扫视了一眼。

“这是第一次呀，”她心里在说，“第一次出来，万万不能栽筋斗的。”

她们所站脚的地方，是在一棵古老的大柳树的下面，这棵柳树的枝杈支出来很长，密生的叶子遮住了打天上晒下来的毒热的太阳，简直就像是一把天然造成的大旱伞，人们则在这把大伞下面围了一圈。涨水的时候，这棵大树被淹了一尺，现在那水退后的遗迹，还在树身的最下面残存着一些腐蚀的颜色。遗留在近旁的乱泥乱草的堆子，大头的绿豆蝇反复地在那上面飞个不停。

"来，坐一坐，咱们来说说话吧。"吴同志招呼着身旁的人，自己做表率地先就一屁股坐在一块大石头上了。

人们用一种极为稀奇的眼光瞟着她这率直的动作，特别是一些妇道，渐渐地从她的身上就引出来好奇的趣味。女秀才并没有大架子，并不像男秀才那样装模作样地走方步，这就打动了她们想亲近亲近她的野心，而她的黑皮肤和裸露的半截大腿，也就轻轻地被她们滑过去了。

有些人坐下了，且有人在很有耐性地掏出奶子来给她们的孩子吃奶。

"女老师今年十几啦？"有人在自动地发言了。

"你看呢？"吴同志故意不回答地反问着。

"我看十八岁。"

"你猜得一点也不错。"

"有小孩子吗？"

"还没有出门子呢，哪里来的小孩子呀！"吴同志说，止不住地笑了起来，脸上不自主地泛上一阵红。

那一个发觉到自己的失言，也是羞得脸上通红的，但她却在道歉般地又说了："庄稼人不会说话，你老师可别见怪呀。"

"不要紧，这还算一回事吗？"

那边又一个妇人接过来问："你是哪个屯里的人哪？"

"我是县里的。"

"你念了几年洋学啦？"

"这些年。"吴同志把两只手伸了出来，另外缩回去一个小拇指。

"九年？可是念了一肚子的学问。"

"斗大字认得几十车。"

大家伙都被这句话说得笑起来了。

"念书可好哇，像我们这些人，睁眼瞎子，一个大字也不识，识点字不是可以写个信，记个豆腐账嘛！"

"你们现在学认字也不晚。"吴同志就势地说，一边指点着钱桂芳，"这位钱同志，人家现在认识不少字了。"

"大人也可以认字念书?"

"八十岁认字也没人不依你！"

"哪有人教呢?"

"只要大家伙有意念书识字，我来教你们，咱们成立一个妇女识字班。你们愿意吗?"

问到这里的时候，就没有人回答了，吴同志就说："不要紧，你们回去商量商量家人，多认几个字没有毛病啊。"

随后，她就跟她们扯起来长谈。这长谈长得没有头尾，一会儿说到天上，一会儿又扯到地下，她大姐大嫂地称呼着，慢慢地就除卸了障碍在她们之间的隔阂。于是，打日本的问题也就很自然地被吴同志提出来了，她也不知怎么的，就把话头引到这上面来，她的话说得那么技巧，使人们就忘记了她是在做着宣传。她的话很带着浓重的故事性，而那故事里的主人公就是日本人和中国人，她的话说到了日本人的暴行，使人们不觉得那是夸张，说到中国人被害的时候，则又引起来人们的叹息。这些人，几乎变成了在她手中转动着的纺花车，跟着她的话语直在打转。她们为这位女秀才的言谈吸引住了。

当吴同志把言谈稍稍停了一刻的时候，人们似乎才趁此松了一口气，这时候，居然有些男人在异口同声地说道："啊，就是对呀！"

妇道们也感觉到，这个黑皮肤露大腿的人物，确乎有着满肚子的学问，就因为学问装得太多了吧，她才那样胖。

"妇道人家也有妇道人家的职责呀。"吴同志用这句话开头，又讲起来富有故事性的宣传。她举出例子说明着，使她们更加明了。她又说到了庙上的一群。

"他们并不是可怕的人，他们是想打日本的呀！"

她又把钱桂芳提了出来，夸奖着她的勇于干事的精神。可是这一回，大家伙的精神一下子就松懈下去了，她们都在不以为然地哧哧地笑着。

"顽固的家伙！"她看出来这种情形，赶忙又滑转开话头，说到妇女识字的问题，这问题的重复提出，人们又在很热烈地参加进来。

后来的人是越来越多了，大凡一般的人们，都有着一个通性，这通性就是好瞧热闹。一个女秀才本来就是瞧热闹的好对象了，又加上人们都围起她来扯闲话，别的人们就更乐得来瞻仰一下或是站立一刻了。大柳树的底下，人们提紧地围了好几层，就像平常日在听取一个卖野药的道士夸说他的高明的医理似的。

老爷庙上的上讲堂的军号吹起了，吴同志看了看表，把话头打住。她须得给那些同志去上识字课的。

"我还有事呢，"她说，"今天说不完的话，过两天再说吧，我要回去了。以后，我想到你们各家串串门，认认大门，你们欢喜吗？"

"走，钱同志。"她不待回答地招呼了一声，就做着动身的准备。人们慢慢地往后移着，往旁边移着，给她让出一条仅仅可以挤出去的空子来，她挤出去了，钱同志也挤出去了，后面的人闹哄哄地动了起来，有如一片静水忽然遇到了巨风卷起来一阵大的波浪。

十三

被大水淹过了的田里的五谷，无论是高粱、大豆、谷子、粳子、芝麻和绿豆，都是差不多一样的，有如生了一场大病的病人似的，缺乏着一种蓬勃的新生的朝气，那些挺着身子挣扎起来的秧子，照人类做比喻的说法，应该算是健康的一类，至于那些弯着腰的、匍匐在稀泥洼子上面的秧子，就类似抬了床的病人，多半不会再有复生的希望。那一条夹在田间蜿蜒着的大路，有如一条长蛇，在烂泥洼中旋转。被泥垢染污了的绿色的小草，抬起来不自然的头，无精少神地向着这新的世面观望。到处都是大小不平的泥洼、陷坑和沙沟，仿佛一个生疮的病人，贴了一身不规则的膏药。

水退净了，这无疑是给人们解除了身受的威胁，但新的生计上的恐慌的难题，紧跟紧地就放在人们的面前。无疑，这场水灾将要摧毁今年的秋收，换句话说，这场水灾的结果，将要造成一个无法挽救的荒年。

庄稼人如果在路上遇到的时候，他们的谈话不再是张家长李家短那么一套了，他们多半是颓伤地说："怎么办呢？今年的秋收，五成还看不到呢。"

年成是确确实实地不对了，盘旋在人们的头脑中的，都是在定命论地、哀伤地承认着晦气。多么怪呀，无缘无故地来了些不讲理的日本兵，逞雄霸道地强占了东三省，老天爷可就没有打雷劈死几个呢！还有什么白胳膊绿胳膊的，乱糟糟地闹着，无法无天地拆毁了老爷庙的神像，涨大水怎么不淹死几个呢！原来这位在平日被人们信服着的关老爷，也没有灵验可以报答人们对他的信仰的一切，就只有任凭着年头这样混混乱乱地过着了吧……

在排长的家里，这天晚上有一个紧急的集会。他是今天才从县里回来的。一去就去了半个多月，若是再晚回来几天，或是再多下上几天雨，像他的姨太太所说的，他回到家里怕只能看到一座坍塌的院墙了。

"你是不是死了一次又还阳啦？怎么一去就不回来，婊子扯住了你的腿啦？"她激怒地爆发出一身蹦跳着的火气，泼泼辣辣的，发性子地就骂了起来。

但排长却用几句恰到好处的话，把她一下子就安抚住了，她不仅不再多骂上第二句话，且在同情地心疼起丈夫这趟进县的辛劳了。

这回到会的人，是上一次被王中藩征收过小米的户主，他们共同地还为着那过往被迫的一幕而在交流着愤恨的怒焰。

当着众人的面前，排长报告他这一次进县的经过。"我简直是碰了一鼻子的灰！"他用这句不体面的、包含有极度怨哀和愤怒的话开了头，然后就说到当他在县府告发这群乱党，请求县府派兵下乡清剿的时候，原来按照着他自己的推想，一定会有个准予所请的美满的回答的，于是他伴同着大队人马下乡，打一阵，杀一阵，乱党就可剿平了。但事实的发展则是完全出乎他的意料，也就是说他的推想没有得到满足。那个日本参事官，人丹胡子，小眼睛，矮巴巴的家伙，他才是一点也不慌张呢，正像俗话所说的，"养汉老婆主意正"着。他听完了报告，不慌不忙地摇了摇头，翻了翻他的小眼睛，连蹦带跳地做出来一些怪相，把胡作非为的事情怪罪到乡绅管理不严这方面来。据他说，做乡绅不只是天天捋捋胡子，剜剜指甲，吃别人几顿便宜饭就算了，他还得负起维持治安的责任呢！然后，他又不留情地拒绝了派兵下乡的要求，他说如要派兵，也要等到割倒地之后，因为这时正是青纱帐起的时候，大队人马到乡下去，乱党一定要在路上袭击的，这办法真危险到极点。接着，他就失掉了自由，参事官还诬他有与匪为伍的嫌疑。若不亏得县里几个有头有脸的人联名具保，恐怕到今天还蹲"风眼"呢。人出来了，参事官又教训了一顿说："你这回回去，设法压服下乱党，风平浪静，是你们乡绅的功劳，将来都有机会，不然，就别想留活命！"

排长一口气说到了这里，稍稍缓了一缓，然后对着这个沉默着的人群逼问着说："咱们不能活，为什么？咱们住的自己的地方，吃的自己的粮食，犯了哪条法？咱们是受坏人连累了！"

"受坏人连累了！"排长加足语气地重念着，"冤有头，债有主，谁惹的就得跟谁去算账！跟那群乱党去算账！一定要——"拉长了话音，像要断的琴弦似的忽然又续上来说，"算账！消灭了这群乱党，这以后大家伙才可以活下去，要不然，就只有等死！"

"这是任何乡绅都脱不了的责任！"排长又接下去说，一面摇晃着他那有着烙印的手，"不及早设法，将来参事官一来，大家伙同归于尽！"他故意提高了嗓音，故意装出来严肃的气派，以冀引起人们的注意，加强着他们自身的团结。

施大先生再也没有想到，如今这个宣统坐朝的国家，会这么不讲道理地对付着老百姓，官家不给老百姓解决困难，谁给老百姓解决困难呢？微微地在他的沉默的心中，引起来一股愤愤不平的意念。照一般的说法，官家设兵原是用以保护小民的治安的，兵吃民饷，为民服务，这是天经地义无可否认的事实；但现在的官家居然就不按照正理办正事了，要求派兵，偏不给你派，另外，还给人们套上一个圈子，叫别人等死！老百姓手无寸铁，不是两面做人难吗？最后怕只有等死了。想到这里，他止不住地愤然地说："官家这样办，可叫作什么事！咱们自己若是有力量消灭乱党，也用不到上县里去请兵了！"

"官家不替咱们打算，咱们成了没有娘的孩子了。"百家长颇为难过地说。

"那么，咱们可算是哪一流的人物呢？"冯家兄弟接上来说，一面伸出指甲长长的手，不停止地擦拭着脸上的汗，"村子里嘛，白胳膊骂咱们顽固，捐咱们粮食，咱们讨不到好；县里面呢，不派兵保护咱们也就罢了，还在硬挑咱们的错。咱们进不能，退不能。往哪里走才对呢？咱们是哪一流的人物呢？"

"不是天下了，这可不是天下了……"孙老头子感叹地说，拉下来不愉快的愁闷的脸。

"说这些话有什么用呢！"排长不高兴地叫着，"咱们现在不是说好说坏的时候，现在是大家伙赶快想办法，想个合适的办法，给自己解围的时候哇！"

"两条道摆在咱们的面前，"排长使力地挥着手，有如面前的气氛障碍着他看不清人们的脸面似的，他的狡诈的眼光在急溜溜地转动着，"一条道是帮助官家消灭乱党，一条道是造反！"

沉静着了，流动在脑子中的是每个人短促的呼吸的气息和浓重的叶子烟的气息，因为排长这一阵开花弹打封住了人们的嘴唇，人们衡量出语气的严重到了什么的地步，就知难地踌躇着不再轻于启齿了。

何尝是两条道，其实只是一条！谁能在他的面前说出来后一条造反的话呢！对于他这个在县里耽搁半个多月才回来的人物，人们这时就世故地想到了该当在他的面前做着防备的工作了，谁保得定他不跟县里有着某种秘密的勾结呢？说不定正是县里派他聚拢乡绅，借这机会探访别人的意思的呢。

忖思到这一点上面的时候，于是，孙老头子和冯家兄弟都在不约而同地担起心来，因为这情形是非常有可能性的。排长平素的那些狡猾的行为，早就不能取得人们对他的信赖，这一回何尝不可以受到县里的收买，故装亲切地探询别人的心意，去做报告立功讨好呢！他们都失悔刚才的话说得过火，因而增加了过度的不安。那么，如果想要讨好排长，取得他的信赖，或是消去他的疑虑，最好的办法，应该顺从他说几句好听的话。冯家兄弟思索了一会儿，溜着眼睛望望这里，又望望那里，到后是热着脸皮地开口了："咱们面前摆着的哪有两条道？只有一条！造反的事情，咱们就是死在阴曹背后也不能干的！没有别的话，想法消灭那些乱党吧，一切都听排长的吩咐！"

"就是呀，排长看着办吧。"孙老头子附和地加上了一句。

而最感到困窘不堪难以处理的是施大先生。两面为难的悲苦，在他的周身激刺着，因为他一方面忍受着儿子对他的反叛，弄了一身抖不掉的愁恼，一方面他也是被官府责难的一个。叫他往何处去呢？在目前，事情是明明白白的，任便他走哪条路，对他都没有半点便宜。他忘不掉白胳膊们捐他的粮食，他也担心着排长借故地敛钱！他要怎么表示他的意见呢？他要怎样才能站稳他的身子使他不会倒下去呢？……

"大先生，依你看来？"排长追问到施大先生的面前来了，好像他已经觉察出他的内心的隐秘了。

"我没有意见，大家怎么办我怎么办就是了，反正咱们都是良民，咱们是要过太平日子的，其余的话就用不着说了。"施大先生慢条斯理地回答着，冷冷地笑，他是越发感到了排长的对他的威迫。

"那么，这不就没有问题了嘛，行了！"百家长做着结论似的说，他在这个场面上，俨然也是一个主动的人物了。他还在说了不少的话，却都是在发挥着排长的意见，或是加以补充性的解释的。

"既然这样，那就好极了，"排长接下来说，"可见咱们都还有良心，那么，咱们就开手干。我的办法，是花钱收买几个刺客，先把王中藩打死，头子一死，别的人也就烟消云散了。"

"行啊！"孙老头子赞同地说。

"好，就这么办。"

"这办法可不错。"

人们在同声附和着。特别是施大先生，他认为这办法的选择，简直是给他找到了便宜。因为被打死的人是王中藩，而不是施光烈，他儿子起码没有性命之灾了，等他们将来一散之后，儿子还不是他的好儿子！官家也不至于抄他的家，儿子也上了正路，他以后的日子可就有意味了。

冯家两兄弟的心里稍稍犯了点斟酌，妹妹身上只留下王中藩这一个后代，万一他遭到了意外，王家一门的香烟就从此断绝了。而他们都是当舅舅的，外甥可以对不起舅舅，因为他总还年轻，不大懂得世故，舅舅若是参与了谋杀外甥的事情，这是从任何方面说起来都说不通的。

但他们还是一狠心地把亲戚的缘分割断了！为了自己家中今后不致遭受官府的抄查，为了全村的安宁，为了许多种原因，他们决定还是要跟排长密切地携手。

排长很满意大家伙的回答，他笑了。

"那么，就这么办，"他说，"一家出两千吊钱，由我来雇人，几天之后，等着看热闹吧。"

人们带着满身的轻松感觉，陆陆续续地离开了排长的家门。外面是黑的，路上也是黑的，但他们却似乎发现每人的眼前，都在闪动着耀眼的光亮。

施大先生没有跟别人一同走，他让排长留下了。

"忙什么，"排长说，"咱们再扯上几句，你回去也不算晚的，你还离不开那位老大嫂吗？"

"一定是留我参与机密的。"施大先生自己盘算着，也就乐得多耽搁一会儿。当他听完了排长打趣他的话语的时候，就捋着胡子笑了起来，过了一会儿，却伸起手指点着排长的脸面回敬着说："咱们那一口子，老得快掉牙了，不像你这一位，年轻轻的正当年，什么都是新鲜的。你半个月不回家，简直叫人家都想坏了。"

"哦，你是大伯子呢。失言失言。"排长提出他的抗议。

"得了吧，这年头可别论那一套了。"

"不论那一套，咱们论这一套吧，"排长移转开话头，似乎怕被别人偷听着地轻声地说，"怎么，听说光烈也干起来啦？"

"你听谁说的？"施大先生反问道。

"话没有腿走得可远着呢。"

"该死的，他是不想活了。"

"你怎么不说说他呢？"排长关心地问。

"他不听我说呀，我何尝没有说他！"施大先生无可奈何地摆着两只手，表示着他的努力归根是失败。

"这可不大好办，上边若是知道你你这乡绅的儿子……"排长眯缝起他的眼睛，把话语半路停了下来。

"原是为这缘故才留我的。"施大先生这样想着，他的身上马上又不轻松了，且似加上了一副看不见的重担似的。

"不过，"排长又一转说，"幸好光烈不是主犯，把王中藩一收拾，也就算了，儿子还是你的儿子，可是，讲不起，你老兄可要比别人多花一点了。你拿五千吊吧，这是特别讲面子，将来到县里我还得替你说些好话呢。"

"这个……"

"别说了，你还嫌多吗？一点也不多，咱们这是看面子的，"排长拦住了话头说，一方面关照着他的家人，"快，给大先生找一个灯笼，外头的路太黑了，打个灯笼好走一点。"

施大先生就这么被动地，叫主人把他送了出来，一把印着"忠仁堂"红字的小纱灯点着了，正在院心中晃动。

"快，给大先生。"排长说。

施大先生感觉他这回受到了一个不小的侮辱，排长对于他，正如同那个捏江米人的匠人，他把他捏弄得怎样，他就怎样地赔受着，他想说出来不同意的话，却没有半点可能。他牢牢实实地在暗暗地生起气来："你这滑头！你这流氓！"他在心中暗暗地骂着，简直不想使用他好意借用的灯笼。可是他稍稍地冷静一下头脑之后，就又宽慰地把灯笼打起来了，一边在走着黑沉沉的路，他一边在对自己说："妈拉巴子的，三千吊钱换来了一把纸灯笼。"

施大先生是想过来了，人越倒霉，就会越来倒霉的事情的，这叫作加花点。当你一帆风顺地走着旺运的时候，那些叫人做梦也忘不了的好事情，就会接二连三地找上你的门，红运当头，像海潮一样，大山大岭也挡不住。可是现在呢，他的好运像是已告结束了，噩运却在前仆后继地冲了过来，想拦挡吗？无异是一种妄想！算算吧，自从王中藩捐了他五斗小米开始，他的不幸就慢慢地开了头，接着是儿子的庙中入伙，涨大水冲走了他的烧柴和米粮，以及现在他的摊派的五千吊钱……

他的脚步慢慢地软下来了，慢慢地觉着沉重了，他在路旁一棵横倒的木头上，像休歇疲倦似的坐了下去。他把灯笼小心地放在地上，眼睛就第二次地看见了"忠仁堂"三个红字。

"不忠也不仁，"他在心中讥讽着灯笼主人，"他简直是这个吃人不见血的妖魔。"

顺着一股微微的凉风，沉重的歌声像夜幕似的罩笼住整个望不清的村庄。声音忽高忽低，有节奏地波动着，慢慢地，慢慢地，从这里传到那里，又传流到别的地方去。山在应和着，水在应和着，整个村庄似乎都应和着地唱起来了。

"可是并不难听啊！"施大先生说，他猜到了这是从什么地方唱出来的歌声，他乐意听，但他不赞成那些唱歌的人！

"会不会他们的势力，一天一天地大起来，像这歌声似的一点一点地往外扩散的呢？"他忽然地在头脑之中揭起来这样一个不该有的念头，仅仅是一闪的念头，接着就和歌声的休止同时地熄灭了。

他提起来小灯笼继续朝前走着，路上的野狗远远地对着灯火在狂吠，灯火的旁边，则在密布着无数投扑过来的飞蛾和小虫。

"钱同志，你今天的讲话成绩不坏呀，"施大先生听到了黑暗之中的尖细的女子的声音，他就站住了脚步，"慢慢地再过些日子，你一定更可以做出好成绩来，你是革命的新女性。"

脚步声来近了，两条模糊的黑影打他的身前晃了过去，他转过脸去加细地看了一眼，让他认出来其中的一个。

"我当是谁呢，那不是小寡妇嘛！"他说，便又把灯笼提起来了。

十四

自从排长和老和尚住到独眼龙的家里之后，算来已经三个整天了。这个庄稼院的当家的，独眼龙的二哥，叫作林老二的，很小心地陪伴着、侍候着这两位上宾，那样子是唯恐得罪了他们。

从老和尚的口中，这位当家的知道了他的兄弟这些天没有回到家里，原来是干起来乱党，说得他的心中怦怦直跳。从排长的口中，更知道了干了乱党将来就有灭门之祸，他更是七上八下地心里不安。老实人他还走上了花花路道，人是真在一天天地变着的呀。

"他一定是叫他们逼得没有办法才干的！"他代替他的兄弟声明着，希望减轻了他的罪过。

"现在我们就是来给你们解决这件事情的，"排长说，诡诈地笑了一笑，"别的话都不说了，马上把他叫回来，我们见到了他，还有另外的办法。"

这个当家人就听命地派去了人，到庙上去找他的兄弟回家，那里面造出一些充分的理由，以便他的兄弟找他的头目去挂号。去的人去过了，也回来了，从他口中传回来的话，是一两天就可以回家来的。

可是独眼龙直到第三天还没有归来，他引起来多少人的焦虑和思念！那位独眼龙的屋里人，曾经为此急得哭红了她的不甚大的眼睛。

她跪到了排长的面前，像捣蒜一般地磕着数不清的头，在向他要求着说："可千万别怪罪他，他是个没有心眼的人。大人不跟小人一般见识呀，你老高高手就过去了。"

排长望了望这愚蠢的妇人不言地笑着，安闲地抽着洋烟。

"这回回来再不叫他出门就是了，排长好好管教管教吧，他不是坏人。"

"你去吧，"排长被哝唧得没有办法，用齿缝的声音说，"我不会处罚他的，他还有用呢，我还想叫他再干几天。"他把头脸转了过去，瞻仰那窗外的蓝天。

"那——那要是排长有话，就没有含怨了。"

"去吧，去吧，人家商量事情呢。"当家的把他的兄弟媳妇用言语推走了之后，焦急地走到大门口去朝着大路的一端张望。

到第四天的傍晚时分，独眼龙肩上斜背着一根柳木棍，悠悠闲闲地唱着歌回来了。当他一眼看到了排长和老和尚站在大门口迎接他的时候，他马上闭上了闲唱的嘴，恭恭敬敬地在旁边打了一个立正。

"不错呀，这么几天立正都学会了。"排长斜瞟了一眼，歪着嘴说。

独眼龙知道这一着是又弄错了，本来兴冲冲地想告诉家人他认会了不少字的话，这时也就自动地埋压下去。同时，他预感到将有一个不幸的遭遇要轮到他的面前。他用最短的时间猜了一下：一定是老和尚告发了他，排长现在来拿他，往县里一送，说不定就出了他的"大差"。

他的眼前暗淡了，像袭来的夜幕似的添了一层黑影，他上了他们的圈套。他后悔不该回来，或是，这回保得住性命的话，他就不再回去。其实，只要能留他一条命在，干什么还不行呢！他是一个有地有老婆孩的人哪！

但排长是马上就宣布了他的宽厚的大德。"你别害怕，"他说，"你做错了事情，可是并不怨你，将错就错，我是特地来给你解围的。"

独眼龙稍稍放了点心。性命之忧大概是免除了。

"排长，你要是给我解了围，我的祖宗三代有灵，也不会忘记你的。不怨我，是他们那帮人逼着我干的。"他在洗着清白地辩着说，几乎把那只眼睛也睁开了。

"那以往的都不说了，我知道你不是坏人，快点到你的那一口子屋里去吧，两只眼睛都为你哭红了。吃完饭来找我，我在你二哥的屋子里等你。"排长说完了话，拉着老和尚和当家的朝着那个草间的小屋走去。

独眼龙一下子就冲回自己的屋子里："她为什么哭红了眼睛？想我啦？还是，怕我死呢？还是，不怀好意地盼我死了她好再另找主呢？……"

屋子里是一股暖烘烘的热气，叫一个刚从外边回来的人闻起来总有点不大受应。那热气里面，是夹杂着孩子们的屎尿气味的，还有点娘儿们气吧，跟庙上的气味是完全两样的。

老婆子正在倒头地躺在炕上，孩子在她的身旁打着旋地自己玩着。他的脚步声把她惊醒了。

她没有出声，却在用眼睛使力地瞪了一眼，慢慢地下了炕。

独眼龙歪着鼻子嗅了一会儿，不满意地发下来命令："把下格窗户也开开，屋子里是些什么气味！"

这窗户是分上下格的，上格正在开着，下格的纸糊窗正好好地关在那里。

"才关上的，天黑了，还开什么窗。"老婆不同意地解说着。

"叫你开你就开。我睡觉也要开着窗户的。"独眼龙拿出来他的丈夫的气概，指派着他的老婆。

"这就是你在庙上学来的本事吗？"老婆一边开开窗户，一边不赞同地说。

天是马上就黑下来了，月亮从敞开的窗户洒了一炕，一阵凉风凑趣地吹了进来。

独眼龙把孩子抱过去，孩子的身上也有一股邪味，这娘儿们，就是不干净，不用说比不上人家吴同志，就连钱同志她也差得远着呢。

“叫爹呀！爹回来了！”他逗着他的儿子，儿子虽然不大干净，但他总是自己的呀。他就使力地在他那肮脏的脸蛋上啃了起来。

灯点上了，老婆别别扭扭地像是跟他生了气，嘴噘得简直可以挂上一个牲口戴的笼头。独眼龙想：娘儿们家就是这个劲儿，你离她远了她想你，你离她近了她气你！……

独眼龙不理会这一套，“好男不跟女斗”，男子大丈夫，还能跟娘儿们一般见识！不过娘儿们也不能同一而论了，如今的吴同志，比男人要高上好几折，钱同志人家也抗日了。

他偎到炕边，一下子就躺下了，他忽然想到了等一会儿他还得见排长呢，打算打算都跟他说些什么话吧。若是不要紧，生命能保住，就行了。反正是这样，哪一方面与他有利，他就给哪一方面干。

但独眼龙对于排长方才所说的话，毕竟还是有点抓不住底，说不定笑里藏刀先稳住他的心，然后再想法收拾了他。对于这位排长的以往为人，虽然自己没有跟他共事的机会，但他的为人和他的不甚好的声名，正像庄稼人所说的“窗户眼吹喇叭，声名在外”，无论是他干什么，迈上一步，瞪上一眼，或是说上一句话，都会有一个路道要给你上的。总之是，对于这样的一位，你和他对面的时候，要处处小心，要多多提防。

当家的跟排长拉得那样近，独眼龙可有些不能明了了。多半因为他是旧日的排长吧，少不了在酬应方面好好地招待，好好地拉拢。不过看他那种诡精诡诈的样子，又仿佛正和排长携手，共同地想干一件事情。那么，也可能他跟排长想谋害了他，然后霸占去他的那一份田地，甚而他的老婆孩子！哥哥尽管是哥哥，当利害相关的时候，为了谋害别人而增厚自己的利益，也是干得出来的。

连带地，独眼龙就想到了老和尚的身上，没有问题，老和尚一定是想要从他的身上讨索回他丢在庙上的物件，上次打柴火在路上遇见他的时候，他跟小和尚把他抢白得太过火了，他恐怕也忘不了那个羞辱，想借这机会扯他的腿。

独眼龙稍稍地有点慌了神。三个人连在一块对付他这个一只眼，还有他的便宜吗？两面的局势太悬殊，最后吃亏的，毫无问题地一定是他这个矮个子！

　　"逃回去吧。"他自己想到了这条路，逃回去好好干一下子，将来升了大官，回到家里谁敢再惹他！那有多么光彩呀！

　　就在这紧要关头的时候，当家的走过来把他请走了。一见了当家的，他就像耗子见了猫，完全地听他摆布了。方才想的都算是白想了，他服服帖帖地跟着走了。

　　"排长请你呢。"

　　当家的说的话倒是非常客气，这"客气"两个字，他现在都能用笔把它写出来，那也是吴同志教给他认识的。而且，他还知道客气是当什么讲的，讲出来庄稼人的话，就是别装假。分开来讲，客是客人，气是生气，天气，或是空气。

　　"排长太客气了。"他不由得说了一句。

　　"快走吧。"

　　进门之后，当家的把他交代给排长，就返身走开了，几乎是同时的，那两扇门也合拢在一起。

　　"锁上门怕我跑吗？"独眼龙想，摸着炕沿边坐下了。

　　排长正躺在炕上抽他的大烟，因为抽得正在劲头上，就没有顾得分身招呼他请来的人。屋子里只有一盏小烟灯，灯火在不停地哆嗦着，把屋子哆嗦得愈显得阴暗。烟斗在哧啦哧啦地响着，烟杆子在烟斗上面拨弄着，大口的烟在排长的嘴边上连续不断地喷吐，整个屋子里都是那一股同样的大烟味。

　　独眼龙看着看着，觉得抽大烟毕竟是够派头的，而且也很有意思，将来他有一天阔起来的时候，也可以照样试一试呢。

　　放下了烟枪，咽了一口茶，排长一下子坐起身来，话也就跟着来了："你来了，好的，咱们来扯几句吧。你这些日子怎么样呢？"

　　"还不是当我的大司务。"独眼龙据实地回答。

"没有发你一支枪吗?"

"什么? 发我一支枪? 我原来就说得明白,除了做饭之外,上阵打仗我是不干的。"

"你算是有见识。"排长夸奖着说,点起来一支洋烟,"他们,他们到底怎么样呢?"

"乱党! 没有好人。"他回答着,偷偷地用眼睛溜着。

"有多少人了?"

"人有一二百了。"他把屁股后头的小烟袋掏出来抽着。

"都齐心吗? 都听王中藩的话吗?"

"齐心!"接着他又觉得这话说得不大合适,改正着地说,"也不一定,像我吧,我就不跟他们一颗心,我早就想回来,就是他们不准假!"独眼龙这是说的假话。

"你还想回去吗?"排长斜着眼睛,说。

"可不回去了。"他装出决然的样子。

"不,你还得回去!"排长命令地说,使得独眼龙觉着有些怪了。

排长看看四周,像是在审视屋中还有外人没有的,然后低声说:"你回去,你听我的话回去干,将来干出一番大事业,那才光彩呢。"

是不是用这话在试探着他呢? 独眼龙心中扑通扑通直在跳,他会不会是拿假话当成真话说了呢?

"不!"他决然地回答着,头摇得半晌也不停,"我好容易脱离了火坑,怎么还叫我去受罪!"

排长把他拉到他的身旁,这是一种表示贴近的样子。他使力地在他的不高大的肩膀头上拍了一下,用一种十分认真的态度说:"就是受罪,你也得去!"

"那……"

"那是有作用的!"排长挤弄着眼睛,压低了声音说,"你回去施展一点本领,换回来一点东西,那就是你的功劳!"

独眼龙是更其糊涂起来了,他简直摸不清这位先生的话中,有着什么样的意思。他想，放开他吧，拘束在这间黑屋子里，太闷人，太叫他难受了。

"我还给你请了一个帮手。"排长说到这里，朝着窗外喊了一声，"进来了！"于是屋子里又另外多出来一个生人。不是生人哟，原来是他的小舅子，这小子什么时候来的呢？"认识吧？"

独眼龙嘻嘻地笑了起来，这回他可知道了，排长不是跟他玩花套了。他说："排长真是开玩笑，近亲还能不认识吗？"

"那么，我就明明白白告诉你！"排长下了炕，站在屋地的一角，摇晃着他的有烙印的手，"你这次加进了乱党，跟他们在一块混了这些天，不论是自己愿意干，或是受了逼迫，在法律上说，这都是违背国法的，国家抓到了这般乱党，都是要出'大差'的！现在好了，我给你想到了一个好办法，叫你洗清你的身份，给国家立点功劳，过去的一段都可以不追究了！官家给我一个秘密的命令。"他说到这里，自动地点了点头，"叫我赶紧消灭这般乱党，办法是把其中的头行人物刺死，那个头行人物是王中藩吧？想办法把他谋害死，树倒猢狲散，这些人也就烟消云散了。现在因为外面的人不好下手，一方面也是替你解围，就想到了你。你是不是可以干出这件事来？你若是能立上这个功劳，官家一定会把你请到县里做官的，强起你现在给他们当上一名伙夫！为着怕你下不得手，现在我们又给你找到了一个帮手，就是你的小舅子，叫他去投效，也混到队伍里去，趁着天夜的机会，带几把小刀子就把那败类扎死，就行了。你也许没有这个胆量，"排长嘴唇起了白沫，但是却是十分精神，"现在就决定了这样办，叫你的小舅子去杀人，你在外面给他巡风，两个人同心合力对付一个人，你们是有心人他是无心人，管保能办得事事如意。现在，独眼龙，你可以明白了我为什么把你找回来的道理了，我是为你好，也为村子里大家好，才这么办的，你有出息没出息，就看这一回！"

"这事情除了我们三个人知道之外，再没有第四个人知道，你好好地去办，办好了，一个人给你们两千吊钱的赏金！"排长又补充地说。

"可是……"

"没有多余的话。"排长截住了独眼龙的话头，板起来他的铁青色的脸，"你要不去，将来就别想活！"他掐着腰，掷出去两个扁平的小纸包，"给你们，一人先使五百吊，商量着去办吧！十天为限，过十天没有出事，拿你们的两家是问！若是走漏了消息，我会另外派人把你们打死的！"

"去吧，去商量着办吧。明天早上就回去。"就像在自己家里似的那么从容不迫，排长拉开了一扇门，把他们两人放了出去，接着那门就马上关起来了。

独眼龙的身上，出了一身湿漉漉的热汗，如同他刚刚洗了一个澡。他一直跑出大门外边，蹲在大树底下去风凉，走得太急了，忘记了招呼着他的那位近亲。他的头脑像是有些昏沉沉的，胳膊腿不听命地哆嗦了一大阵。这一下，比起王中藩来可厉害多了！王中藩给他两条道走，干就留下，不干就卷行李。可是排长的道眼，是什么道眼呢？是给他下着命令！命令你再回去！命令你去杀人！可是杀人的人常常要被别人杀的！

他生气地、不屑地把那个小纸包扔出去了，这样的钱能花得长久吗？但他一转身又摸黑地把纸包拾起来了，什么也不想地又把它揣到袋子里去。这是钱哪，钱还能扔吗？

树下的大泡子里，蛤蟆在争胜地叫唤着，就像丝毫也没有忧虑。独眼龙把自己比比蛤蟆，人简直不如蛤蟆了。月光在逗趣地戏弄着大泡子的水面，水面上映出来破碎的光波。独眼龙把自己比比月光，人简直不如月光了。轻微的夜风，捶撼着古树在发出低沉的声韵，如同他们在庙上唱出来低音的歌。独眼龙把自己比比风，人简直不如风了。一句话说回来，他这一刻比一比任何的东西，他是都比不过的。因为，在他看来，别人这一刻都是逍遥自在，而他，则是招来了一身的解不开的忧虑。

庙上的那伙人，若是知道他现在干的这一套，将来发觉了之后，会不会宽容他呢？就以王中藩来说吧，他并没有错待他一点哪，他怎么能够不讲情义地刺杀他呢？……

吴同志还教他认了那么多的字呢，而且他还学会了唱歌，钱同志，施同志……都是好人哪……

他哭了，制耐不住地哭起来了，像受了多大委屈似的，从他的那只独眼里面，挤出来滚热滚热的、为难的、伤心到家的泪滴。

十五

在王家村附近的那些平铺着的庄稼地里，近些日子以来，很少见那些弯着腰在做着活计的庄稼汉子了，无论是年造，无论是打头的，无论是小工子和半拉子，平常日子像些蚂蚁似的从这边钻到了那边，又从那边钻到了这边的，现在是几乎绝迹的了。因为自从一场大水淹没了庄稼地之后，可怜的绿油油的一大片碧海似的庄稼地，无躲闪地就如灌满了一肚子水淹毙的人似的，就停止了活动的新鲜的生机的震跳。水退了，退下去好多日子了，可是这淹毙了的死人，好久好久也喘不上那口断绝了的气息。直到现在，那些垄台边上的肥沃的土脉还未晒干呢。水灾无异地在给人们造出来一个安心休息的机会，虽然，每一个庄稼人都不是心服口服地真想停歇下他的劳作。没有办法！大家伙顺应着这种自然的趋势，带同着不得已的难言的苦衷，闹出来本来应该是很忙碌的身子，野狗似的在街上溜达起来，在这家的大门口上站一站，无聊地抽上几口叶子烟，然后又拐到别家门口，扯起来能够引人发笑的趣谈。

痛苦的悲愁，无告的哀怨和莫名的激愤之感，不停歇地在人们的口中，像一阵风似的传述到这里，又传述到那里，也有如是一曲动人心魄的哀歌，尽在不休息，在大街上，在小巷中，在高耸的北岭上，在漫长的松花江上凄然地放送。不幸的遭遇磨难着他们每一个人，使人们陷入了人世之上的惨苦的大劫之中。

现在，混身在街上的无事可做的人们的当中的，不仅只是那些从庄稼地里空出身子来的庄稼汉，还有些跳跳蹦蹦的像些活兔子的白胳膊呢。他们像老虎出洞地离开了那座老爷庙。水灾虽然交给了村子一个惨重的损失和他饱着痛苦的回忆，而在他们和一些老百姓之间，却不可遏止地增加了深刻的、亲热的认识和友情，多少人都在感激着（从心之深处感激着）他们施惠的帮助，多少人都在称道着（从心之深处称道着）他们给予的恩情，那就是因为他们当着大难临头的时候，不分彼此地派到各家去挖沟筑堤，保住了多少人家物品、田园的损失，由于这种服务精神的感召，使他们就更近一层地接近了。现在，当他们在人群中谈着闲话的时候，人们就把过去回避他们冷淡他们的办法取消了，而在不分畛域地、天南地北地扯着长谈。

时候已经进入了六月中旬，再过去半个月的日子，就快到那一年一度会晤的，牛郎织女盼待着的七月初七了。盛暑的阳光，盘旋在碧蓝如洗的万里长空的上面，和一片葱绿的、鲜艳的大地的上面，火热的天气，在散布着火热的风，天上寻不到一朵花苞大的白云。而那热风，在地边上，在河沿上，在屋顶上，在山尖上，顽强地吹拂着，一时一刻也不休息。整个炽烈的大地，热得像一盆火，放下手去就会烘焦的。多少人都在为着这灼热的天气所窒闷着，若不是机械地扇着大扇子，就是在浓密的树林的阴凉下，找寻一个合适的地方打瞌睡。专有一些红脑袋深翅膀的大苍蝇，蝗虫一般地结成了队伍，没有秩序地、天上地下地乱飞，在赛会似的争着抢着地叫着，这个小小的带有翅膀的动物，愈是大气热得人们叫苦的时候，则愈是它们高兴的一刻。陆陆续续地，一些数不清的大个儿的小个儿的蚂蚁，不管好歹地只顾朝着人们赤裸的胸膛上，搜索着地爬行。从一些深的浅的水坑子里，传播着被溺毙的耗子，或是其他家禽的腐烂的尸身所发出的恶臭的刺鼻的气息。小河的边缘上，涂色似的染出来一条一条的，由于水退之后遗留下来的乱草和柴渣刷洗过的痕迹……

骑着一匹枣红色的大马，胳膊上闪动着五个耀眼的大字——抗日义勇军，王中藩佩带着他的光亮的手枪，又开始在村里村外不休息地奔驰着，灼热的太阳征服了他，把他的脸色晒得更显得黧黑了一点，像庄稼人所说的，是一个黑铁蛋。从敞开的对襟小褂的中间，在他那裸露着的胸脯上，霸占着露出来的露珠一般带有酸味的汗珠，那匹枣红马的屁股蛋子上老是不散地跟着一些嗡嗡叫的苍蝇。他似乎不感到天气的炎热呢，正是忘记了这是夏天，只是不顾一切地，在水后难行的路上奔驰。

这动作，依然是得不到老头子们的谅解的，他们指着王中藩的背后骂着："孽鬼，得不到好死的！"

可是一般年轻的小伙子们的话语就两样了："王中藩，你出村吗？热天头走道要小心点。"

小孩子则在寻求答案地问："打日本的，什么时候动手哇？"

事情可实在是巧到了极点，就像掷骰子掷出来"六"似的。排长的好运气吧，他在路上正好碰见了王中藩。然而这又是多么邪魔的，叫人不愉快的别扭事呀！倘如把眼前的人换为一个至尊的佛爷，倒许是排长所欢迎碰见的吧。

"你别不知道愁，"排长先下手地暗暗地骂了起来，"去你妈的八辈祖宗！过几天，你的狗命就是我排长的了！你还在临死穷欢乐吗？混账王八蛋！"

这样在心中骂过了之后，排长似乎觉得他的心里舒服了不少，再往前走着的时候，也就不觉得怎么别扭了。

但王中藩却找着多事地，故意开玩笑地把马头掉转到排长的面前，笑嘻嘻地拉下来他的黧黑色的脸，说："排长大人，看你这样子挺忙着呢，什么事情使你这样忙？姨太太养得更胖了吧？到没到该杀的时候？"

"你这流氓！"排长在暗暗地骂着，气得他满脸上面像抹了一层朱红。

"妈拉巴子，骑毛驴看唱本，走着瞧。"用这样一句说在心中的话安慰着自己，排长歪着半个为大烟所吞噬着变了颜色的脸，从路旁钻过去走了。

施大先生这一刻工夫，正在家里督促着他的大儿子、三儿子和两个年造，在搬运着积存的陈谷。滚热的汗水，在他们的脸上、身上尽兴地、像寡妇的眼泪似的流着。多少人都在担心着水灾之后的年成的问题，必然地那将要感受到粮食的恐慌。而他呢，这位施大先生竟然有三仓的积谷遭了水灾！现在，他在大场院上，铺满了一些破烂的炕席，把水湿的要生芽的谷子摊开在炕席的上面晒着太阳，就像是春天的时候，庄稼地里上去的大粪似的。

什么坏运气纠缠上他了呢？什么缘故，什么可能，使他在承受着各种的不如意的折磨呢？二儿子疯了似的挎上了白胳膊，凭他旧日怎样地教子有方，也不能把他说得心回意转！而那个奸狡的排长——跟王中藩同样可憎的流氓，在杀人费的项下，特别多摊派他三千吊钱。这是一种有类敲诈的摊派呀，对于一个素为乡人所敬道的乡绅来说，这敲诈老实地伤损了他的尊严。至于那些白胳膊，虽然是一提起来就叫人愁恼不止的，但他们除去捐征他五斗小米之外，可还没有捐征到他分文的现款。若是跟这位排长先生的做法比较一下，说句最老实的良心话，他宁愿赞同那些胡闹着的白胳膊了。他须得觅求一个适当的机会，舒舒服服地从排长身上出这口不平的、被压榨着的、积存着的郁闷之气，而不再在他的面前遭受他的非礼的挟持。

孙老头子和他的邻居老方家的人们，在搬运着烧柴晒，他们一家有一大垛青杆柳柴火，高遥遥地像一座小山，没有例外地，这回也淹了水，若不把柴火松散开暴晒一下的话，将来一朽了，烧起来的时候就不容易起火苗。忽然间，孙老头子发现在他家中一群搬挪柴火的人中，没有他的三儿子的影子，他随即不理解地问起自己来——这样忙着的时候，他跑到什么地方去了？尽管平素日他最钟爱他这个聪明懂事的儿子，也止不住为了这一刻做活的缺席在不饶恕地骂了起来："小三这死不了的，他躲到什么地方享清福去了？怎么连个鬼影都看不到呢？"

不只是孙老头子他一个人不知道三儿子的去处，就是他的大儿子和二儿子，还有四儿子和侄子们，年造伙计们，也都是很渺茫的。他们照实地回答着说："我们也不知道呢，好半天以来像是就没有瞧见他了。"

"什么时候出去的呢？"老头子追问了一句。

"早上吃饭的时候，他还在着呢。"大儿子说。

"这就怪了，昨天晚上我不是说过今天搬柴火的吗？事前也不是不知道，怎么就随随便便地不来了？再说，就算你不来，也该言说一声啊！"

"回来时候别叫他进大门！"老头子紧接着生气地咆哮起来。

邻居方家的二儿子，当他问明白了老头子发脾气的原因之后，把事情据实地报告出来："孙大爷，你的三儿子嘛，我刚刚看见他在街上，跟那些白胳膊扯闹白呢。"

"你可是说的真话？……"老头子惊异地反问着，沉重的头脑雷击似的，呼隆隆地响了一大阵，打闪似的燃发起灼热的火焰。这还用得到再多打听吗？反正是学坏去了！于是，连句回话都不说，老头子离开了监工人的地位，愤然地也不顾等候大儿子的搀扶，拉着一根棍子，仿佛增添了无限的精神的，他一股劲儿地去寻求他的操心的、不愿学好的儿子去。

儿子找是找到了，但是，这又出了什么差错了？好模好样的、聪明懂事的儿子，居然也在他的胳膊上面套上了那个不顺眼的东西了！那东西，正在向他示威地眨动着那五个一般般大的字——抗日义勇军。

"奇福！"老头子哑着颤抖的声音喊着，一面摇晃着他的麻秆一样瘦的哆嗦着的手。

这个完全在体格方面不同于他的父亲的三儿子，有一副高大的个子，大眼睛，脸蛋子上满是些紫黑色的不光滑的红顶的小小疙瘩，很顽强地、大胆地盘踞着，就像一些散放出去的对敌的监视哨。胸膛隆起，样子是很结实的。

"你，还不给我回去！"老头子简直在发出命令来地叫喊着。

儿子这一刻可有多么沉着呀！他静静地、敌视地朝着他的父亲扫了一眼，满脸上面的疙瘩都在待机地做着动作的准备。

"爹，你别管我，"他开口回答着了，"我长大了，我现在是一个可以自立的人了。"

"你说什么！"老头子咆哮着，手是更有些止不住地在哆嗦起来。

这是什么话！难道是妖精审壳啦？妖精叫他说出来这样没老没少的话吗？燃烧起来的愤怒到极点的火焰，在他的衰老的周身旋流着，年轻时候所具有的蛮性的倔强，怂恿着他发出来不同意的反抗。对于这样变了心性的儿子，你还用跟他客气吗？不消那样，也用不到那样！他闯上去一步，冷不防地，他就把那个不顺眼的东西撕了下来。仿佛他只有这样做过之后，才可以消解了胸中不平的积火，因为，这就是等于给了儿子一个带有侮辱性的惩戒！这下子可糟了，谁晓得他竟然因此闯出来祸患呢！从他的身旁，也许还有身后吧，疯狗似的冲出来两三个乱党，齐齐地举起来向他问罪的拳头。

"放手！快！"

"老不死的家伙，你给好好把符号绑上！"

"绑不好，要你的老命！"

"我管我的儿子，关你们……关你们……什么事？"他在分辩着说，自动地往后退了一步。

"管儿子回家管！撕符号可不行！"

儿子也在红了眼睛不认人了，似乎也忘记了他是他的父亲的儿子了，他把一对大眼睛瞪得简直要跳出来似的，高声地叫喊着："你要这样不讲理，动野蛮，我可就不客气了。"

在暴力的威胁之下，孙老头子没有办法地、忍气吞声地，终于世故地服了软，使用着哆哆嗦嗦的手，把那不顺眼的东西给复原地绑上了，那些个伸起来的拳头便也就慢慢地落了下去。

"兽类是不可理喻的，他们是禽兽！"老头子用这样一句没有说出口来的话安慰着自己，不分辩地就打转回头。

他仿佛听到了那群乱党在讥讽着嚷叫着："老头子，跟你的死爹去诉冤吧。"

儿子不是自己的儿子了，当爹的不能行使当爹的权柄了，儿子长大了，翅膀也就跟着长成了，他就顺着自己的意思各处地飞，飞——飞去了！

老头子有所感怀地，忽然就想起来王德仁老头子和施大先生——他们都是有着共同的苦衷的，可怜的，管不好自己的儿子的父亲哪。

远远地，从正对面的方面，摇摇摆摆地走过来那个长一副刀条脸，没有顶门牙，一说话就沙沙漏着风，翘鼻尖，有一对眯缝着的眼睛的马善人。

"上哪儿去呀，他大爷？"他在问，一面很自然地眯缝起他的眼睛。声音是沙啦沙啦的。

他能够按照实际情形，把事情，甚而连他受到侮辱的事情都说出来吗？那可实实在在就有点太丢人了。还是随随便便地回答了他吧。

"上那边闲走走。"他说了这么一句。

"看你那样子，活像跟谁生气来的，怎么，你的手边还那么哆嗦呢？"这个刀条脸的家伙，不愧他的外号叫"善人"，他是对于别人都会体贴到样样入微呢。

"那……那大概是……是因为我多走了一点路的缘故吧。"孙老头子给他自己找出来掩饰的托词。

那沙啦沙啦的声音又在旋转着了，这回是他把刀条脸挪近地贴了孙老头子的毛茸茸的耳朵边上说出来的："你的老三……"

"老三？"他装作不知地打岔。

"我看见他……"

"他在家里呀。"

"没有，告诉你实话吧，他的胳膊上，也戴上了那个玩意儿了。"

"真的吗？"他装作惊疑地追问了一句，而他的苍老的脸上，不自主地就像巴掌打的热了一阵。

"你看错了人。"他接着就否认地说了出来，"我的小三……"

"他大爷！"刀条脸上蹦跳着认真的颜色，那一个在负责地说，"我若是说白话，我若是认错了人，你这么着，回头你割下去我的头！"

这是第二次了，这位善人因为报告同样的消息，起着割头的誓。

"啊，真的吗？这小子，我非好好教训他一顿不可，你别生气，他大哥，你把话告诉了我，很好，我回家去找他算账。"孙老头子千思索万思索地想了一会儿，最后是用好言安抚下这位报告消息的善人。

机会也实在太不巧了，为什么当他刚从儿子那边受到了侮辱之后，又遇到了这位善人的多嘴多事呢！是不是他是心存着一种恶意，打算给他个难堪呢？……

"村子里的年轻小伙子们，这几天可随进去不少了。大姑娘梳歪桃，可是随便（辫）。"马善人颇有感慨地说。

但孙老头子没有再在这个刀条脸的身上多消耗精神，早离开他一步，少听他叨唠一句，都是这位老头子求之不得的事情。现在，他几乎疑心这个善人是早已经看到了他方才所遭受的一幕，故意地来要他的好瞧的了，他因此就直感地从这位善人的身上，引起来十分厌烦的、憎恶的感觉。凡是有意看他好瞧的人，他记恨他们，咒诅他们，因为他看这种人无异是趁火打劫，或是说得再恰当些，是乘人之危的罪魁！

十六

出乎人们的意料的事情，有如雨后汇流的狂澜一般地，在整个王家村无束无管地泛滥起来，仿佛像流行的时疫一样，在平静的人间传染着。

这意外而又罕有的变动，慢慢地侵蚀着人们的不静宁的身体，使他们简直对于自己的视觉和听觉——整个身上原有的感觉，都在取着不信任的态度。

是不是太阳是从西天的边上升起来的呢？——人们在这样怪诞地想着。在平平常常的日子里，自然，谁都是知道太阳是从东边升上来的，但当现在这个大事小事都在变异的时候，太阳的起落也容许可以走错了它的路径的吧。

是不是，看家的狗长了翅膀飞到天空上了呢？——人们也不信任地引起来这样的设想。自然，狗是四条腿的家畜，没有长着翅膀，是人们所都早就知道，教科书上也在这样解说着的，但当意外的事情尽在人间发生的时候，魔幻地把走兽变成了飞禽也有着可能。

要不然，是不是耗子捕捉了大花猫，深坑变成了高耸的山峰呢？遇到这样变乱的年头，既然可以发生许多种令人不能置信的现象，那么，改换了人们的正常的视觉，也不足为奇。

……但这些，果然是真确地有了变异了吗？果然是太阳从西天边上升起来的吗？果然是看家的狗长了翅膀飞上天空了吗？果然是耗子捕捉了大花猫，以及深坑变成了高耸的山峰了吗？不！都不是的！而是村子里的人们，好多好多的人，随和时新地争着在胳膊上缠上了那块白布！这不就是罕有的怪事吗？这不就跟太阳从西天边上升上来，看家的狗长了翅膀飞上天空同样叫人不能相信的事吗！这样的怪事，哪朝哪代发生过呢？在哪个"瞎话"里传说过呢？哪一本圣人的书上这样指示的呢？但这就正是百分之百的真确的事实！无从否认，无法否认的事实！家成了白胳膊的家了，街成了白胳膊的街了，村子成了白胳膊的村子了，是不是整个世界也都成了白胳膊的世界？哎哟，真是够白的哟，从地下一直白到天上，像地下的白玫瑰，像天上的白云，闪抖着耀眼的、洁致的光辉。白得像一片雪呀，白雪的上面绣着五朵黑梅花——抗日义勇军。

人们的纯朴的心，怎么就忽然像中邪似的改变啦？好好的庄稼人干吗不安心种地，干吗不打算在水淹的田地里培植那尚可收获的五谷？干吗都加入进去疯狂一般地造反呢？还有石匠的儿子，粉匠的儿子，泥水匠……好多好多的人哪，都一窝蜂地刮进庙上去了……

白胳膊的人数，膨胀着地增多起来了，老爷庙的房屋不够住了。白胳膊们向外扩张地占用了从前自卫团的团房。

在团房的里面，本来是住着排长的一门亲戚的，那是因为排长觉得他可以自由支配公家的房屋，就把他的亲戚安置到房子里来，很久很久的，这家人家就在平静无事地住着，却想不到这一时被一群年轻的小伙子赶狗似的驱逐出去。这多少是有些损及了排长的尊严，而是于他的面子不大光彩的，他无可奈何地气得脸上一阵青一阵白的，眼睛也就鼓溜溜的像蛤蟆眼了。

团房的位置，坐落在村子的东北角上，后墙外面便是那东西展延着的北岭，从东北到西南，仿佛拉出来一条白线似的，白胳膊们一天到晚不停止地来来往往，嘴里面还在高声地吵嚷着："白胳膊是打日本的，日本鬼欺负咱们中国人，咱们要把这些兔羔子打出去！"

新来的、一种羞人的烦恼，蛆虫似的在排长的肚子里头钻动，不如意的事情缠上他了，给他带来了难挨的、羞恼的感情。团房无原因地被乱党们强占了去，给他这昔日的排长尊贵的地位一个难堪的、痛心的打击，这使他在伴着太太闲逸地抽着大烟的时候，也要把这不痛快的烦恼，不闲逸地想上一想，而尤其叫这位有头有脸的人物无法制止他的奸狡的眼光的爆发着愤怒的火焰的，莫过于他亲眼看见他的同族的年轻小伙子们，也在兴致勃勃地挎上了白胳膊布，这样在他的脸上刷了一层不光彩的颜色，违背着他的意志胡作非为，是比别人用巴掌打上自己的脸颊还不光荣啊。他能容忍这不顺眼的怪事的继续发展的吗？……

那时候，吴同志跟钱同志两个人，正在街上教着一群小孩子在唱歌，旁边，小伙子们也在不知着耻地跟着学，用斜眼瞄着这两个贱娘儿们。

"好好地唱，再唱一遍就会了。"那个矮胖子姓吴的说，让排长看起来，就觉着是太不顺眼了。他在暗暗地骂着："一定是你妈养汉，偷来了你这个不守分的贱货！"

149

"不兴闹，不兴闹！"她压服着孩子们说，"规规矩矩地唱完，我再教你们唱'打日本'！"

排长的心里是更其不自然了：小孩子家也教他们去打日本？打日本还要传个祖宗三代的吗？简直是不把村子搅个海浪翻天，看起来还没有个完呢！

这女的精神头倒是也不小，天那么热，汗那么流，她的前襟衣服，就是那两个奶头头的地方吧，都湿出两个印子来。可是她不娇贵，尽在有耐心地教着歌，这一点，从良心上说，他也不免有些佩服。

若是能有这样能干的女秀才当个太太，也该是男人家烧了八辈子的高香了。排长的心中滑到了一个不能告人的幻想里去。他想，若是独眼龙他们杀了王中藩，这些个下边的人一乱，他就可以把这小娘儿们接到家里来的，她可以写信，她可以记账，他叫她管理钱财，人虽然黑了一点，可是有一肚子学问呢……

他接着又在摇起头来：不行，她这家伙，跟那些乱党在一块混，早不知叫王中藩，或是施光烈抓闹过多少回了，那一群禽兽不如的东西，还会便宜了她！不行，他不要这块过手的肉……

孩子们的歌，又在唱了起来，唱得那样齐，那样有劲儿，使这位排长不能不惊服了。他们是什么时候学成的呢？学得这样熟？

"好极了，这一遍唱得最好。"女秀才伸手抹了一把脸上的汗，夸奖着地说，"现在，我来请钱同志给你们教'打日本'。"

好一个钱同志，排长终于在气火之上止不住地笑了，他妈的，一个克男人的小寡妇，现在变成了剪发时新样的钱同志了！变了！王家村是一切的一切都在变了！也许是天地都会有一大变颠倒了方位的吧。

但这位钱同志有多么漂亮啊！这一剪发简直更添了三分人才。说实话，当傻大哥没有登上她的家门的时候，他真是在睡梦之中都为她扯出几个荒唐的乱梦。她比起那位女秀才来，可就太受端详了。她是依然保持着她的秀致的气魄，白中透红的脸蛋子，明亮而清秀的眼睛，雪白的牙齿……村子里再找不出第二个人可以和她比一比的。可恶的白胳膊，他们不光是勾拉男人，勾拉小孩子，把好看的娘儿们也勾拉去了！

钱同志一露面，就先伸手捋了一下右鬓角上的头发，把那缕耷拉下来的头发拢到耳朵后面，就在刚才吴同志站立的地方站定了。

她很大方，一点也不慌张，排长觉着怪有味的。而且，她还在开口演说了："各位小朋友：吴同志教你们的歌，你们唱得很好，现在我来教你们唱'打日本'。为什么要打日本呢？那是因为……"

"因为日本人不好！"

"因为日本人不讲理，强占咱们的地方！"

"对了！"钱同志说，"因为日本人不好，是我们的仇人，咱们要报仇，所以打日本！"

排长简直不敢相信站在人堆后面的就是他自己了！他是看见什么呢？一个声名不好的小寡妇，在什么地方学来的派头？在什么地方学来的这一套？怎么她就会学得这样快呢？

可惜投主投错了，将来王中藩一死，小寡妇也只有跟傻大哥受大穷吧。排长想到了这里的时候，不免又有些替这个好看的人儿惋惜了。

但这位钱同志似乎并不知道别人对她的担心，她还往排长这面瞟了一眼呢，随后就大模大样地教了起来。

孩子们在很上心地学着，学完了这一句，又学那一句，一句一句都学会了，再来一遍总唱。

这工夫，陆陆续续地，不知从哪里闯过来一大群的白胳膊，傻大哥领着头，使劲儿地喊着："吴同志，教我们唱一个！"

"跟钱同志学不是一样嘛！"

傻大哥脸上红了一阵，就站到小孩子们的后边去，其余的白胳膊，也在跟着围了一圈。就在这后来围上的一圈中间，排长看见了他的同族的晚辈，也挤拢在一块。

这回他也不听唱歌了，也不再非分地打算两个女人了，他发了很大的脾气地阻止着："回家去！赶紧给我回家，不准你们乱扯乱闹！"

那些同族的晚辈，在平常的时候是都把他看成为领袖人物的，他的言语只要一说出口外，别人就无条件地服从着！可是现在呢？面目是完全地改变了，他们不仅不服从他的吆喝，且在不惜一切地反抗着说："我们为什么要回家？为什么要给你回家？"

"我们加入义勇军，这是正大光明的事情，怎么叫乱扯乱闹？"

"别啰里啰唆的，你没有权柄干涉我们！"

"我说的是老实话，"排长有耐心地说了下去，"你们要听从我的意见，我是排长，我也是族长，我不管你们谁管呢？我的眼睛看得多了，比你们懂事，论吃咸盐，也比你们多吃几十斤，我说的话还会错吗！你们照我说的办，是咱们族中的好子孙，要不然就是族中的罪人。咱们是当家当族，我不给你们亏吃，你们要相信我的话。我实在应该，而且也有权来干涉你们的不正当的行动……"

"住嘴！你要再瞎啰唆，我们就把你绑起来！"有一个小伙子在凶巴巴地截住话头，且在数说着排长的缺点，"你有权干涉我们？你有什么权？谁给你的权？你配吗？你讨好敌人，给日本人捋胡子，你丢尽了族中的人，祖上有灵，一定先给你一场灾难！"

"瞎说！"排长发怒地喝阻着。

傻大哥气愤愤地挤到了人们的面前，他伸出去特别大的巴掌，在排长的面前晃了一晃，粗声粗气地吓唬着说："老坏种，你认识这是什么东西吗？一急了，它可就不认得人了！"

他接着又讥讽着地说："老坏种，你怎么也不把你的大烟枪带出来呢，给你做着防身的家伙不好吗？"

排长在向后退着，在无数的大人、孩子，还有两个女人的面前，被迫地、为难地向后退着。他没有再说出一个字来。

"打倒亡国奴！"

"打倒捋须匠！"

人们在大声地叫喊着，羞辱着他。

知难地翻转着奸狡的眼睛，带着满胸满腹的愤感，这位排长狼狈地逃开了。可怜的王家村哟，可真是在一天比一天地变坏了。

　　但排长是绝不在这些人的面前服输的，筋斗是摔下了，他是更决心地希望着他的计划的实现，若是那惊人的一幕获得成功，这些无名的小卒他把他们都痛痛快快地收拾一顿！

　　他是更深一层地记起来对于白胳膊们的不两立的仇恨！

　　在他们这帮和白胳膊作对的人当中，自己认为最走坏运的，其实是施大先生。几天之前，他的以老实见称的三儿子，还在院心里跟他晒着水湿的谷子的，还是个正正经经的庄稼人的，可是谁料得到呢，不知是出了自愿，还是受了别人的勾引，他竟然趁着家人不注意的时候，悄悄地也在溜进了乱党里去！这可是坟上坏了哪一股的风水啦？或是，家宅的"向口"没有着对呢？

　　三个儿子去了一多半了。

　　老伴跟他在哭着喊着地要人，她是特别地疼爱着三儿子的，因为他是最小的一个。她埋怨着施大先生说："都怨你不给他说媳妇，说妥媳妇娶到家里来，拴住了腿脚，他还能往外乱跑吗？"

　　"可是他今年才十八岁呀！"施大先生不同意老伴的见解。

　　"那么，你想想吧，谁十三岁娶了我。"

　　"那是从前，从前的皇历是看不得的！"施大先生在顽抗着。

　　"你给我找回来！"老伴爆发了很大的脾气。

　　"你自己上老爷庙吧。"

　　"亏你是个男子大丈夫！我要是个当家的男人，也不跟你扯这一套了！"

　　"你不知道那些乱党多么凶呢。"

　　"凶他也吃不了人，还能不叫人家去认儿子吗？"

　　"你再说！你再说！"施大先生没有办法，最后又拿起来他的丈夫的威风，在咆哮起来了，"谁家的妇道人家跟她的男人这样凶？你这还有个样子吗？简直是泼妇！你给我走！"

百家长的家里也发生了变故。当他阻挠他的儿子到庙上去入伙的时候，儿子凶狠地像一个劫路的"棒子手"似的，竟然一反常态地操起一条桦木棒子，跟他的爹算起账来："你不叫我走？你不叫我走我也要走！"

父亲抗不过儿子，结果父亲退了步。

"好，你去吧，再也别进我的门！"百家长放开了他的儿子，狠狠地说。

"那可不一定。"儿子在回答着，"几时高兴几时来。"

"你进来我打断你的狗腿！"

"那我也要回来看看妈妈的。"

这一种普遍发生着的事实，无疑地给王德仁老头子造了一个巧妙的机会，他现在不再羞惭地躲在家里不敢出门了，为非作歹的既然这村子里并不只是他的儿子，那他还有什么见不得人的地方！

这些日子他可真是受够了罪了，一见了人，人家就嘻嘻地说："嘻嘻，你的儿子。"

要不然，就在嘲弄着："王老头，你的儿子将来一升官，你就是一品老太爷了。"

他羞于遭受别人的冷嘲和讽刺，他就死死地守在家里不出门。

现在，谁还能责备他对于儿子的管教不严吗？哼，倘若这句话还成为一种事实的话，那这村中就有好多好多管教不严的父亲了！

他挺直了他的驼背，在街上走着路，他谁也不提防，谁也不惧怕了。当他遇到了百家长的时候，他甚而也在运用机会说句风凉话，算是给他们从前讥嘲他的一种报复。他说："百家长，我听说你的……"

只消说到这里就够了，百家长消受不住地就在摇起他的头来："提不得！提不得！老人没有积德吧。"

当他遇见冯家两兄弟时，他也在说："怎么样，二位舅爷？为非作歹的不单你外甥了，你们的小五子，听说也进去了。"

胆子壮起来了，人像是也增加了精神。

当王德仁老头子烦恼着的，因为自己的儿子做出逾规的事情，遭受别人冷嘲热讽的讥笑的时候，别的人不是都在隔岸观火地祝祷自己的幸运的吗？不是都还在扬扬自得地品鉴着快活的滋味的吗？可是现在呢？日子像蚯蚓似的一段一段地爬过去，当别人也在为着各自的不学好的儿子们在烦恼着的时候，意外的幸运和快活的滋味，一反从前地，都转回到他的身上来，他是无忧无虑地不再那么冷清清地孤立着了。而且，有时候，他眼看着义勇军们一天比一天地增多，虽然不能在言语上发挥出什么意见来，但他们不知怎么的，背着人的，他常常违背了自己的意志，认为儿子的做法，跟日本人干，大概还像不十分错。他也曾经想到过：他既然不能借着神力，借着祖宗的力量，把儿子拉回到自己这方面来，使他回心转意地当一个老老实实的庄稼人，免得他一个人孤零零地得不到儿子的照拂，那还倒不如改变了初衷随了儿子干事的好。可是这怎么能行啊，多么荒唐怪诞的念头！想想吧：当他因为儿子的胡作非为和儿子作对的时候，人家不是同情他的堪怜的老境的吗？若果他竟然发疯地投到了儿子那一面去，毫无疑问地，别人一定会骂他是个老不死的糊涂蛋。他就会像一粒石子似的，被人们抛得远远的，被一切的人们断绝了往来。

但老头子这时似乎更加地明白过来：依靠神力的帮忙打算，看来那将是一种妄想。神不能替他把儿子拉回到庄稼地，也不能把自己失掉的庙产收回，神的威力未免有些渺茫。

……事情简直是愈来愈不对了，多少年轻的小孩子，他们也缠上了白胳膊——他们打算着要干什么呢？穿上死裆裤子没有几年，还禁不住一脚的孩子们，当真也要用他们去打日本吗？

孩子们干事的劲儿倒真也不小呢，他们跟那些人一样地掘壕、修道、跑步、唱歌、放哨……

村子里完全是白胳膊的世界了，一片白呀，从地下一直白到了天上，像地下的白玫瑰，像天上的白云，闪动着耀眼的光泽。还有，那五朵黑梅花一样的字呀——抗日义勇军，也在像星星似的眨着眼睛。

十七

下弦的清亮的月光，偷偷地照在老爷庙的屋顶上，照在钟鼓楼的檐牙上，顺应着夜风的波动，铁马在不甘寂寞地哼出来清脆的而又并不整齐的声音，蛐蛐在黑暗的角落中叫唤着，那声音是过分地显着单调，但其实蛤蟆的庞杂的叫喊，是夜里最为喧嚣的噪声。

王家村在闭拢着眼睛沉睡着，老爷庙上也在闭拢着眼睛沉睡了。

从庙上的西厢房，突地走出来一个个子不高大的人，他仰着半个脑袋看了一会儿天上的月亮，就在大殿的西角边上站住了。东厢房里也走出一个人来，像怕谁看见似的弯曲着半个身子，当他看见了大殿西北角上的人物时，就抬起手来在月影的下面比画了一下，那一个也做了个手势，有如在唱着夜双簧。东厢房出来的那一个接着就摸上了大殿的台阶，他向着四外巡视了一眼，就以最快的速度，轻快的脚步，闯进了大殿洞开的门内，接着就听到了大殿里面病人似的呻吟了几声，那个人就又返身出来了，两个人重新回到各自的屋中去。

天亮了，老爷庙中起了个意外的变动，两个不幸的消息同时被传出来了。

"施光烈被杀了！"

"阎小七被杀了！"

王中藩骑着大马，马打得飞一般的快，尘土卷起来足足有两丈高。他从团员房跑到了庙上，三脚两步地跨上了大殿，可是那是任什么补救的办法都没有了。

两把锋利的小刀，深深地刺进了他们的脖子，血流在枕头上，变成了黑紫的颜色，屋子里残存着血的腥气。

"谁谋害了他们了呢？还会是从外面进来的人吗？"王中藩为过分的哀痛所刺激着，他的眼睛瞪得简直怕人。

找来了夜里守岗的兵，谁都在报告着说，在他们值岗的时候，没有发现庙外有什么活动的人。

"这是咱们自己队伍里面出了汉奸!"王中藩说，两滴晶莹的、痛心的热泪，从他的怕人的眼中滴落出来。

"他们是替我死了!"他说，"施光烈不正是睡着我的铺嘛，昨天夜里因为临时有事，我到团房那边去，我睡在施同志的铺位上，他睡了我的铺。想不到这一调换，就叫我们的施同志遭了殃!"

吴同志也来了，钱同志也来了，团房那边的同志也来了，院里院外站满了人，大家伙都是静静地瞪着哀悼的眸子。

"开会!"王中藩喊了一声，就站到大殿外面的台阶上去。

"各位同志：太不幸了，我们的队伍中发现了汉奸! 施同志跟阎同志的被害，是我们的大损失! 但是，我们可以负责地告诉汉奸说，我们绝不惧怕这种不正当的卑鄙手段! 我们的抗日事业，也绝不因一两个同志的牺牲，就受到打击，我们还要更加紧，更努力!

"关于汉奸的发生，大概不外乎外力的引诱，现在我们也不想深究，我们希望当汉奸的能自首! 不过以后对于防卫的工作，是更需要注意了。"

"打倒汉奸!"

"惩办汉奸!"

"肃清汉奸!"

多少人的胳膊举了起来，声音像怒潮似的响。

"自然要想法的!"王中藩说，"不过眼前我们应该先办两件事：头一件，推选两位同志，顶替死难同志的职务。第二件，马上准备下葬的事情，天太热，到下半晌就会有味的。"

"我推傻大哥!"

"推李自强!"

"吴同志!"

事情就这么决定下来了，吴同志担任施光烈的职务，李自强担任阎小七的职务。

"通知他们的家属吧，弄好棺材一会儿就出殡。"王中藩说完，会就宣告结束。

施老三哭得满脸的眼泪，他大声地诅骂着那个行凶的人不得好死。

吴同志和钱同志走到两具尸首的旁边，痴痴地伫立着，热泪像伏雨似的流。吴同志能够到部队里来，原是施同志介绍来的，可是现在这位介绍人竟然放下未完的工作与世长辞了，他的学识，他的能力，都还未得到相当的发展呢。为了工作忙碌的关系，甚而她很少有和他谈话的机会，现在是连那点很少的谈话机会都没有了。她痛惜他的被害，痛惜队里面的损失。

钱同志的头脑中，也在转旋着一些凌乱的记忆。她还记得当她加进来的第十天的时候，施光烈曾经问她："钱同志，觉得有些不惯吧?"

那时候，为了要表明自己的倔强不屈，她曾经很决然地摇摇头。

"很好，我已经惯了。"

"学会了几个歌啦?"

"两个，真有意思。"

"认了多少字?"

她那时免不了还有些脸红地羞怯地说："二十多个了。"

她还拔出来他那插在衣袋边上的钢笔，在自己的手心上写着三个拙劣的字，并且在笑着说："你看，这不是我的名字嘛。我会写我的名字了。就是这个钱字难写了一点，若是姓王就好了，三横一竖，多省事。"

那时把施光烈说得止不住地笑了起来。阎小七还在旁边帮衬地说："钱同志真努力，将来一定有办法。我才认识四十几个字呀，脑子里老也记不扎实。"

……这才是多久以前的事情哟，像一场梦似的，现在都成了过去，什么都没有了。

多少人都在私下里议论着这件事情，他们都是在惋惜着死者的不幸。还有人在发着莫大的脾气，声说着非要把杀人的凶犯想法找出来不可。这事情已经引起了一种公愤。

"他妈拉巴子的，找到了那个凶手，非来个大卸八块点天灯不可！"李自强大声地吵嚷着，脚不停止地各处走来走去。

天在阴着，风在冷着，人们的心也在阴着了。

当两家的家属来到了之后，就准备着入殓。两个棺材被放置在庙外的大操场上，白胳膊们在场子上面站了两行。

施光烈的母亲，鼻涕一把泪一把地哭了过来，施大先生也在流着泪，虽然他们和儿子的意见不能一致，虽然儿子给了他们一些不愉快的折磨，但他总是他们的儿子呀！

"让你回家你不回家，你死得冤哪！……"那位母亲号啕地哭着，紧守着儿子的尸身不去。

吴同志和钱同志在旁边劝解着她，她像是没有听见似的。

阎小七的父亲也在低垂着头，半晌没有说出一句话来，他只是在不停止地把眼睛注视在人们遗留在脸上的悲惜的眼泪。

入殓了。死人从大殿里头抬出来的时候，太阳都躲进云彩堆里去了。

"同志们，我们为死者致敬！"

王中藩大声地喊着，许多只手，都在机械地哀痛地停在花帽檐上。蝈蝈也不叫唤了。

棺材的盖子钉上了，两个遇难的同志，在一些闹嚷惯了的人中间，算是做了最后的诀别。人死了，死得那么静静的，一点声息也没有。平常日他们的一举一动，都只有到回忆中间去追寻了。

施光烈的母亲在大声地哭叫着，她把带来的香纸堆在棺材前面，在哆哆嗦嗦地划着洋火。

"好儿子，妈来给你送几个钱花，长这么大你也没有缺过钱的，死到阴间也不能空手去呀！"她在说。

"不准烧纸！"有谁在这么阻止着说。

王中藩摆一摆手，事情过去了。他想：就破这点例吧，可怜的老太太，烧这点纸钱是她的最大的安慰呢。

她把纸钱拉出一点，散到另外的一角，口里在重念着说："打发外鬼外神，别再抢我孩子的钱花呀！"

　　抬杠的人把杠子抬起来，两个棺材抬上了大道。后面，大队的白胳膊在跟随着送殡。

　　施大先生把他的老伴拉到了一边，他不能再跟到坟上去的，那样一来，将来村里的人就会责说他没有正事了。现在，三个儿子当中，死去了一个，丢去了一个，命运分明是在折磨着他呢。但他是因此更为怀恨着排长了，因为照排长的说法是刺杀了王中藩就算完事，谁知道被刺的倒先是他的儿子！

　　阎小七的父亲也回去了，他带回家的，是更为沉重的脚步。

　　坟地选好在南岭的北坡，在一棵大榆树的旁边，打墓子的人正在掘着土。

　　"伙夫，你帮掘两下。"王中藩说。

　　独眼龙顺从地拿起锹来，两手不知怎的在慢慢地哆嗦个不停，而他的脸色也在慢慢地变白。

　　"你怎么啦？"王中藩问。

　　"没有什么。"他低下头去伸出那把铁锹。

　　"你给我！"李自强从独眼龙的手中把铁锹夺了过来，"看你那无精少神的，就像几辈子没有睡够觉！"

　　"同志们，来呀，一人挖一锹两锹的，这是我们最后的纪念。"

　　王中藩这一个提议，马上就得到全体人的拥护，锹在翻着，土在翻着，墓子立刻就打好了。

　　一切手续都做完了，棺材被放了进去，盖上了土，两个高高的坟堆堆了出来。吴同志和钱同志，她们分在两个坟前插上了墓名牌，那是经过吴敬文同志亲笔写着的，一个是"抗日英雄革命战士施光烈之墓"，一个是"抗日英雄革命战士阎小七之墓"。

　　牌子的后面，都有一行相同的、精细的字："他们是被自己的同志谋害死的。"

吴同志接着又领导着全体同志唱了一首哀歌，她是一句一句教着唱的，等她和弟兄们唱完一遍的时候，人们的眼泪也同时地、普遍地洒在坟边上了。

　　太阳冒出云头来了，但它却晒不到这两座新坟，大榆树的枝叶把光线给遮蔽走了。吴同志和钱同志则在山坡上采折了一些野花，堆置在两个坟头上，有马兰花，有金簪子花，有棒槌花，还有月季花和其他的花朵。

　　"同志们，给死难的烈士行个最后的敬礼吧，"吴同志说，死沉沉地低着头，"光是哀悼也是没有用处的，最好是大家伙从今以后更加倍地努力！杀死这两位同志的凶手，多半就在我们这一堆里面，他该忏悔的。"

　　这天的下半天，约当吃完晚饭的时候，太阳还有两竿子高，在岭南新坟的偏东的地方，有一个人弯着腰在打柴火。他割一镰刀，就朝着四处鬼鬼祟祟地望一望，然后再继续打他的柴火。

　　这人是个白胳膊，因为他的胳膊上正佩戴着有那个符号。

　　他停下了，不管不顾地一屁股就坐了下去，仿佛地下有什么东西，也不在他的计较之内的。他掏出了一只短小的烟袋，一边思索着，一边慢慢地装上了烟荷包里的叶子烟。他抽着了，烟在轻悠悠地飘了一会儿，就慢慢地散失了。他似乎对于这缕轻烟很感到了趣味，一直一直地、不眨眼地盯视着。

　　过一会儿，他回头看看那两座新坟，坟上的土早被燥热的空气烘干了，坟上的花朵和绿叶也都凋萎了，只有那两只木牌，还在依然无恙地、傲视一切地站直在那里，没有什么变动。

　　打柴火的人，从随身携带的包袱中，取出来一刀黄钱纸和半刀烧纸，烧纸的上面都打着制钱的印子的，另外还有一方金箔。他慢慢地走到了坟上，把这些东西堆了一个高堆，仔细地打量了一下，仿佛认为很满意，就跪了下去一连磕了三个头。

　　"我独眼龙来给你们送纸钱了。"他说。

他是独眼龙，义勇军的一个伙夫。他说完了话，就在那纸钱堆上点起火来，于是，连烟带火地就冒了一大团。

他怯怯地把周遭加细地打量了一遍，在他的四周，除了山坡、庄稼，再就是树木。他闭上他的唯一的眼睛，用一种低沉而颤抖的声音说道："施同志和阎同志，你们别怨恨我呀，我现在后悔极了。冤有头，债有主，谁杀你们，你们就管谁去要命吧。杀你们的人，是我的小舅子杜树林那个王八蛋，你们别叫他得好死呀。你们显显灵吧。"

第二次地又向四处扫视了一眼，他又在继续着说："我使了排长五百吊钱，这不假，可是那一千五百吊钱我不要了，我再也不干了。你们给王中藩托梦吧，叫他小心一点。我使这五百吊钱，我一个也不要，我都给你们买纸烧。你们可别怪罪我呀！……"

喳喳喳喳，后边似乎来了什么人了，独眼龙赶忙站起身，老和尚不知从什么地方一跛一跛地冒了出来。

"我当是谁呢，原来是你呀。吓了我一大跳。"独眼龙说，慢慢地爬了起来。

"怕什么，我的身上也没有长吓人毛。你给死人烧纸吗？也好，省得冤魂跟你结仇。"

独眼龙往旁边看了一眼，用一种最低的声音说："你说话小声点，这么粗心！"

他实在有点讨厌着这个人物，他觉得所有这些诡怪的计划，多半都是有他的一份。

"可是，你们杀错了呢。"老和尚拉了他一把，在坟边上坐下了，"这里面没有姓王的呀。"

"得了吧，这可不是人干的事情。"独眼龙用斜眼看了一眼，不安然地又抽起小烟袋来。

"排长打发我来的，叫我跟你说，三天为限，把那个姓王的也弄死，我刚好在街上碰到了杜树林，把这话背地当他说了，你今天回去跟他再商量商量吧，干掉了那个姓王的，你独眼龙可就大大地有名了。"老和尚挪近了一步，小声地说。

独眼龙在心中狠狠地骂着："我可不干了，妈拉巴子的，我也是养儿养女的人，我不干那伤天害理的事情。"

独眼龙简直恨死了这个老和尚，出家的人，谁知道他长了这么狠的心肠！他心中一不高兴，就扭过去他的矮小的身子，不理睬这个造事的罪魁。

老和尚一跛一跛地走了之后，独眼龙望着望着坟堆，就止不住地、打从心之深处难受地哭了起来，他爹妈死的时候，他都未哭得这样哀痛！尤其是他觉得自己做了对不起大群同志的坏事，他实在犯了谋杀的罪状。将来有一天，当人们发现到他的阴谋时，还会不给他来个大卸八块的了！想一想那些同志的哀伤吧，想一想那些同志的愤恨吧，他做了一件最大的不能饶恕的错事。他是生儿养女的人，他得积德才对呀。

纸钱的灰，在随着一阵风慢慢地旋转着，像一些黑蝴蝶，若是它们真能送到死者的手中，未始不是独眼龙的一点难得的安慰。

他是极其希望着从坟墓的深处，迸发出来愤怒到家的，两个灵魂责骂他的声音，哪怕是短短的一句两句，他也觉着亲切，而他的内心之中似乎就减少了一点罪恶。

现在，坟上静静的没有一丝的声息，恰如这两个人在深夜之中睡着了似的，但蝈蝈的叫声，却在这夕阳的残照里，拼命地挣扎着叫嚣着，它们在乱草堆中跳着，在棒子秧中跳着，那些棒子秧上已经结出了绿色的棒子了，像些个看守坟茔的园丁。

他渐渐地有些茫然，索性就伸开两腿躺在马兰堆上了。"就这么样地让别人把我杀掉吧。"他说。在痴痴地望着蔚蓝的天空和天上浮游着的一朵朵的白云，他看着看着就仿佛觉得天上变了颜色了……

吴同志拿了一把黄花，一个人悄悄地、静静地走到坟上来。她的符号的白布条的下面，又缠上了一圈黑布，就像给那个符号镶了一圈黑边。

她走路的脚步，可以说慢到了极点，这一段路程，几乎是在她的低头的沉思中走完了的。

在县城的时候，她是一个附属小学的女教员，一个偶然的机会，使她认识了施光烈同志，后来就慢慢地增进了他们的友谊。

"结婚吧，好不好？"当有一天施光烈提起这个问题的时候，吴同志简直就抬不起头来。她是第一次听到了她所爱慕的人在她的面前，说出来这个有弹力的、诱惑人心神不安的字句。

"让我考虑考虑再答复你吧。"她平心静气地回答着，心里毕竟是平不下去了。

日本的军队占领了县城之后，她的回答送到了施光烈的面前："打走了敌人的一天，就是咱们结婚的一天！"

这一对苦恋着的朋友，彼此以共同的目标在期许着，就一同离开了县城，跑回到老爷庙上来。她还记得施光烈在出发以前告诉她的话："咱们一到了乡下，是不能露什么形迹的，那就会影响到工作的。"

她谨守着这一条口头的规章，在无事的时候，绝不和施光烈到一块去谈话。话谈得那么少，少到现在是一切都被埋在土内了。

她看到了睡在坟旁的独眼龙，她也看见了坟旁的一团纸灰。她看见了独眼龙的镰刀和他割倒的柴火。

"这才是一个好人呢。"她心中说，"说不定就是他烧的纸呢。"

她没有惊动这个有意味的伙夫，却在轻手轻脚地把那把黄花插在施光烈的坟头上，另外分出几枝，又插在阎小七的坟头。她把这事情做过了之后，就慢慢地把她的胖胖的身子坐在坟边了。

她并未向谁说话，甚而就是独白式的自语也没有。她却在张大了她的一对小眼睛，在痴痴地、有兴会地望着那剩有一竿子高就要降落的六月的斜阳，仿佛今天的斜阳勾起来她的过往的记忆似的。她接着又转到老爷庙前的悬着半旗的旗杆上，那面旗子像钉在杆半腰似的一动不动，她仿佛看到这里为止，随即低下了头。

一会儿，她猛地站了起来，在坟边上巡视了一周，她是在看什么呢？她看见了那只墓牌，插得有点歪斜了。她把它拔出来，然后又小小心心地把它插到松软的土里去。她还用手在底下堆了一圈土，即或是刮大风，也不至于歪倒了。

她默默地又坐了一会儿，开始用低到极点的声音，在慢慢地唱起来今早她领导着队伍唱的那首哀歌。说她是在唱歌，不如说是她在哼叽着的吧，因为那歌声低微到叫人无法分辨。

可是她在唱着唱着的时候就哭了。眼泪像泉水似的涌了出来，她的歌声被连累的哭打断了。她掏出来她的小手绢，在慢慢地擦着眼泪，她的眼睛，像山里红，像刺木果子一般红。

当独眼龙为那两个爬在身上拼命咬着的大蚂蚁咬醒过来的时候，他一忽身地就爬了起来，太阳剩半竿子高了，时候不早了。他刚要收拾了打好的柴火回去的时候，忽然地他就看见了坐在坟旁低声哭泣着的吴同志。

"吴同志！"他喊了一声，就慢慢地走上前去，而他的良心，更为这位女同志的痛哭，受到了莫大的谴责。一个女同志都可以这样爱护一个死去的同志，对他那样地关心，他为什么就黑了良心干起不正当的事情呢！

他真想把事实都报告给吴同志，然后，凭大家伙怎么发落他吧，就是大卸八块，也是罪有应得。

吴同志也站起来了，马上地她就停止了哭泣，且在问："这是你烧的纸吗？"

"是……是呀……"他在颤声地回答着。

"你倒是个好人呢，还没有忘记了旧同志的情义。"吴同志说到这里，转过话头去说，"烧纸是迷信，抗日军人、革命军人是不信这一套的。"

"走吧，天不早了，你快收拾柴火吧。"吴同志催促着说，向前迈了一步。

独眼龙去收拾那些乱柴火，半天半天也拢不到一起，镰刀绳子似乎都不听从他的手的使用，他有些着急，心里在想着："是不是闹了鬼呢？"当他走在吴同志的背后的时候，他还在心里面说："别纠缠我吧，明天我再来给你们多烧点纸。"

十八

坐在庙上的办公室里，对着粉白的张贴着标语的墙壁，王中藩、吴敬文和李自强，在交换着会心的微笑。从敞开的高大的门窗中，普遍地亲吻着暖热的光芒，白胳膊们在东西厢房睡着歇乏的午觉，谷地里面在播散着诱人的香郁的气息。

这三个人用三种不同的姿势在坐着，王中藩把屁股下面的方凳子，坐得直在痛苦地响，上半身靠在一根竖直的柱子上，一只右腿安置在面前的方桌上，左脚则贴近凳子的边缘在慢慢地颤动着。他的手中张开一张有着红色和黑色的地图，图的上面，像乡下人记账似的留出来一些红蓝铅笔画出来的标志，和一些直的、弯曲的、小米粒一样的、聚在一起的黑线。朝着一些红的蓝的，用方圆或是圆形画成的标志那里，常常有些地方配上一两条半圆形前进着、带着箭头的黑线。吴敬文则老老实实地坐在她的座位上，她的黑胖的手在白纸上写着字，有时就不自觉地皱一皱眉，仿佛在踌躇什么为难的事情。书本子不拘横竖地躺满了她的办公桌，没有盖上盖子的墨水瓶，苍蝇在瓶口上嗡嗡地飞着，叫着。李自强坐的是长条凳，喝着刚从井里打上来的井帮凉水，响出来沉重的粗野的声音，他打起困倦的哈欠，朝前伸出无礼貌的懒腰，他的大手不住地在桌面上敲出来轻轻的、有节奏的响声。

"好，你们倒享福。"

扑通扑通一阵脚步声响过之后，钱同志带着一脸的热汗闯了进来，她身上的衣服也被汗水湿透了几块，她的白嫩的皮肤稍稍地黑了一些。

"来，快来坐，坐吧，你看你热的这个样子。"吴同志放下手中的笔管，递过一把扇子，"坐在我这边歇一歇吧。"

"坐我这儿吧。"李自强嘻嘻地笑着。

"你看你，不管有人没人地你就瞎闹。"钱同志拉下脸地抢白了一句，就在吴同志的身旁坐下了。

"这还是假的吗，咱们现在还怕谁说闲话吗？"李自强争执着他的理由。

王中藩在一边瞧了半天，大声地、凑趣地笑了起来，一面逗笑地说："人家这才是模范夫妇呢。"

"模范的抗日战士都快有了呢。"吴同志报告出这个新颖的消息，望着钱同志在发笑。

"真的吗？"王中藩问道，早把他搁在桌上的腿，兴奋地抽了回去，"那可好极了。"

钱同志害羞地低下了她的秀致的头，两只细腻的手，在不停止地玩弄着那柄小扇。

李自强咧开了大嘴在味味地笑着，这个消息的传播出来，简直使他非常兴奋，非常得意。他偷偷地向钱同志溜了一眼，他看见她的耳朵根上是一片红。

"为什么要说这无味的话！"钱同志抗议地抬起头来，在地下无目的地走了一圈，在负气地站在远处说，"谁要再提一个字，我就要走了！"

"别走别走，我不说了，算是我的错。"吴同志把钱同志又拉回到原位上坐下了，一面给她扇着扇子，逗引着说，"可别生我的气呀。"

"不生你的气？你就不是好人！"钱同志说完，笑着扭过去她的脸。

"别再闲扯了，我们的女同志，怎么样啊，这两天的妇女工作做得可还顺手吗？"王中藩紧咬着他的下嘴唇，郑重其事地问。

"我就是来报告工作的，"钱同志说，走到了挂洗脸手巾的地方，也不管是谁的手巾，拉到了条颜色最白的，就往自己的脸上摇着，

"工作的结果不好,小孩子们还听话,老太太们一点不行!我还特别看出来一点,就是人们对我的轻视的态度,大概因为我的行为违反妇道的规条了。我的意见,我以后可以少做外面的事情,即或要做,最好是到一个生的地方去。至于本村这方面,我看以后还由吴同志和她们联络,比较方便,她们对于女秀才的印象也不坏。"

"就是呀!"王中藩站了起来,走到了大殿的门口去风凉,面向着天空说,"这一点是值得注意的。"

"钱同志的意见是正确的,我想以后可以留在部里帮我干点事情,并且,激烈的工作,对于她也不大合适。"

"你又说,你又说!"钱同志急急地质问着地阻止吴同志的发言。

李自强趁此加上了一句:"人家关心你,你还不该感激吗?"

"也不要你多嘴!"钱同志又对李自强撞了一句。

"这件事就这么办,以后妇女工作需要外面派人的时候,由吴同志亲自出马,钱同志就在部中工作吧。"王中藩下了最后的结论,事情告了一个段落。

"现在该讨论咱们的事情了,"李自强提出来他的意见,"头一样,两位死难的烈士的石碑,快修造好了,就差碑文和样子了,这要请吴同志赶紧下手。第二样,咱们的粮米成了问题,该快点想法了。怎样想呢,这要大家来讨论。"

"这倒是个亟待解决的问题,"吴同志说,"尤其是现在,人数增加了一两倍。"

"这事情怎么不早一点提出来呢?"王中藩着急地说。

李自强翻了翻他的深邃的、有亮光的眼睛,张了半天嘴,也没有说出来。

钱同志在背地里眨着眼睛,逗笑地羞辱着这位新接任不久的傻大哥。

"管事务,管伙食杂务,要时时注意自己的职守才行,到渴了的时候,才想起来去掘井,那怎么能够来得及?所有咱们这些人的吃饭问题,都背在你的身上,你一点不能疏忽。没事的时候,也要多多盘算。我敢说吴同志是无论吃饭睡觉，都在盘算怎样组织和宣传的。"王中藩教训着地说，在他的黧黑的脸上，流露出正直的、坦荡的规劝。

"但我相信李同志是必能胜任的，"他接着又安抚着地说了下去，"现在未熟手，是因为刚接办，将来的成绩，必能在阎同志以上的。"

李自强急躁地抓着他的头，王中藩说出的每一个字，就像一个钉子打进了他的身上，钉得他想说句掩饰的话也说不出来。他的身上窘迫地、欺人地冒出一阵热汗来。

吴同志在深深地沉思着，她的视线正落在大门外面的旗杆顶上，钱同志仍在不停手地扇着扇子，似乎她特别地比别人抗不住热。王中藩在砖地上来来回回地遛，他的下嘴唇更紧咬了起来。

远处，不知从什么地方，传过来渺茫沙啦的单调的蝈蝈的叫唤，和放牲口孩子们唱的，带有淫秽性的挑逗性的牧歌。

钱同志走到铺边上去坐着，刚刚扇走了湿漉漉的热汗，瞌睡又凑趣地攻击上来，她的身上有着一种麻痹性的疲惫，她的眼皮紧硬紧硬的，不一会儿就倚在铺边支持不住地睡着了。

"施光烈活着的时候，不是说他家有两三仓谷子，叫咱们派人去拉的吗？必要时候也可以先拉点用用。"李自强提出他的意见。

"这不大好，"王中藩提出来不同的意见，"现在，我们无论做什么事情，都应该不侵犯百姓的权益才好，像上次我向他们捐米，后来检讨一下，虽然也有部分的理由，终不能说是尽善尽美。他们正可以借此做恶意的宣传，结果是于我们不利。我们对待他们应该是笼络，我们需要联络感情，增加他们对于我们的信赖，绝不给他们找到借口的机会。不过有一层，真正和我们作对的、顽固的敌人，破坏我们，捣乱我们的坏蛋，那是例外！"

李自强觉着王中藩这道理很充足，他使力地擤了一把鼻涕，然后把鼻涕手往鞋帮上一抹，就附和着说："对，我同意王同志的意见。"

"我仿佛听到钱老太太讲到村子里有积谷的，这话可不知道真假，我想这项积谷倘若还未卖出的话，那我们是有必要从那些顽固分子的把持中夺取过来的。"吴同志提出来她的意见，她的笔也跟着在本子上记下了一条。

"有积谷，你说到这事情，我也想起来了，积谷是由百家长管理的。"李自强急急地报告着，他的面前似乎露出来光辉。

"不错，是有积谷的，怎么我也忘记了这一回事了呢。"王中藩猛然地一跳，快速在地上走了一趟，再补足地说，"我不光是知道有一批积谷，并且还知道这批积谷有几十石的大数目呢！"

于是，一个正确的、合适的决议案得出来了，下命令，派人去把那批积谷全部拉到庙上来。

稍微沉静了一会儿，王中藩提出来关于款项的事情。他说有些时候，常常因为缺钱的缘故，就把计划好的事情搁下了，这情形是不能听其继续下去的。

"是的，钱要准备一点，咱们这么大的司令部，不如一个庄稼院有钱，管钱的谢同志，布袋里十天有八天都是空的。"李自强同意地说到这里，提出来他的具体的意见，"我听说，排长先生最近捐了一笔钱，大概有两三万吊，那自然也是不义之财，咱们上他的身上去发展，捐他八千吊！"

"对于排长这个坏蛋，我们还用客气吗？"吴同志搭上来说，正正经经地提出来她的意见，"我看，就捐他一个整数。"

"一万吊？"李自强问道。

"不算多哟。"吴同志回答着。

"是捐的杀人费呀！"王中藩说，"说不定我们的两个死难同志与这项捐钱是有关系的。"

"真的吗？"李自强急急地问。

"密探队的王队长告诉我说的，连我也是被杀的一个呢。"

"那就捐他一万五千吊！"吴同志又修正着她的提议，"这东西太可恶了。他们使用卑污手段，简直是无孔不入！"

"打死这个大烟鬼才好呢！"李自强愤愤地说，结上了更厚一层的仇恨。

"不，"王中藩摇摇头，发挥着他的意见，"还没有到他该死的时候呢！同志们，别着急，他是逃不开我们的手里的。不过现在我们打死了他，那就更给顽固老朽攻击我们的口实，连累了我们工作的发展受到阻碍。他是我们最大的敌人，勾结敌伪，胡作非为，我们知道得很清楚，我们严密戒备着就是了。有一天该杀他的时候，自然就把他收拾了。其实他们的想法，可以说笨到了极点，打死了施光烈、阎小七，不是还有王中藩嘛！打死了王中藩不是还有李自强吴敬文嘛！不是还有好多好多的白胳膊嘛！一点用处也没有！"

这以后，吴同志拿出一个纸单来，他们三个人的眼睛都注视在纸面上。

这是一张西村的义勇军发展情形的一个简单的报告，那上面写的是：

村　名	原人数	发展后人数
青嘴子	六十	二五〇
项家屯	五四	一三〇
西北岔	三二	九三
桦皮沟	五四	一一一
天安厂	四八	八六
小沿沟	五十	一二〇
总计人数		七九〇名

王中藩的黝黑的脸上，飘浮着扯不开的喜色，飘浮在吴敬文的黑胖的脸上的，是欢愉的光辉，李自强兴奋得直在敲着桌子，终于把那个睡着了的人给敲醒了。

真是，谁会想得到呢，他们骑着大马村里村外奔跑着开始这个发展斗士的工作，在封建势力盘踞下的闭塞的乡村，早为反动势力所垄断的土地，竟然可以在短时期内做出这样出乎预期的意外的效果呢？这真是一个值人欣慰的现象。若果说在饿毙的臭虫身上，不容易榨出一滴鲜血的话，那么，在村子里做这种被目为造反的工作，那真比攀登绝壁还要困难！这是一种什么样的精神哪！这是一种什么样的力量啊！仿佛是一阵暖和的春风，从原野上面吹过去了似的，新的生机在各处确立了根基，在各处诱人地开了颜色鲜艳的花朵。

但这样就真的满足了吗？

不！

"青嘴子能发展到二百五十人，是原来没有料到的，但天安厂只有八十六人，未免和原定的发展数目相差很远了。"王中藩嘴里说着话，眼睛仍旧注视在纸单上。

"一个是意外的收获，一个是意外的损失。"李自强加入了一句，然后，他转问吴同志，"奇怪的是小沿沟能发展这么多的数目，那里的住民并不多，至于西北岔的住户，也少得可怜。"

"咱们这里的人数也不少吧。"谁也没有注意到的，钱同志也站到他们一块了，且在有趣地插上了一句。

"不少哇，"吴同志接下去说，"三百五十名了。"

"那么，我们现在整个的人数是——"

王中藩的话还未来得及说出来的时候，就让吴同志给抢着说了："是一千一百四十名。"

"一千一百四十名？"李自强不信任地问。

"七百九十加三百五十，你算算应该是多少吧。"吴同志说完，用笔在本子上又记了一笔。

李自强慢慢地算了一会儿，算出来这数目是正确的了，他也为这大的数目在惊异，在欢喜。

"一千一百四十，好哇！"他大声地叫了起来。

"你看你，你看你那傻样！"钱同志退后一步，向李自强撇了撇嘴。

"你嫌我傻吗？"李自强笑嘻嘻地说，"嫌傻这回也晚了。"

"为什么?"钱同志进一步地逼问,沉下她的脸来。

"因为,哼……"

"因为,因为什么?我看你再说!"

吴同志和王中藩都自动地退到了旁边去,他们做着一个看热闹的笑脸。

上讲堂的预备号,在沉闷的六月的午刻吹起来,庙里庙外马上就是一阵乱哄哄的骚动……

十九

以排长为首的,反白胳膊的运动在慢慢地揭起来了,到处地,他像传教士似的,宣扬着白胳膊的无中生有的劣迹。譬如:他们是怎样不安分,怎样蓄意造反,怎样祸害黎民,到后来就说到了他的被捐走的一万五千吊钱的身上。

"你们说吧,这可算是什么天日,平白无故地硬捐人家的钱,硬捐人家的米粮,哪一本圣书上有过这样的说法?他们还口口声声说日本人不讲理呢,日本兵不讲理也没有捐过我的钱哪,既然口口声声打日本,为什么不去城里找日本去打,却躲在村子里头欺压老百姓?这事情能叫人心服口服吗?"

"施光烈是怎么死的?阎小七是怎么死的?"他继续着说下去,"这些禽兽,他们是争风吃醋自己害死自己的!却是因为那个带的姓吴的一来,洋学生读书识字,谁不喜欢!你争我夺,却让王中藩把他们都收拾了!这叫干的什么事情啊?就说那个小寡妇吧,她算是干什么的!都叫人家弄烂了,还不要脸地这儿走那儿窜呢!多少人跟在她屁股后头转!这算是干的什么事情啊!简直是瞎胡闹!"

"再说,"他缓了一口气接下去说,"牛犊子当真就不怕老虎吗?我不相信!叫他们先自己美几天吧,日本兵一下乡,他们要不穿兔子鞋,一蹦八个垄沟往山沟子钻,就算我没有说!"

浮漾在孙老头子和方全的内心之中的，是一股相同的、不能忍受的怒气，像春天的燎原的野火一般，普遍地，在各自的身上，狂妄无羁地燃烧着，这些罪恶的种子——白胳膊们，离开了家，离开了庄稼地，挎着带子扛着枪，下操，演习，到底是为了什么打算才成立起来的呢？拉起来大队，呼啸着地出来，跟百姓们讲说着打日本的道理，谁高兴听你们这一套！至于施大先生，他这一刻的心情，显然地跟别人就稍稍有些不同，施光烈的被害，他忘不掉那是遭了谁的毒手，因而他对于排长怀着仇恨的心，三儿子的不肯回家，也增添了他的新的愁恼，而当他混在这群人的当中时，又常常不留情面地骂着白胳膊的坏话。然而他这一刻是既不在这群人中发生感情，也在不齿白胳膊的行动，归总一句话，别人都是不对的，都是不好的，只有他，他自己，是一个守正不阿的、极端正派的人。

　　最觉得不幸的，受到了最痛心的损失的，是百家长，他的眼睛几乎是血染的一般红。几十石的积谷，绑票似的叫白胳膊们给拉走了，现在只剩下空仓子，摆在那里静悄悄地张着大嘴，有如等待食物的饿汉。

　　"你们不能拉，这是村子里大家伙的积谷！"那时，他在使劲儿地喊叫着，阻止着白胳膊的搬运。

　　"就因为是大家伙的谷子才拉呢，若是你自己的谷子，那还算稀罕吗？"李自强瞪起来两只大眼珠子，指挥着人们一袋一袋地背着走，到老爷庙的这段路上，像绳子似的扛谷子的人拧成了一长串。

　　"不行，这是我的责任！"百家长还在气气咻咻地叫喊着。

　　"把大家伙的积谷，分给队伍吃，这是最合理的办法。"李自强冷冷地说，不大理睬他。

　　"你们不能不讲理！"白家长挡住了一个仓门口，不叫白胳膊动手。

　　但他接着就让李自强的大手掌，像从鸭架里拉出来一只鸭子似的，轻轻地拉了出来，他把他的粗大的拳头摇晃了一下，沉下脸来厉声地说："你若是再不知好歹，我们可就对你不客气了！"

　　谷子是一点未剩地都搬走了，他用积谷做抵押的借贷，因此就从债上方面引出来不信任的、动摇的念头，先后地跑到百家长的家中讨取他们的借债。他窘到了极点，有如热锅上的蚂蚁进退失据。因此，他就在事后，多方地搜寻一些骂人的词句，刻毒地、在各处地宣扬着白胳膊的恶毒，借以给自己找寻一点报复性的快慰。

于是，大家伙就自自然然地，在反抗乱党的共同目标之下，密切地连成了一气。他们在一致地，想着适当的制服乱党的办法。

他们在缜密地用世故的经验计划着，经过了很久的商量与考虑，最后集中了一个共同的意见，那就是：由各家家长出名画押，呈请县政府赶快派兵下乡，痛剿乱党。下面还有着一个附件：如县府认为有虚报嫌疑，各人甘受军法制裁。

"县里面究竟能不能派兵下乡呢?"排长回想到上次参事官给他的教训之后，就觉得这办法不十分有把握，但他又在自慰地想，"万一呢，万一真派兵来呢，那也是说不定的事情啊!"

同时，他也为着独眼龙和杜树林的还未完成杀人的计划，在暗暗地焦急，三天的期限早过去了，王中藩还是王中藩，究竟还等几天之后再下手呢? 若是当县里的军队下乡之前，把王中藩收拾了，然后白胳膊一散，他的面子多么够瞧的呀……

现在是无论排长也好，无论是百家长也好，或是其他的人们也好，全在为这个新得出来的办法，在过分地兴奋着。只要把白胳膊剿灭了，他们的身上，无疑地就去了一块大病。人们还在这么希望着，希望抓到了王中藩之后，活活剥了他的皮，熬油点天灯。至于其他胡混的人，也得想出一个处置的办法。这是排长的提议。

"处置什么呀，差不多家家的年轻小伙子都有。"施大先生不同意这一点。

"就是呀，"孙老头子也加上来说，"都是自己的孩子，你怎么去处置? 树倒猢狲散，王中藩一出事，他们也就消停了。"

原来在排长的意思，仍然是想借题发挥，将来按家收取罚款的，他的族中虽然有些人加入了，但是他的家中可没有哇! 可是现在一看大家伙的意见和他的意见距离过远，也就不再强调他这提议了。他在另外地提出来说："那么，咱们就不追究其余的人吧，现在要找一个写呈子的人哪，找谁呀？"

这事情若是顺应着一贯的老例来做，自然是出不了施大先生的手的，今天人们也更不会例外地忘下他，可是当人们推举到他的身上的时候，他却不顾一切地、毅然地拒绝了。

"另外雇人吧，"他不同意地说，"花几个钱算什么。我的眼睛近来更花了。"

他存了一个小小的私念，那就是他不愿庙上的人们知道了写呈子的人是他，得罪人的事情，大家伙合伙干，那是可以的，单单叫他一个人来负责，一个人动笔，他犯不上结这个怨。

以王中藩为首的义勇军，他们做出来一件震惊全村人的事情，那事情，梦一般地叫人不能信呢。谁也不知是从什么地方弄来的冒烟的家伙，三百多支枪，一下子就都上齐了。只有儿童队没有大枪，但他们的手中也添了新的玩意儿——木棍。

"是打东山里起出来的。"

当人们部分地、稍稍地知道了一点来源的时候，就众口纷纭地传说起来，他们对于这群不好惹的乱党，是更其怀有着戒备的心。

上齐了枪支的白胳膊们，其实并不仅仅是王家村这个地方，像青嘴子，像西北岔，像小沿沟一些地方，也都在普遍地武装起来。

在老爷庙前边的操场上，白胳膊们做出各种姿势在演习着。

"杀——"

"冲——"

他们一声迭不一声地叫喊，就像在真和敌人打仗的样子。

归队的时候，所有的人围成了一个很大的圈子，王中藩、吴敬文，有时候也有别人，在聚精会神地讲着话。还有时候，大家伙做着游戏，连吵带叫的像些不自爱的小孩子，也有时在纵情地放大着嗓门儿唱着各式各样的歌。

他们无论做起什么来，都是那么精神贯注的，一点也不松懈，天上的六月末的火热的太阳，他们完全忘记了它的炙人的热力，他们也忘记了青山、绿野和浮游着的白云。他们把工作以外的事情仿佛全都忘在身外了。

　　有时候，他们分成了一组一组的，或是一队一队的，停留在人家的大门口、屋檐下，在热力的包围中，在烦嚣的狗吠中，打着一些小巧的旗子，滔滔不绝地做着街头上的宣传。

　　"爷太们，哥们儿弟兄们，你们忘记了没有，日本人是咱们的仇敌呀。咱们用大把的'官帖'买来的冒烟家伙，不是叫他们给收走了嘛！咱们的大照文书，不是也叫日本人给要走了嘛！想想吧，这样的干法，算不算讲理呢？是蛮横的强盗哇！对付这样的强盗，咱们还跟他客气吗？不！咱们要大家伙联合起来，把他们打出中国去！这样，以后才能过上太平的日子，若不然，几年以后，想翻翻身嘛，那可难上加难！"

　　这个人说得有些口干舌燥的了，他伸手擦了一把脸上淌下来的汗水，就朝着身旁的小姑娘说："你是叫小丫，还是叫小胖子？来，给我舀一瓢水来解解渴。"

　　水端来了，老牛一般咕噜咕噜喝了一阵，一面在自满地说："真凉快。"

　　然后，又掏出一些石印的颜色画，来给大家看，像过年时候买的京画似的，有中国人也有日本人，是在那里打仗的，还有日本人欺负中国人，糟蹋中国妇道的……

　　白胳膊可是够忙着的了。他们要下操，他们要宣传，他们还另外地派好多的人到地里面去帮助着人家铲地。七月眼看就要来到了，上好了"三遍"，庄稼地里就"挂锄"了。在操场上领头教操的，是从别处请来的教官，在街上领头宣传的是吴敬文同志，在地里领头铲地的，是王中藩和李自强，他们是一边宣传，一边给老百姓最实惠的帮助，因为——军民之间要打成一片的。

王中藩拿着一把亮光光的锄头，李自强扶着犁杖，一个在铲地，一个在翻垄，跟那些庄稼人掺和在一块工作着，若不是因为胳膊上面的白布条，别人是看不出他们之间的不同的。

松花江在村子的北面，以一种悠然的姿态，在慢慢地流着，在江上的碧绿的波涛中，蹦跳着鲫鱼的雪白的鳞翅，这饱润着满洲原野的大动脉，它似乎也为着王家村的新的力量颤动地在惊奇着了。那些远的、近的山，深浅不同的颜色，设色似的装点着这个新的力量的发展，在高高的天空上游划着，淡淡的白云，是更其惊异得加快了脚步。

歌声，很雄壮地唱了起来，庄稼地里，大操场上，街面上，那无形的、震耳的声浪，俨如倾泻着的、巨大的狂潮。

白胳膊不是红胡子，

白胳膊也不是臭大兵，

白胳膊呀，

是老百姓。

身上长了一块疮，

要治治这块伤，

庄稼长了害虫，

要跟虫子拼命，

为什么，

一把刀搁在咱们的脖子上——那些凶恶的日本兵啊，

咱们不跟他们凶！

为什么不打日本兵，

跟他们拼命！

白胳膊不是要发财，

白胳膊也不是要争功名，

白胳膊本是老百姓啊，

为着大家伙的生死存亡，

跟那些日本鬼拼命！

拼命啊，

摘下去那一把

搁在咱们脖子上的刀锋！

…………

狗在低垂着耳朵跟着唱了，麻雀们、燕子们也在兴奋地跟着唱了，白云在天上跳着伴奏的舞蹈，河边上沉睡着的鸭群，惊醒了惺松的睡眼，这边那边地抻长了脖子在嘎嘎地叫。

无论是排长，无论是百家长或是施大先生，都为这洪亮的歌声震聋了耳膜，他们慌然地，连鞋都不顾穿好地，奔到各自的大门口外，吃惊地望出去稀奇的眼睛。那是些什么东西呀，在各处闪动着的黑梅花和白玫瑰吗？真是怪好看的呢。

在施大先生的眉毛的下面，囤聚着散不开的、不自觉的、发自深心之内的微笑。

"他们这可是干什么的呀？我觉得大墙像是要倒了呢。"孙老头子摸不到头脑地说。

他的邻居，那个名叫方全的，也在附和着说："就是呀，房盖像是都要给鼓起来了。"

这却给排长的心中，添上了更深一层的解不开的忧虑。

这天的傍晚，当残余的艳丽的晚霞映照到老爷庙的房顶上，温凉的小风吹到老爷庙的房顶上，蛤蟆和铁马的噪声涌到老爷庙的屋顶上的时候，王中藩独自一个地，低着头，在庙外的苞米地边上，慢慢地溜达着。他的脚步下面不远的地方，蚂蚁正在以各种不同的方向，乱纷纷地奔回它们的洞穴。

苞米长高了，底下带着的豆角子，爬满了各个的苞米秆，豆角花多是些深紫的颜色，但也有些是白色的。至于那些苞米胡子，则多半都卷曲得变成了焦黄的颜色。

当他刚刚领着少数的弟兄占据老爷庙的时候，这一片苞米地才长出来有三寸高，可是现在呢？不仅只他们的弟兄们增多了人数，大家在土地的润泽上壮大起来，就是这无人理会的苞米呀，也在土地的润泽之中长大起来了。

他仿佛听到了身后不远的地方，有人在喊着他似的，但那也许是他的听觉出了差错，实际上并没有人在喊着他的。他继续慢慢地踱着步子，把眼光倾斜到西半天上的灿烂的云霞当中，那些云霞在时刻不停地起着变化呢。

"王……同……志……"

仍然有一种微弱的声音，在傍晚的空气中无力地波动着，这回，王中藩真真切切地听到了。他转过身子，慢慢地向四外巡视了一下，在不甚远的地方，独眼龙羞惭地正站在那里。

"是你喊我吗？"他问。

"是……是的……"

"有事情吗？"

"有……有点事。"他慢慢地、很小心地凑了上来。

"有事你就说吧。"

独眼龙走拢到王中藩的面前，拉着他的袖子，做出来要拣个僻静地方再说话的姿势。

"有什么话你就说吧，拉拉扯扯的，抗日军人、革命军人有话要说到明处的。"王中藩说，没有移动。

但他接着就看出来独眼龙的那种小心翼翼的样子，就知道这里面多半是有着某种难言的隐秘，他也就不再固执自己的成见地，跟着那一个慢慢地走去了。

他们走到了苞米地的另一端的一个小山神庙的旁边停下了。

"你说吧。"王中藩说。

独眼龙扑通一下就跪下了，话没有说，却在捣蒜般地一连磕了三个头。

"你这是干什么呀？快起来，军人还可以下跪的吗？"王中藩把他拉起来，奇怪地注视着他的变白了的面色。

"你饶了……我的命，我才……才能……跟你说……"独眼龙上气不接下气地要求着。

对于这个在平常日被王中藩看成为很懦怯的伙夫，他实在有点惊服于他的古怪的行动。他那种惶恐的不失诚恳的要求，看来一定是藏有着隐情的。

"你说吧，我饶了你的命。"王中藩到后是答应了。

独眼龙揉了揉他的唯一的眼睛，止不住低声地哭了，呜呜咽咽地说："这是我的良心哪……良心逼我说的呀……我一时的糊涂……我昏迷了，干出来对不起人的事情。……可是从今以后，……我……我一定要……要……好好干了，只要你能……能饶我一条命。……我，我这个人……心是好的……我干什么事情……都不是出自心愿……反正我这一辈子……就算糊涂这一回吧，以后……以后我再也不了。……唉！人做了亏心事……睡觉也睡不安然……坐卧不安哪……我不能再昧着良心……我……我得把这事情都报告给你……"

"你快说吧，天就快黑了。"王中藩不耐烦地催促。

"你别忙，这是于你有好处的。我告诉你，施——施同志——"

"怎么，施光烈被害与你有关吗？"王中藩惊异地问。

"还有阎同志，他们是叫——"

"叫你杀死的！是吗？"王中藩猛然地跳了起来，警戒地向后退了一步。

"不……不是我……"

"不是你？"

"与我也有……有关系。"

他接着就把排长调他回家的事说出来了，他说排长强迫着他干这件事，还雇好了他的小舅子杜树林，那原说是要刺杀王中藩的，恰巧那天晚上施光烈没有回到团房，就因此丧了性命。他报告着说杀人的是杜树林，他杀害了两条人命，至于他自己，尽了把风的职务则是事实。

"这些天以来，"他揉了揉干瘦的手接着说，"我天天想把这事情说出来，可是我怕大家伙把我大卸八块，我又觉得对不起我的小舅子。说实在话，施同志跟阎同志真是好人，他们死得太屈了。排长答应给我们一人三千吊，先一人使用五百吊，可是我这五百吊钱一个没剩，都买纸钱给他们烧了，我不用一分一文这个钱，反正我就糊涂这一回。到今天，我不能再不找你了，因为今天晚上，那杀人的家伙，今天半夜时候就要杀你了。我一想，我也是养儿生女的人，我不能再干那伤天害理的事情了，我这才找你来商量。你饶我这一条命不饶呢？……"

"饶你。"王中藩郑重地答应着，把他的下嘴唇习惯地咬了起来，"啊，是这样的呀。你忏悔吗？"

"我忏悔。"独眼龙大胆地抬起头来。

"好，不咎既往，你好好地回去吧，你仍然是我们的好同志。这消息暂时别对任何人说。"

"你可别跟杜树林说是我说的。"独眼龙最后说。

"你别管了。你前一着太错了，可是这一着太对了，你放心吧。"王中藩安慰着地在独眼龙的矮小的肩头上拍了一把。

"家里的老婆孩子……"

"不要紧，好好回去吧。"

半夜的时候，天黑得对面不见人，虽然也有些星球在闪抖着亮光，却仍然不够亮。夜风在狂暴地刮了起来，钟鼓楼的铁马，响出杂乱的噪耳的声音，在清新的空气中，浮游着一种干燥的尘土的气味。

老爷庙的大殿上，猛然地爆发了一阵紊乱的骚动，李自强和王中藩擒住了一个行刺的人。灯点上了，人也认出来是谁了，那把小刀，和上次那两把杀人的刀子是一般大小的。

有些巴掌就乱纷纷地打到了那个人的脸上和身上，那响声脆到极点。

"杜树林，你怎么干这事情？"

"杜树林，你自动来投效，原来是当汉奸的吗？"

"剥他的皮点天灯！"

大家伙在愤恨到极点地叫喊着，各个人都捏紧了拳头做着准备。

"不许动手！"王中藩用力地吆喝着，"通知那边的人快来，开会！"

杜树林被绑到柱子上，人们还在往前拥。

所有的人都集合来之后，他们就正式开会。

当王中藩把经过情形报告出来之后，大家伙的拳头像一面墙似的举了起来。

"打死汉奸！"

"打死这败类！"

"问问他，是他杀死施同志跟阎同志的不是！"

凶手是完全承认了，并且还说出指使的人，以及受惠的情形。随后，他还在大声地说："不光是我一个，还有一个呢！"

"那一个是谁？"

"是谁？你说呀！"

独眼龙的两腿在痉挛般地抖动，他的脸上一阵冷一阵热的。

"不要叫喊了！诸位同志！"王中藩压服住众人，"那一个预谋的人，虽然是同谋，但是今夜的事情，还是他举发的，而且上次杀人他也不是正凶，我认为他将功折罪是可以给他一个最后的机会的。这个人，我告诉你们，就是我们的伙夫同志。今天晚上他把这消息报告给我，他表示很忏悔，要不亏他来报告，我和李自强的性命又完茄子了。来，伙夫同志，你可以上来做个简单的报告。"

独眼龙几乎软得缩了一团，就像散了骨架似的，但当他听完了王中藩的话之后，知道自己的活命还有着希望，就半弯着他的矮小的身子，壮起胆子地走上了台阶。

他看见面前黑压压的人，黑压压的拳头，心里真有些害怕。他朝着他的亲戚悄悄地望了一眼，心里有着说不出的难过的滋味，但这一会儿他终于向大家把全部的经过报告出来。

"独眼龙，我死到阴间也要跟你算账的！你这王八种！"杜树林明白了他是上了谁的当，在气愤愤地骂着。

"把杜树林打死了吧！"

"把排长抓来枪毙他！"

"现在，"王中藩摇摆着他的手，接下去说，"对于我们的伙夫同志，大家伙有什么异议吗？"

"没有！我们希望他以后好好做人！"

"伙夫不追究！"

独眼龙下了台阶，心里像是敞开一扇门，但他不敢抬头再看上一眼，因为他惧怕他的小舅子的狠毒的眼睛。

在灯笼的亮光下做着记录的吴同志，她的手不知为了什么缘故，总在那么有节奏地抖动着，她的精神稍稍有些迷乱，她极力地想使它镇静，却不可能。

施老三的袖子卷得高高的，他要在这个凶手的脸上，暴暴地打他一顿。

"怎么处决这个凶犯呢？"王中藩征求着大家的意见。

"大卸八块！"李自强提议，举起他的粗大的胳膊来。

"大卸八块！"人们在附和着。

"我提议熬油点天灯！"施老三说，晃了晃他的拳头。

"点天灯！"人们在附和着。

"我提议枪毙他！"

"赞成！"

王中藩发表出他的意见："大卸八块惨无人道，我们不能干，点天灯也一样，至于枪毙，唉，我们的子弹是预备打敌人的，不是来打自己人的。"他顿了顿脚，接着说，"这简直是不幸的事情啊！"

"那么我们就放了他不成？"有人在喊了起来，"那么以后可就都别干了！"

"我们的子弹是留着打敌人的，不错，可是杜树林是自己队伍里的汉奸，还不跟敌人一样吗？我们不打他可还留着他吗？"

"一个同志的培养，是多么不容易呀！"王中藩为难地摇了摇头。

"可是他是来破坏我们的呀！"有人在反驳着。

"我具体地提议，把杜树林拉到施同志和阎同志的坟上去枪毙，然后把他埋在他们的脚下去忏悔吧。"李自强说。

"我赞成这提议，并且我还要补充一点，就是在他的墓名的木牌上，前面写'抗日汉奸，革命败类杜树林之墓'，后面也写上一行小字'他是因为谋害前面两个同志而被处死'。"吴敬文说，她的眼角一阵滚热。

"好！"

"对！赞成！"

"有反对的没有？"王中藩反问着。

"没有！"

"那么，什么时候执行呢？"

"就是现在！"

"现在就执行！"

于是，全队的男女同志拉成了行列，踏着黑暗的小路，步到了南岭的上面。两座土坟默默地睡在那里，俯瞰着整个黑暗的村庄。坟上的花早都凋谢了，那纸钱烧过遗留的痕迹，在灯影下仍然看得很清楚的。

没有多大一会儿的工夫，墓子就打好了，人们你一锹我一锹地挖着，像开掘金矿一般兴奋。

"杜同志，你后悔吗？"王中藩最后问。

他很倔强地摇了摇头，显示着一个受难者应有的阳性气和硬棒气，但他的脸色却在很显然地、掩饰不住地变了样子。

"他不是我们的同志！"有人在提出反对的意见。

"姑且叫这一次吧。"王中藩说。

"他是败类！他是叛徒！"

"你抱怨谁吗?"王中藩又问道。

"不抱怨。"杜树林歪着脸回答着。

"你赞助我们的事业吗?"

"不知道。"

"你还有话留给家里吗?"

"没有,啊,叫家里人管排长要两千五百吊钱。"

大家伙在激怒到极点的时候,听到了这一句话,也都止不住很难过地笑了。

"你杀死了两个人,你当真就不后悔?"吴敬文在接着问。

"……"没有回答地沉默着。

"他们两个人待你坏不坏呢?"吴敬文追问着说。

"……"仍然是不出一声。

"你太可惜了。"

要行刑了。凶手跪在两位死难烈士的坟前,不一会儿工夫,在两声清脆的枪响下,他的身子就无声地摔倒了,黑紫色的血迹,从脑后涌流出来。从这一刻起,在平静的南岭上,又多出来一座新的无人悼念的坟墓。

二十

当排长陪伴着百家长,头朝里地躺在炕上抽着大烟,他的姨太太挤眉弄眼地抚摸着他的腿根,痛骂着白胳膊捐去他们的一万五千吊钱,迎合着百家长对于积谷被白胳膊拉走了的詈骂,而在凑趣帮衬的时候,忽然地,从敞开的大门口,扑通扑通地,风一般地刮进来两个活东西,打从窗口朝外望了一望,白白的,是两个白胳膊。

"夜猫进宅,无事不来。"排长说,赶紧灭了烟灯,慌张张地跟百家长一齐坐了起来,他们想,这回大概是找他们有什么事情的。

白胳膊卷进屋子里来了,带过来一阵暖热的风。

"有请排长。"

"请排长到庙上去一趟。"

这是一种意外邀请吧。这种邀请可是叫人抓不到底的！用最短的时间，加上一番考虑的工夫，排长料到了为着他自身的安全起见，最好是摆脱开他们的盛意。他歪着半个脑袋，悄悄地朝着百家长抛出去求助的眼色，似在征询着他的意见。

两个白的，一个人又是一句："百家长，也请你到场。"

"派人到你家去了，说不定一会儿就到这边来的。"

百家长默默地望望排长，两个人一先一后地说："有什么事情请我们呢？"

"就是呀，有什么要紧的事吗？"

"自然有事情。"铁青色的脸上，迸裂出铁一般的声音。

"不去，行不行呢？"排长问。

"不行，我们要交差的。"

"但是我今天没有工夫呢。"百家长装腔作势地说，"还是改天再说吧。"

把两个来人说翻了脸。对于敌人的最好办法，是打击他！他们掏出来两支闪亮的手枪，一齐地晃了一晃。

"你不去，你认得这是什么东西吗？"

外面又是扑通扑通的一阵，又进来两个活的白胳膊，四个人连拉带推地，把村中的两个领袖人物，传到了庙上去。

那位姨太太在当场的时候，吓得骨头都软了，缩成一团地不敢出声，可是当人们走开了的时候，她就像过足了烟瘾似的，很有劲儿地跳着脚，指着大门口骂："挨枪子的！堵炮眼的！你们不得好死的乱党！去你们的千代万代祖宗！"

当百家长走在路上，猛然发现传他的白胳膊有一个人正是他的儿子的时候，他气得整个的脸上都变成了铁青的颜色。

"你，你这逆子！你造反还没有造完，忤逆，你传你的老子？得不到好死！"

儿子翻了翻眼睛，猛烈地、不客气地撞了过去："你！你是汉奸！你破坏我们的抗日事业！我没有你这样的老子！"

"小五子，不许你这样说，那是你的爹呀！"排长还不忘记他的绅士的派头教训着别人。

"爹？这可讲不到爹不爹的了，我不愿意叫别人骂我是汉奸的儿子！我是要抗日的！"

庙上，许多人围裹着，连点风丝都透不进来，大家伙在争着看这两名囚犯。

五人的审判委员会早就组成了，李自强做了审判长，其余的人是：吴敬文、王中藩、孙奇福和村里人骂他"杂种"的范同。据说是因为范同的相貌既不像他的父亲，也不像他的母亲，而他的母亲又是有着不好的声名的，他因之就从大家的口中，获得了这样一个不光彩的、难听的诨号。吴敬文拿着墨笔的手，正预备在桌上打开的本子上写供状。

"两位绅士，我们请你们来，不为别的，单是问问你们，近些日子干了些什么事情。"李自强问道，他的庄重的塑像一般的脸上，刀刻似的划出来一条冷冷的笑纹。

四外，围拢着一重重的白云，不，是数不清的白胳膊，是一群猛虎，一群饿狼哟！两个囚人眼看就要变成了虎狼口中的羔羊。

这两个人倒是很不在乎的，他们故意装出来傲然的样子，仿佛在抖擞着他们绅士的精神。

"问我吗？那么我可以回答你们，我们什么事情也没有做。"排长在回答着，故意地咬着嘴唇，显示给他的同伴看看他是怎样的沉着果决。

桌子的上面，吴敬文的胖胖的手和笔，在随着话语慢慢地移动。

"没有做什么事，除了穿衣吃饭睡觉之外，我们是很安分的。"百家长回答着，慢慢地溜着排长。

"安分？那么是你们安分，我们不安分？"李自强讥讽着地喊叫起来，他的大手掌一扇动，苍蝇惊动得各处飞，"第一次谋杀王中藩的是谁？杜树林是谁雇的？独眼龙是谁雇的？第二次，你们又联名呈请县里派兵下乡，这又是谁？你们这些丧尽天良的汉奸亡国奴，这就是你们睡觉吃饭之外的安分吗？你们以为事情做得机密吗？哼，若要人不知，除非己莫为！你们可打算错了。"

排长的脸上纸一样白，两只干瘦的胳膊，在微微地哆嗦起来，他的话也是哆嗦着的："这个……这个……我没有……"

较着排长更为恐慌不定的，则是百家长，因为，从这位审判长的身上，使他想起一段过往的使审判长怀恨不忘的往事。从前，他曾经吃过这个傻大哥几个空工，那是当他在修造团房的时候的事情，他怕他现在公报私仇找他的毛病。一方面，由于谋杀案的败露，他也稍稍有些担着心。

可是，用一个什么不懂的傻瓜来审问他们，叫他心里面总不能佩服，他辨别出放出的屁是臭的吗？单从这一点上说，百家长就觉得今天他所受的屈辱，简直有些近乎滑稽。

"你承认不承认？"李自强问。

"你让我承认什么呀，我没有做什么坏事。"他半沉着脸，装作很颓伤的样子回答。

"不说实话，那是没有用的！"李自强用力拍了一下桌子，说，"现在我限你们三分钟的时间，到时候你们再不承认，我就把你们枪毙！"

一分钟过去了，排长为难地看看百家长。

两分钟过去了，百家长为难地看看排长。

当限定的时间过去了以后，李自强把案子一提的时候，两个人都在沉默着地摇着头。

范同跟孙奇福在低声地交换着意见，王中藩和吴敬文也在谈着什么。

"不承认就枪毙！"李自强说。

范同站起，提出他的意见："我提议把这一案押到明天再审，因为……"

"也可以。"李自强答应着，事情就这样决定了。两个囚犯一同带了下去。

一点钟后，人们又把排长提了出来，这回的问供人是王中藩。

"排长，这回你说不说呢？"王中藩心平气和地说，"你若是再不承认，我就把证据给你拿出来。"

"我没有说的呀。"他在推脱着。

"伙夫同志，来！"

独眼龙早都等在一边了，他一听到王中藩喊到他的名字，马上就走上来。

"你两个对证一下吧。"

"你不能说！"排长慌然地退后一步，并且把他的拳头都伸了出来，"你不能说！将来我跟你算账！"

他在恐吓着这个懦怯的人，可是现在是一点用处也没有了，独眼龙故意地挺直了腰板，瞪大了他的眼睛，使力地说："我偏要说！你别吓唬我吧！告诉你说，杜树林昨天晚上枪毙了，他就是吃了你的亏！"

"杜树林枪毙？"排长惊异地、止不住地问。

"就是。我把他报告了，我也把你报告了！我不愿意当汉奸！"

"你这混蛋！你简直不是人，杜树林是你的小舅子呀，你，你……"

"就是我的亲爹，我也不饶他这一回的！"

"行了，行了，"王中藩说，"排长先生，你承认不承认呢？你承认你杀死的施光烈吧？"

"我承认了。"

"承认你杀死阎小七的吧？"

"承认了。"

"承认你杀害我的吧?"

"承认了,承认了还怎么样吧。再说,这也不是我一个人的事情,我不过是大家授意代为执行罢了。"他在推脱着说。

"好一个代为执行!你知道你是第一号的大汉奸吗?你知道你是丧心病狂的亡国奴吗?"

吴敬文的墨笔,在白纸的本子上忙碌地写着,有时在鄙视地朝着囚犯打量一眼。

"那么,上县里请兵写呈文,是你领头干的不是?"王中藩再问。

"是不是有我一份就算了。"

"你的胳膊是谁给你烙的?放着仇人你不找他们去报仇,反倒给他们磕头,叫大爷,你算是一个人不算!"王中藩用严厉的词句羞辱着他,然后说,"把他押回去!"

接着又带上来百家长。王中藩把供状给他念了一遍,问他说:"你承认不承认?"

百家长低垂着头,半天半晌也抬不起来。

"不过你的罪过跟排长不同,他是主犯,你是从犯,从犯也许有回心转意的一天。你有没有呢?"

"放了我,我再就不了。"百家长在央求着。

"放你是容易的,可是你出去之后,要找到那些顽固的人,跟他们好好地说说,叫他们别再反对我们,那就是你的大功劳,以后我们是很好的同志,不然的话,你就别想再恢复自由。"王中藩教训着地说。

这是一个绝妙的、难得的机会。百家长可不能轻轻地失掉这个良机。他随即做出来很正派的样子,回答道:"王队长,我以后听你的就是了。"

"别管我叫队长,我不是想当官的,"王中藩微微地笑了一笑,"那么,就把你放了。可有一宗,记住,再别捣我们的乱!"

"嘻嘻,那自然。"

当人们把百家长带下去之后,李自强不同意地说:"不能放啊,他绝不会甘心的!"

"没有关系。还会跑掉他的吗？派人注意他一点就行了。"王中藩回答着，他那样子似乎很有把握。

晚饭过后，从南岭的边上，吹过来一阵一阵的凉风，义勇军都在大操场上做游戏。他们今天的精神，是特别地感到了痛快和兴奋，因为，谋杀施光烈和阎小七的主犯已经就逮了，每个人的心中就像去了一块大病似的。

他们遥望着南岭的那座坟地，坟上面已经长满了一重青草，而那座新安置的石碑，则在傲然地屹立着，显露出一种不可侵犯的尊严的样子。

他们有的在讲笑话，有的在拿着书本子认字，有的趴在操场上面眺望着远处的山岭和天空，还有人在低声地唱着小曲和歌词。

从操场的另外的一边，钱同志领着一个太太，慢慢地走了过来。钱同志乌黑的头发，在随着凉风飘动着，她的小褂的边缘上，很显然地可以看出来她的突起的怀孕的肚子。

她走到了人群的中间来，李自强开玩笑地拍着他自己的肚子给她看。

她一扭就把白腻的脸蛋不理睬地扭过去了，她走到吴同志的前面，跟她在说着什么事情。吴同志不一会儿就跳了起来，当着大家的面前宣布道："同志们，我报告你们一个好消息。"

大家伙都把视线集中到一点，在为这好消息的报告而在有兴会地期待着。

"咱们的钱同志的母亲，钱老太太——就是这位老太太，她从今天起，也加入咱们的队伍里来了，这还不是一个好消息嘛。"

王中藩领头地喊："欢迎钱老太太!"

于是，人们都在跟着喊："欢迎钱老太太!"

一个老太太加入队伍里来，这倒是个未曾有的、初次出现的奇迹。

"现在，我们的队伍里，有了儿童队，有了老太太，有了年轻力壮的小伙子，只差没有老头子了。我们欢迎钱老太太的加入，现在大家伙来行一个敬礼吧。"吴敬文在提议着说。

人们不约而同地向着钱老太太行了一礼。

"钱老太太可以说是我们义勇军的母亲哪，这么大的年纪还不忘救国，我们中国是有希望的！"说这话的是范同，他一面提出来他的意见，"咱们大家唱一个歌，欢迎钱老太太好吗？"

"好哇！"人们在附和着。

唱歌由钱同志领头，人人都唱得很认真、很痛快的。

钱老太太在人群的中间站着，觉得今天是别有一个样子，她活了这么几十年，还从来没有像今天似的，使她感到了兴奋，感到了目眩。黑压压的人，震天震地的声音，仿佛唤回来她的埋葬了许多年的过去的青春。今天，她似乎感到有意味地看见红花是有趣的，蓝天是有趣的，绿野也是有趣的。

她的苍老的平静得像一碗死水的心中，渐渐地被一种外来的热火燃烧起来了，她的身上似乎也燃烧起青春时代的、有弹性的力量。

"姓钱的一家，可以说是模范家庭，一家两口都加入抗日的阵营中来了。"吴同志拉着老太太坐下之后，特别表扬地说。

"姓钱的姑娘也不坏呢，咱们的钱同志有多么能干，多么热心哪。"王中藩说。

"看钱同志的肚子吧，不是也在一天一天地发展吗，将来还要生出一个抗日的小战士呢。"李自强笑嘻嘻地说完，偷偷地朝着钱同志爱抚地望了一眼。

"你这个人，你怎么又胡说起来了！"钱同志责怪地说，使力地瞪着她的李自强。

"对呀，"王中藩在笑出声来了，"创造抗日的小战士，也是我们的职责呀！"

钱老太太看看这边，看看那边，从这些年轻人的身上，看出来活蹦乱跳的、可爱的朝气，她仿佛让这些年轻的人把她的生活往回拉上去有二三十年。她的带有皱褶的松懈的脸皮上，悄悄地被一种罕有的笑意给装点上了。

二十一

徘徊在王德仁老头子的窗口外面的，是暗淡的、恼人的天色，罩笼在窗子里面的，是死气沉沉的、闷人的空气，除此之外，他还能感受到什么呢？他还能体味出什么呢？光吗？色吗？风吗？或是别的可以刺激味觉的气味吗？

老头子的肚子里有些饿了，对于他来说，现在最需要的东西，应该是吃上一顿可口的饱饭。饭是用生米做出来的，要用火烧，还要用水煮，然后才能吃到口。但是他，他这个在生活上感受不到趣味的老头子，一动也不愿意动，只是任凭他的苍老的身子，死钉钉地躺在炕上，任凭他的肚子发着空。

肚子里是空的，人这些天也像是通身上下全是空空的，孤零零的像一块被摔在空中的石子似的无依无靠。无声的寂寞在死死地纠缠着他，没有形状的没有音响的侵入肺腑的空虚之感，简直是难以遭受的，苦痛到极点的折磨呀。

谁知道呢，自从失去了儿子——儿子从他的身边走开了之后，就像失去了自己的生命了呢。

如果儿子还是自己的儿子，儿子还住在自己的家里的话，他就不至于有这种空虚之感了吧，他也可以支使着他做这做那的吧。

"去，中藩，你去给爹做晚饭去，爹饿得可难受极了。"他就可以这样地跟他说。

但是现在呢？儿子不是他的儿子了，儿子就不管他了，儿子也不想他了，他就连回家看看他的孤零零的爹爹的事情也都忘得一干二净的了。

像是有一种什么东西，把他们——父亲和儿子之间，就生生地隔离开了，这东西虽然没有具体的形状，但它阻碍的形象，则俨如一座高耸在眼前的不易攀登的高山。但其实事情的道理，是非常简单的，老头子的心里很明白，儿子不回家探望他的老爹，跟他的老爹闹着意见，就只是因为他这个当爹的不听从他所劝解的话，如此而已。正像他所希望于儿子的听从他的劝解一样的，谁也没有听谁的，可是难受的只是他一个人。就是这么一点很简单的根源。

……不想了，想来想去也想不饱他的饥饿的肚子，老头子慢慢地爬起来，到堂屋里去把灶坑架上柴火要动手做饭了。

傻大哥也跟着他们去干了，这年造怎么也能变心呢？少了一个年造在家中混进混出说说笑笑的，家里面冷落得像死了的一样。

盆子是冷的，锅是冷的，各样东西都是冷的，冷清清地睁大着欺人的眼睛。

冯家哥哥轻轻地走到屋子里来。

"是你呀，真是稀客。"老头子说，迎着客人往锅里面添着凉水。说是稀客，那是一点也不过分的，因为自从那次吃喜酒闹了乱子之后，这位舅爷还是头一次地又登上王家的大门。

把这位客人让到了里屋去坐，老头子忘记了把水瓢放到水缸里去，就势地放到了炕沿架上，瓢底的水就顺势地流了出来。

"你知道不知道，排长叫王中藩押起来啦？"客人用他的长长的指甲抓了抓额角，在慢慢地开口说，"并且，百家长很说了排长的坏话呢，就像是他们两人闹了什么别扭似的！"

"怎么，他两个都翻了脸啦？天下怎么越变越离奇了！"老头子不了解地重念着说。

经过了客人的详加解说之后，老头子大概地明白了事情的真相，说来说去还是庙上的人们干出来的好事。他们把排长跟百家长传了去，押起一个，放开来一个，不知怎么的他们就结了仇。老头子这些天来，天天躺在家里发愁，不问外事，想不到在村子里搅翻起这么大的狂涛。

"不行，他们不能自己捣自己呀，别人会笑掉大牙的！"话虽然这么说，老头是越发感到了他们之间不稳固地暴露出他们的弱点。

冯家哥哥是无事不来的，这正如他在诊断上看了一脉，一定要叫病人多吃几服药一样。他是有着一个任务的，因为他听说庙上的人们，对于联名上县请兵的列名人物要有所行动，加以严办，而他们哥两个都是在数的人，一定不会把他们漏掉的，因此就无办法地想请求他们的亲戚以父子之情，在他的儿子面前说几句好话，高高手，叫他们过去就算了。他们的儿子虽然也有在庙上跟着混的，因为都管不了大事，而且即或说了也不会帮他们的忙（儿子都不帮爹爹的忙呢），所以就想到了这么一个办法。

老头子听完了客人的要求时，止不住不好意思地笑了起来，睁大了他的带有红膜的眼睛，他仔细地打量。

"笑？你笑什么？"舅爷在问。

"笑什么，这怎么能行呢，冯爷，你这不是想昏了嘛！"老头子焦急地抓着他的没有多少头发的头，说，"你还不知道我们父子是不对头的嘛，他哪一时听过我的话呢！若是他肯依从我，村子里也闹不起这么大的风浪了。你求我，能有什么用！"

舅爷也并非不知道这种情形，但在他富有保守性的观念中，仿佛认为有可能的可以用父子之情，私了一件求情的恳托，而且除此之外，他确乎也找不出第二条有效的、求情的门路了。

"这样吧，只要他回到家里来，你跟他提一提就算了，这样行不行啊！"舅爷最后失望地说。

"可是他有好多天没有回家了。"老头子据实地回答着。

"什么时候回来，就什么时候说吧。"

堂屋里面，水在锅里烧滚了，老头子一边把小米下到锅里，一边在送着他的客人。客人走了，剩给他的依然是冷清的空虚的感觉。

"跟儿子去吧。"违反一贯的见解的，他忽然在心中这样地想道，"跟儿子去有什么不可以的呢？儿子的事情若是做得不对，怎么还有那么多的人跟着干呢？怎么还有好多村里的人了呢？日本人是仇人，应该打走的呀！儿子干得对呀！"

"跟儿子去吧。"他刚一想到这里，就不好意思地笑起来了。因为他想到真那样办了的时候，别人一定会指着他的鼻尖，骂他说："王德仁这老不死的东西，他没正事，他是个二百五！老了老了，不要脸了。"

可是他不跟儿子去，又有谁在理会他呢？排长一见到他就翻眼睛，百家长一见他就责备他管教不严，没有人供给他饭食吃，没有人送给他柴火烧，也没有人来陪着他做伴，孤零零的像一堆稀屎。

他想起来那一次儿子回到家来对他说的话了。

"爹，我是想请你也到我们队伍里去的，给我们做点零活，咱们都在一块，大家伙齐心合力打敌人，你看好不好？"

儿子又说："我跟你说，爹爹，我们欢迎你加进来，人多好做事，就可以打定了基础。你别再想把我留在家里，娶媳妇，养孩子，日本人不打出去，什么也没有用。日本人收枪你看见了吗？日本人杀死方家小七，强奸了孙大姑娘你忘了吗？日本人烧了太平村，烧死一村人你忘了吗？这样的仇人，若是不打出去，你还能有太平的日子过？简直是做梦！爹，算了吧，你还是好好来干点事吧。"

儿子说过的一套话，风一般地在他的耳边打转，就像一团上下和天地接连在一起的大旋风似的，震响着他的听觉，迷障了他的眼睛。儿子说的话，仔细地想想，一点也不错呢！

"不错就应该去办。"他反常地，带着叛逆的思想地，在他的心中大胆地说。

说良心话，日本人确乎是些个坏到家的东西，他们的到处作恶，欺压良民百姓，是人所共见的。他们简直是些横不讲礼的可怕的兽类！等到庄稼地割倒了之后，他们一定又要来下乡闹上一阵两阵的。他们是人身上的讨厌的疮啊。

至于排长和百家长，他们也全不是好人，虽然他们是村子里被人们高看着的乡绅。他们在村子里唯一的拿手好戏就是借着巧妙的机会，在人们的身上想出一些花头，把些不正当的钱款收取到自己的布袋里去，除此之外，他们可给村中的父老们办出哪样的善政呢？这样的不是善类的人物，当真还可以依凭他们信任他们吗？

说到那些神爷呢，大概真就像儿子所说的，没有什么灵验的了，不然的话，为什么不显显神通抓上几个日本兵做替身，叫老百姓欢喜一下呢？怎么关老爷也不管白胳膊托梦索还他的庙院呢！俗话说"鬼怕恶人"，神是也到了惧怕年轻小伙子的年头了。

可是白胳膊们帮着没有人手的老百姓，共同地防御那漫无边际的大水，又帮助人们到地里去干庄稼活，这总不是虚幻的梦，而是铁一般的无可否认的事实！这是说，白胳膊并没有作恶，却是给人们造福。将来他们还要去打日本人的，日本人横不讲理，可就没有人敢去惹，他们就不惧怕地要跟日本兵去拼命，他们的办法是要叫人赞佩着的。

从前，自己的想头——跟在一帮乡绅团中反对白胳膊的想头，现在从上面的几种铁一般的事实来证明，毫无疑问的，那是他自己确确实实地在想错了，不折不扣是他自己想错了。

"想错了，还有补救的办法吗？"他在焦急地问着自己。

"补救的办法，就是要好好地纠正过来。"他第二次地、大胆地回答着自己。

从铁锅里冒出来的热的水蒸气，不一会儿就蒸笼似的飘得满屋子都是了，当蒸汽填满了他的屋子的时候，老头子似乎感到了他的空虚着的饥饿的肚子，像吃了什么东西似的也被装满了。

屋子里不再是死闷的了，天色也不复是暗淡的了，隐现在他的蒙眬视觉之前的，是一片无边无际的、可爱的、愉快的光明。

空虚之感不再在他的身上无休止地纠缠他了，循环在他的烧热的血液中的，是一股说不出口的、使用不完的力量，仿佛他又回复了充满着新生之力的青年的时代。他的苍老而陈旧的，为保守性所束缚的深心，毅然地，就着目前的事实，为他自己做了一个新的决定！他为这新的决定而在喜悦地暗笑着。饭也不想再继续做下去了，一种比吃饭还要重要还要迫切的事情正在等候着他呢，他须得赶快地投奔过去，把他自己贡献出去。他随即加快地扑灭了灶里的火，匆匆地收拾好吃饭的家伙，然后就一股劲儿地跑了出去。

外面，七月的炎热的阳光，已经歪过了碧海一样的西半天上，在大地上，普遍地蒸腾着熏人的热气，但在老头子这一刻看起来，那无疑是一轮初升的、夏日的、光明的朝阳。那鲜红的、灿烂的颜色，在浮漾着无限的希望。在马兰花的紫色的花朵和深色的长条的枝叶中，蝈蝈在连成一气地、使力地叫唤着，老头子这一刻听起来，那无异于是在给他奏着欢迎的、赞赏的乐曲。

他的脚步就越发加快地跑起来了，他在跑着，跑着，跑到了钱老太太的家里。

"傻大哥！你在家吗？我来了。"

傻大哥没有在家，迎他出来的是那位和他年纪相仿的钱老太太，她正在给弟兄们纳着底子预备做鞋呢。

"怎么，王大爷，找傻大哥吗？"她迎进了客人之后，问了一句。

"就是呀，我找他有点事情……有点事情……"

他是想说找到了傻大哥，想叫他引见他到庙上去入伙的，但是他在这位老太太的面前，似乎又有些羞于出口了。

钱老太太给他装上了一袋烟，他似乎连抽烟的工夫也抽不出来地说："不抽，还有事呢。"

"坐一会儿，忙什么，"钱老太太终于把烟袋递了过去，"一年到头也不来一回，还能屁股不沾炕沿就走的吗？王大爷，我忘记告诉你了，傻大哥人家改了名字了。"

"改名字啦？"老头子听起来是一个新的发现。

"改成李自强了，是西屋住的吴同志给他起的，说是自强不息的意思。"

吴同志？老头子猛然地想了起来，就该是那位女秀才吧。倒是也可以请她做个引见人呢。可是这个老太太，怎么也学会了开口同志闭口同志的了？跟什么人学什么人，这句俗话说得倒是一点也不错。

他随即问道："吴——吴——那个女秀才在家吗？"

"你是说吴同志吗？她跟钱同志都在庙上呢，钱同志就是我的姑娘，她叫钱桂芳，跟李同志配到一块了。"钱老太太颇为兴奋地，不惮絮烦地把他们家中的几个人的事情都说出来了。末后她说："不怕你笑话，连我这半老婆子也都加入了，你看，这是什么东西？"

王德仁老头子仔细地看了一眼，才注意到在她的胳膊上，也在戴着一条跟儿子胳膊上所戴的白色的东西是一样的。她也加入了！怪不得她说起同志来，说得那样熟练，而他是为这两个字羞得怯于出口呢。

事情是变化得太为迅速，太为奇特，这才是多少天的事情哟，把一个半老太太也学着随时地戴上了白胳膊。这是一种时势的需要吧，是因为时势所趋吧。

他想起来从前村子里的人们，共同地对于她们母女的有意的攻击和责难，简直把她们看成为不正当的下流的女人，大家伙在不齿地冷淡着她们，用不正派的眼光观看她们。当人们在秦老大死后不到七天，忽然发现秦大嫂的衬衣是一件紫红色的小褂时，多少人的嘴唇，都在把不干洁的恶意的骂言掷投到她姑娘的身上。那时就必然地、连带地再提到了她的娘，无非是她的老娘原本也不是多么正派的好货。

但这个老太太是有着她的主意的，她不顾一切地庇护着她的女儿，而她的女儿更其是满不在乎地，过着她的没有滋味的生活。她似乎比起她的母亲还有着一副倔强的性子，她是想到哪里就会办到哪里的，因之当她喜欢着傻大哥，把他看成为意中人的时候，她不顾一切流言的诽谤和中伤，不管不顾地和他交往。她们这两个母女，按照着村子里的说法，应该是两个叛逆的女性。

而现在她们的这种行动，在一般的人们的眼光中看起来，不是比起紫红小褂的事件，比起和傻大哥的交往事件，更其成为叛逆的行为的吗？

王德仁老头子抽完了一袋烟，他的屁股似乎已经习惯了他所坐的炕沿了，他的忙迫的情怀，慢慢地停留在正常的平稳的状态中。用不到忙的，这还不是一件很平常的事情！

引见他的人，他现在也算找到了，这位老太太比起傻大哥是更合适些。那小伙子说起话来不管不顾的，常常就会叫别人挑出漏洞来的。

钱老太太给他装上了第二袋烟，然后又在纳着她的底子，她那样子倒是很为忙碌的。她的那铺炕上，堆了一大堆刚刚用糨糊粘好的鞋面子，苍蝇成群成队地在那糨糊边上飞着，啃着，嗡嗡地叫唤着。她有时也用拿着锥子的手赶上一赶，也没有多少用，当她的锥子一回到鞋底上时，那些讨厌的东西又飞回来了。

"你怎么做这么多的鞋，傻大哥一个人能穿了这么多吗？"老头子咽下去一口烟，挺了挺他的弯曲的驼背，笑着问。

"哪是傻大哥的呢，傻大哥穿的鞋还用我做吗？这是给他们弟兄们做的。"钱老太太回答着，拉着线绳哧哧地响。

"哎哟，你可够忙的了。"

"这是工作呀，男同志有男同志的工作，女同志有女同志的工作，要大家伙同心合力一齐工作，事情才能有办法。咱们庄稼院不是也有一句话，说是'兄弟同心，石土变金'嘛！"

王德仁老头子吧嗒吧嗒嘴，他觉得今天的叶子烟很有味，正如他听起钱老太太所讲的话也是有味的一样，他觉着自己又在有点制耐不住地兴奋起来。

"人家的一个妇道，一个半老太太，都可以给队伍干点事，他这样一个半老头子，就应该待在家里看房顶的吗？"他暗暗地说，感到一阵言喻不出的羞愧。

"是的，说干就干吧。"他又在钱老太太的面前，第二次地做了他的决定。

这样决定了之后，他似乎也就消除了他的开口的羞耻。他随即一连抽了几口烟，把烟灰在炕沿墙上磕掉了，然后就说道："钱老太

201

太，不瞒你说，我是找傻大哥来，想叫他引我到庙上去入伙的，儿子叫我入伙有两三回了，我都没有答应，可是今天我仔细地想了好几遍，我觉得庙上的这般人干得对，干得对呀，那些乡绅的干法是不对的！对就应该干，我就下了决心，一定要干干了。正好，你也加入了，那请你把我引去吧，本来可以自己到庙上去的，总觉得不好意思呢。"

"噢，王大爷，你也加入吗？那可好极了！好，我引你去！我们又多一位老同志了。"

钱老太太说完了话，就放下了手里的活计。

"你怎么不早说呢。"

"现在也不晚吧。"王德仁的脸上稍稍有点热。

"告诉你，我加入那天，他们管我叫义勇军的母亲，这回你一加入，他们又有了义勇军的父亲了……"

钱老太太说到这里，忽然发现有点语病，就赶忙地收住了话头，却在催促着地说："走，快走吧。"

王德仁老头子立刻就走了，也没有跟钱老太太商量商量，应该要怎样的走法，到庙上之后要说些什么话。他有如向前开驰的车似的，飞快地、不停地向前跑了起来，他一直跑到了老爷庙，钱老太太还没有影呢。他也不须引见了，找到了他的儿子，上气不接下气地说："中藩……爹来了……爹来给你们做……做点活加进来了……爹信了你的话……你做得对……"

天边是白亮的，身边也是白亮的，王德仁感觉到他自己坠入了白亮的光芒之中，耳朵边上，时刻不停地旋响着人们赞贺他的加入而在鼓动着激烈的掌声。

二十二

王家村的义勇军，开始了一个很周密的大检阅，足足费去了两个整天的工夫。他们检查着军容、军纪、教育、卫生、战斗演习、政治工作实施……

多少人都当成奇观地站在远处观望着，到后来是不知不觉地把脚步走拢近了。

百家长在远处轻蔑地冷笑着，他跟那些站在他的身旁的人说："这样的队伍，花子队一样，能够打日本吗？我真不相信。"

村子里的义勇军检阅完毕之后，王中藩、吴敬文和李自强就出发到外村去出巡，三匹大马在闷人的路上懒懒地走着，马蹄子下面卷起来一团一团的，干燥到极点的尘土。

他们要到的地方是青嘴子、项家屯、西北岔、桦皮沟和天安厂、小沿沟，三天之内把这些地方都走完的。

沿着大路的两边，高高的山岗，活跃地挺着腰板，向着辽阔的天野在傲然地做着窥视，有如一些蹲伏着向各处伸出猎捕的脚爪的狰狞的野兽，山坡被密茂的林薮封存着，招摇着深沉无际的洞黑的阴影；在山半腰上，或是山根底下，偶然地点缀着几座疏落褪色的草房，那一片苍老的颜色显得颇不调和。总喜欢傍着山角蜿蜒着的清澈的浮流，恰有如一匹烈马不能脱开它的辔头一般紧依着；平坦的一望无边的碧绿的原野，像手掌似的向着远方漫伸出去，多少高大肥实的蓬蒿，掩住了果子树的生长，槐树上面还残存着浅黄的小花，桦树裸露着灰白色的树干，蜂子呀，麻雀呀，蝴蝶呀，蚂蚁呀，像些刺探军情的侦探似的，贼溜溜地朝着山野，朝着森林，朝着许多人迹到不了的地方探望着。

吴敬文和李自强一边走路一边和王中藩谈论着村子里检阅的情形，他们列举出难得的优点和不该有的劣点，以及今后应该改善的种种。他们谈得很入神。

当吴敬文眼望着身旁一抹翠绿的大好的河山时，止不住引起来无限的感慨地开口说道："我们决不容许日本帝国主义者的铁蹄，蹂躏我们大好的河山！我们有这么好的根据地，这么丰饶的资源，就等于说，我们有无穷的希望！"

"不错，地方是好地方，但得有好人干才行，这一点正把握在我们的手里。"王中藩接着说。

　　"我们是有希望的。"李自强加上一句。

　　"将来若是行动起来，你的钱同志可不能跟你走了。"吴同志转到李自强的身上说，"五个多月了，将来一定能养活一个模范的抗日战士。"

　　李自强心中很高兴，使他说不出一句适当的回答的言语。

　　"那自然。"王中藩也添上了一句，把马鞭子顺手扯了一下。

　　天真是够热的了，三匹马在低声地喘着，从它们的硕长舌头的两旁，淌出来浓重的、黏合的白沫，李自强骑着的那匹白马，热汗在屁股蛋子上污了一块灰土，就像是马的白毛加了彩花，大个儿的马蝇钻头不顾尾地，直往马身上狠力地叮着，马尾巴就在一刻不停地扫击着这群恶物。

　　"啊，是白胳膊。"当庄稼地里的人们看见他们走过去的时候，就顺口地说了出来。

　　有些人关切地朝他们招着手，关切地问："同志，你们上哪里去，歇歇腿再走吧。"

　　虽然只是他们三个人走着闷热的路，倒是一点也不寂寞。

　　甜瓜地在大路的边上招引着人，瓜棚子里的老瓜头正在有意味地抽着旱烟，他向着这三匹马的骑者欢迎说："来吃点瓜吧，口头可好。"

　　瓜是要吃的，走到热不可耐的时候，只有吃瓜才是最好的解渴的方法。

　　他们把马匹系在路边的大柳树上，就先后地走进了瓜地。他们伸下手去摘着。

　　"你们先别摘，"老瓜头善意地阻止着说，"地里的瓜还能吃嘛，热烘烘的一点不解渴。我这里有早上摘下的好瓜，都在蒿子底下歇阴凉呢。"

　　这是些完全一致的羊角蜜瓜，瓜皮是青而带着灰白的颜色，口头真不错，又脆又甜。

"好，真是好瓜。"

"好口头。"

吃客在赞赏着，老瓜头的脸上露出来满意的笑容。

"多少钱哪?" 吃完了瓜，王中藩问。

"不要钱。"

"这是怎么说的，说多少给多少。"

"你们打日本，我还不该送几个瓜吃吗?"

三个吃客不约而同地，在深心之中感到了一种说不出口的快慰。他们扔下了三十吊钱就急急地上路了。

他们不停歇地朝前进发，重大的工作压在他们的身上，不到做完的一天，似乎就一时一刻也没个安闲。

在小沿沟的一百二十人的里面，有着三分之一以上的中年人，且有些个老头子参加，他们有着和年轻人同样的精神和魄力，在工作上，他们也是一点不因为年事的关系而显得松懈。

三个人的心里都很明白，发动了一个广大的武力组织——一个完整的抗日力量，固然领导人是占有着重要的因素，但最重要的还是外在的事实的演变，是促成这一事业的主要动力。因为有着春天日本兵普遍地施给他们的无理的横暴的压迫，那些欺凌、侮辱，给他们在观念中树立了仇恨的根基，于是，他们无时无刻不希求一个合适的复仇雪耻的机会，这就使得他们平素的农民型的质朴的心，转变为决然反日的打算，而当别人领头号召的时候，便蜂拥般从各处跃起。若是不然的话，空口说白话，凭你磨破了嘴唇，也说不服农民们极端保守的意志。现在可以说在小沿沟，理论和实际情形的配合发展，找到了正确的、合理的证明。

而且更出人意料地，居然有两个老得落了牙齿的老太太——比钱老太太似乎还要大几岁的老太太，也加入义勇军里面来工作，他们正遇到这两个老太太在树荫底下不灵活地做着针线。其中一个姓张的，头顶几乎都是在光秃秃的，她从皱拢出许多沟纹的脸上，眨动着不伶俐的眼睛望着，很兴奋地朝着这三个生客问："你们三位——是司令部来的大头子吗？噢，还有一个大姑娘呢。"直率，纯真，一种使人发笑的戆直。

"咱们义勇军里面没有什么大头子小头子的，大家都叫同志，没有贫富贵贱，大家伙都一样。你所说的大头子，不过是比别人多做一点事情就是了。"王中藩和和气气地解答着，亲挚地注视着那闪动着可爱的母性之光的脸谱。

"大姑娘姓什么呀？哎哟，人都晒黑了，辛苦了呀。就怪我没有子女，有的时候我一定叫他们来干干的。"另外的那一个姓长的老太太接上来说，在她的苍老的脸上，浮漾出一层兴奋的快意的影子。

"你没有儿女吗，老大娘？"吴敬文凑上了前面，关切地问了一句。

"那是没有儿子的！"老太太沉下脸来，过去的一段往事马上就在她的面前晃了过去，"儿子让日本兵给打死了，唉！守了二十五年寡，我就守着这一个儿子，谁想到可恶的日本兵买了他的命，剜下了我的心去了，我心痛啊，我要跟日本鬼拼掉我这条老命！"

"噢，我明白了，老大娘，你因为儿子叫日本鬼子害死了，就加入了义勇军了，是不是？"吴敬文偎到老太太的身旁问。

"倒并不一定是因为儿子死了才加入的，实在日本兵横不讲理，气得人受不住。"

"可是你这么大的年纪还能行军打仗吗？"吴敬文故意挑逗地问。

"一定要行军打仗才算打日本吗？"老太太慢慢地摇了摇她的头，哼出一个罕有的冷笑，"我还没有听见哪个明公这么说的呢。打仗是年轻力壮的小伙子们的事情，在后边做些零星小事，就是老头子老婆子也能行吧。这有个明目，叫：分工合作！"

吴敬文向着这个老太太行了个极为恭敬的严肃的礼，然后说："你讲的话一点也不错，男女老幼是需要分工合作的。刚才我是逗你玩的。你太好了，做我的干妈好不好？我的妈妈她可太不如你了。"

李自强站在一边咪咪地笑着，不停地伸出大手去擦拭着额角上的汗水。

"哎哟，可不敢担当，别折磨我吧。"

"说真话呀！"

那个姓张的老太太，有两个二十多岁还未出门的大姑娘，春天闹日本的时候，因为日本兵把她们拉到了后仓房，两个人不依从地跟日本兵吵闹着，都叫那些坏种给打死了，她的老头子跑过去收尸，也挨了一枪，她是一提起日本人来就气得呼呼地直上火。

"你们说，日本兵多么不讲理！"她直盼着眼睛地说，"赶紧把他们打出去吧。可是什么时候出发去打呀？"

"快了。"王中藩回答着。她的干涸了的眼眶里面，似乎徘徊着兴奋的快乐的泪珠。

第二天，当他们在进入西北岔的时候，差不多可以说是发现了一个奇迹。

这是个面临着松花江，背靠着无数山岳的僻静的小村子，从山背后的沟壑里，流出来一条官山的水沟，在西北方向岔到了那漫平的奔流着的松花江去。村子的名字大概就是这样起着的。

在村外五里地的一片连绵不断的山岭上，遍处皆是深绿色的标标溜直的杉松和一杆到顶的高高地伸出脖子在眺望着的白杨。蒿子足足有一人多高，狂妄地散漫在各处。大路从远远的地方爬了过来，慢慢地没入杉树林中，休息着地不再往前爬行了。

他们三个人刚刚走近了岭边的时候，忽然地，从看不见的树林子里，喊出来尖厉的孩子似的声音："站住！"

朝着四外扫视了一下，一个人影也没有。

"还有人敢劫咱们路不成？"李自强说，一面握到了他的手枪。

一个穿着蓝布裤褂的、约莫有着十二三岁的小小子，从树林子里面很勇武地跑了过来。

"赶快站下！"他颇不满意地吆喝着。

李自强把他的手枪晃了一晃。

207

"你认识这是什么家伙吗?"

"哼!"那孩子歪了歪鼻子,顽强地顿了顿他的光秃的头,"你拿去吓唬日本人吧!"

"你是干什么的?"王中藩觉着挺有趣地问。

"我是盘查哨!"孩子回答着说,"你们路过这里,就要接受我的盘查。"

"可是你那么小的年纪,人家不会一巴掌把你打个筋斗去?"吴敬文说起笑话来,她觉得这小孩子颇为有趣,特别是他那种不屈不挠的精神,最使她欢喜。

"打我? 谁敢打我就试试看!"

"你到底有多大本领?"李自强问。

"我没有多大本领,可是我们大家伙在一起就有本领了。"孩子很有自信地说,"赶快告诉我,你们到什么地方去? 打什么地方来? 我好放你们过去。"

"若是不说呢?"王中藩问。

"那你就别想往前走。"

"若是我们硬走呢?"

"不叫你硬走!"

"那么,我们走走看,走!"王中藩把马打了一鞭,就从孩子的身旁越了过去。后面两匹马也顺序地慢慢地溜了过去。

那孩子马上从布袋里掏出来一个小警笛,呜一阵急吹,于是,从四面八方就响应过来一片尖细的、喊叫的声音。

"抓住奸细!"

"别叫奸人漏网!"

"把暴徒绑起来!"

差不多有二十多个大小相仿的孩子,拿着木棍、铁叉、短刀一些东西,从四外呐喊着包抄上来,他们不顾一切地冲到了马前,把这三个人的通路给挡住了。

"你们是干什么的?"李自强吓唬着他们,把他的手枪晃了一晃。

孩子们一点也不害怕,用相同的话反问着:"你们是干什么的?"

"我们是走道的。"吴敬文说,怪高兴地打量着。

"我们是查道的。"孩子们在高声地叫喊着。

"我们要开枪!"王中藩吓唬着他们,也把手枪晃了一晃。

"不等你们开枪,我们的枪口早对准你们了。"

"这是怎么说呢?"

"林子里还有我们的义勇军呢,警笛一响,他们就朝你们瞄准了,你们打死了我们,他们就会打死你们的!"

王中藩在笑了,吴敬文在笑了,李自强也在笑了。他们都下马来,把孩子们拉了过去,半天半天地也不放手,他们把孩子举得高高的,放到马鞍子上,然后拿起他们的刀棍在耍戏着。

孩子们愣住了,他们在准备着应付这个事变,而在这时,王中藩把他的符号掏出来了。

"别盘查了,咱们是一伙的。走,跟我们到村里去吧,你们骑我的马。"

"啊,你们也是义勇军哟!"

"你们怎么不早说呢?"

"你们是打王家村来的吗?"

当他们知道了这三个人原来就是他们常常听到人们讲起来的人物时,大家伙是更其兴奋地鼓噪起来。

"王同志!"

"吴同志!"

"李同志!"

王中藩做出手势压服下他们的叫喊,问:"你们这一群人里,谁是队长呢?"

那个吹警笛的孩子举起来他的手。

"报告王司令,我是队长,我叫孙朝彬!"

"方才是开你的玩笑的，"王中藩说，"现在不用盘查了吧?"

孩子不好意思地笑了。他马上喊出来口令，把队伍排成了两排，排好了，这位孙队长要求王中藩训话。

"这些孩子，"王中藩心里面说，"真还逗不过他们呢!"

简短地说了几句话，他们就跨上了马鞍。王中藩问："到村里还有几里地?"

"三里。"那个队长回答着，一面叫出两个孩子，派一个人去报告，另外一个的任务是引路。

"敬礼!"

当三匹马迈开脚步的时候，这个小队长喊出清脆的口令，许多只小手掌举到右额的边上。然后，又是一声清脆的口令。

"礼毕!"

二十三

找到了施大先生，拉着他的胳膊，像在跟他谈着背人的秘事似的，百家长悄声地说："大先生，要干嘛，现在可是时候了，王中藩李自强他们都到村外巡查去了，听说要三四天才能够回得来，咱们到县里去请示，两天打来回，你看这办法好不好?"

"怎么不好呢。"施大先生说，他那态度是满不在意的，仿佛不怎样地发生趣味了。这位乡绅近来的心情，稍稍地有了一点改变，和从前不同的，他不那么一心一意和排长一些人厮混着往来着了，他是打心里往外地感到了淡然无味，他对于他们所策动的事情也有些看不过眼，因为那些事情常常逆转地伤损了他的自尊心，辱没了他的身位，无疑地就是给他添上了一些纠缠不清的烦恼，他若是不跟他们来往，倒是落得一个人清闲自在。但他也绝非是发生了赞助白胳膊的倾向，这事情无论如何他是不会有的，因为他是王家村的乡绅，他须得在王家村保持着他的名誉和身份，绝不给后人留下责骂他的恶臭的骂名。

他有着他的主意：任何方面他都不参加，那是最好的办法。

但百家长来找他的意思，可不是那么单纯，他为着要想造成和排长对抗的新的势力，使自己成为一个与排长一般高居为首的领袖人物，他愿意跟施大先生合作，也只有这样，借重他的原有的威望，把一帮长者从排长的手下，抓取到他这一边，跟排长对抗，才能有办法。他并且还要借这机会到县里去，说上一些排长的坏话，给他一个致命的打击！施大先生的不关痛痒的回答，虽说有着赞同的意思，却并未提出来具体的意见，这就使得他火热的心，立刻地冷下了一多半。无论如何，第一是排长被押，这是他活动的最好机会，第二他为了办事的顺利，必须抓紧这个人物，则又是毋庸怀疑的事实！因此，他就另外地设想出一种激发着施大先生的情感，使他对于排长的作为表示出愤慨的不满的言辞，就从他的口中很自然地说了出来。

"大先生，你忘记排长多要你一万吊钱的事情没有！他那件事情做得可太不够人了，就凭大先生这一面，他也不该在你的身上多打算盘的。"

他是想，这样一来，就可以引起施大先生的愤激的情感，由于怀恨排长的暴政，就乐得和他携手亲近了。

他偷偷地溜着对方的脸色，希望能够从他的脸色上得出来他的表示欢迎的态度。

"所以我说，排长这样的人，我们不能再听他的话，不能跟他共事。"他唯恐施大先生不动心地又加上来说。

"至于这回到县里去，关于你的儿子，我自然不会给你报告的。"他在讨好地向他诱惑。

施大先生冷冷地笑着，一面不大起劲儿地说："这个嘛，怎么办都好，我现在算是明白过来了，当爹的不能老是任凭自己的意见管教自己的儿子，儿大不由爷，当老子的也不能给儿子担负法律上的义务，好坏死活由他们去吧。"

直到这时，百家长似乎才明白过来，自己是白白地费了唇舌，并未把施大先生像烈马似的笼络住。他的挑逗的游说等于无用。就这样算了吗？不，应该再用些厉害的话，激发起他的热情，使他参加进来筹划些事情干干，那才是他打算的胜利。但他这一刻忽然从这位乡绅的身上，不知怎的就联想到不学好的王德仁的身上。王德仁只有一个儿子当了白胳膊，他就不知好歹地跑进去干了起来，施大先生两个儿子都当了白胳膊，虽然被别人打死了一个，其实那是出于别的人的毒手，他心里一活，说不定也有入伙的可能。现在他反而失悔自己的多嘴了，因为这无疑是给对方一个泄露机密的机会，他悄悄地为此而不安。

"哈哈，大先生，你真相信了我的话吗？我实在是说着玩的，对于这类事情我现在灰心极了。"他狡诡地给自己找寻出掩饰的词句。

他又走去会见了孙老头子和方全，他知道他们在意见上常常是不和施大先生一致的，那是因为他们从前因为地边相连，为了一条窄小的荒地，在县城里花上五条以上同样大小荒地的卖价涉过讼的，而结果是施大先生得到了胜利。过去的这点令人不快的涉讼，造成了他们在任何事情上合作的掣肘。他愿意利用这种过去存在的成见，树立起他们对于施大先生更不赞同的恶感。

"告诉你们，"他挑逗地捏造着说，"施大先生八成跟那些叛党有什么勾搭了，他跟他的三儿子劲头大，我看他近来的情形越来越不对，没有事的话，顶好少跟他往来，免得他真变了心，将来咱们也跟他受到牵累。"

对于孙老头子说，这正是一个发泄私怨的巧妙的机会，他立刻地就接上来说："怎么样？原来我就看他不顺眼，这老东西真倒有些靠不住呢！别看我儿子也去干了，我可不去攀着他！我跟他断绝父子关系！我老糊涂了，分不清天多高地多厚！姓施的一家，说句老实话，就没有好人哪！"

"施大先生心眼顶多，咱们斗不过他，他这老滑头，说不定也要造反。"方全加进来说，并且还在狠狠地骂，"这王八养的，我看他也就不是善类！"

212

眼看着这两个人催眠一般地上了他的圈套，百家长知道这是他该说话的时候了，他随即说明了他的来访的本意。他先说村子里的乱党头子都离村出巡了，是进县请兵下乡剿乱的最好机会，然后又宣扬着排长怎样阴毒，是个目中无人的坏蛋，而且他被押在庙上，还不知何时能够恢复自由，最后又给施大先生加上一些无中生有的难听的话。一边说着，他一边连声重复着地反问："你们说，我说的办法对不对？"

他似乎正在借此表示出他的世故的老练和见解的高明。

孙老头子既恨儿子的加入乱党，又痛恨排长对他的无礼和暴敛，他现在是乐不迭地同意着百家长的办法。

"对，"他说，"你的办法对，赶快去办吧。无法无天不学好的人，得不到好死！现在的朝廷'满洲国'宣统皇爷登基，正牌的真龙天子呀！有皇上还可以造反吗？要说是反对日本兵，人家日本兵不是老早就说过，只要天下太平就回国吗？"

"百家长，由你看着办吧。"他出于至诚地很兴奋地说。

在行动上，方全是常常以孙老头子的意见为转移的，正如同百家长以前常好附和排长的意见一样。他除了同意了百家长的提议之外，也在凑趣地骂起排长，施大先生则在他的口中变成了一个王八蛋。

百家长心满意足地雀跃着喜悦之感，因为他的嘴巴已经有效地说服了两家，他们都同情地赞助着他，他就更壮起来勇气地又去接给第三家、第四家……

当他把事情办得有了头绪，并且都请好了写呈文的人，在归途上走过排长的家门时，一声清脆的喊声，钻进了他的耳朵根。

"百家长，你上哪儿去呀？"

排长的姨太太，正倚在大门边上，朝着他在问。她的脸上搽得有红有白的，两个奶头在单薄的蓝大衫的里面，不安分地突出着，她的手里面则在夹着一支白色的洋烟卷，粉红色的洋袜子耀花了他的眼睛。

"我嘛，到老王家去的。"百家长随便答了一句，加快了脚步。

"别忙啊，你进来坐坐，我还有话问你呢。"她拦住了百家长的路，把他让到了屋子里去。

她递上了一支洋烟。

"不，咱们抽两口吧。"她说，把烟盘子端了出来，一面点起来烟灯。

"怎么我们那口子还不回来呢?"她在问，"从那天你们被传以后，是不是没有放呢?"

"糟了，白胳膊不放他。"百家长回答着说，烟盘子一端到面前，他的骨头就会慢慢地软着，他也就很自然地躺到炕面上去。

"为什么不放他?"她问。

"他们说他杀了施光烈跟阎小七。"

"他们怎么知道呢? 这可就怪了。"

"怪事多着呢，排长原来收买了独眼龙跟他的小舅子杜树林，后来独眼龙告发了杜树林，杜树林枪毙了，排长也就一时地说不清白。"

"那得押多久哇?"

"谁能说呢，不过，也许不要紧吧。"百家长说，把烟枪拿到手里去。

排长的姨太太大口地骂着白胳膊，从她的粉红的脂粉中，迸出来铁青的颜色，她骂出来的话都是一套一套的，可是过一会儿把大烟枪送到客人的手中，她在精心地拨弄着烟泡时，就把一切对于排长的关心和痛恨的责骂都无形中搁置在脑后了。

从烟枪口中，发出来哧啦哧啦的响声，烟签子在烟泡上拨着，大烟在屋子里飘散着。

"这可怎么办呢?"女主人猛然又想到了排长的身上，慢慢地说。

"慢慢想办法吧。遇到了事情，最好别着急，急了也没有用。"百家长抽完了一个烟泡，回答着，一面赞赏着地说，"土不坏，比上次抽的还要好。"

"价钱也贵呀，你真是老行家，你给我们那口子想想办法行不行? 面子事。"她要求着说。

"得了吧，嫂子，这还用你说吗？"百家长故意地表示亲近地说，"你不说我也忘不了哇！"

"你管我叫嫂子？你看你还有几个？"女主人伸出烟枪，在百家长的大腿根上轻轻地打了一下。

百家长的兴致似乎在慢慢地增高了，仿佛也感觉到和这样一个年轻的女人对着面抽大烟是一件风韵的事情。他也就不再拘束地，趁势地瞟了一眼，开起来她的玩笑："你看你，往哪里不好打，单往大腿根上打。"

"嫂子打小叔子，这还有错吗？愿意打哪里就打哪里。"女主人一点也不责怪地笑嘻嘻地说。

百家长就更有点大胆了。

"你再给我笑一个看看，好体面的嫂子。"

"笑就笑，你还能吃了谁不成！"

"你看，这里都帮着咧嘴了。"他把那只有着烙印的胳膊伸出来，用手指点着她的胸脯。

"哈，你这家伙，真还不好逗呢。"

她安上了第二个烟泡。

"再抽一个。"

"不，"百家长说，"你先抽。"

"我刚刚抽过。这是专意招待你的。"

百家长一面哧啦哧啦抽着烟，一面用两只眼睛不停止地在女主人的脸上、身上溜转。女主人马上就对他这动作提出来抗议："你怎么这样看我呀，你不认得我不成？"

"嫂子，我看你好看哪！"

"别冤枉人吧，老母猪也长得比我好。"

"老母猪可没有你值钱呢。"

"你再说！你再说！"她扬起来巴掌，使力地在他的腿根上打了一阵。

"男人就没有好东西!"她打起嘴来,用力地瞪了一眼。

"若是排长有个好歹的,"她接着又在自言自语,"这可怎办呢? ……唉! 也真是愁人的事情。"

"这有什么愁的。"

"娘儿们家,离了男人谁养活呀!"

"你这才是聪明人说傻话呢,就凭你这样的人才,要什么男人没有。不用说县知事看见了你就迷了魂,就是——"他低下声音说,"就是日本人看见了你,他们也会求之不得的。"

"你别瞎说!"她在叱喝着说。

"说真,弄个日本男的倒不坏。"

"好模好样中国人,嫁给日本人干什么!"

"你不知道,现在嫁给日本人的真不少,谁嫁谁享福,有什么不可以嫁的!"百家长放下了烟枪,郑重其事地说。

他坐起身来,端起一杯凉茶,狠狠地喝了一口。

"别糟蹋人吧,我宁可守寡,也不嫁给日本人,我一看见他们那种怪相,心里头就害怕。再抽一个泡?"

"不抽了,谢谢你,你不抽吗?"百家长反问着。

"我不是对你说过,刚刚抽过了嘛。"

"你还有什么话问我吗?"百家长偎到炕沿边,他预备要回家了,稍稍休息休息,明天他就要到县城里去办理他所要办的事情。

"什么话不话的,还不是请你进来抽两口烟。"女主人也坐起身来,"怎么,你又要走吗?"

"我实在还有点事情。"

"什么了不得的事情,别唬我们庄稼人吧。走吧,走吧,说不定还有什么意中人等得着急呢!"女主人讥嘲着说,一面送走了她的客人。

当百家长走到了大门外面的时候,女主人叮嘱着说:"闲扯是闲扯,正事是正事,你还得给我那一口子赶紧想办法呀!"

吃过晚饭，当百家长刚刚躺到炕上预备睡觉的时候，不知是从什么人的口中，传出来一个惊人的消息，说是排长的姨太太逃走了。

这消息多少是有些诱惑人的，多少是有些叫人感到兴奋的。百家长随即放弃了睡觉的计划，摸到了一条棍子，奔向了白天他在抽大烟的排长的家里去。

天还并未完全黑下来，一阵晚风把庄稼刮得摇头摆动，房檐下的黑丑白丑花，放胆地张开了喇叭筒，又在慢慢地开放出来，大豆的馥郁的香气，在空气中慢慢地奔流着，还有些孩子在野生的天天秧中采摘着天天，把那黑色的甜东西往嘴里填送。

被叫作马善人的刀条脸，也在这傍晚的乡村小路上奔走着，当他和百家长打到了对面的时候，他的原本走得极快的脚步马上就打住了。他的没有顶门牙、一说话沙沙漏风的嘴，也就很快地报告出他所要说的言语："百家长，你知道不知道，排长的姨太太逃跑了，真是想不到的事情。"

说是想不到的事情，百家长可并不同意这一点，因为一个从窑子里弄来的货色，她平常就不会习惯于乡村平淡的生活的，她羡慕城市的虚荣，她习于城市的享受，倘有巧妙的机会，她自然是要想到逃走的事情的。现在排长囚在老爷庙里连个音信也没有，是死是活也不敢定，不正是她拔脚的巧妙的机会！

百家长想到了这里的时候，几乎失悔他今天的白天为什么不大胆地放肆地跟她抓闹抓闹了，她是那么不安于位地逗引着他，而他却只是老老实实的像一只笨猪！

"怎么，百家长，你不相信吗？"那一个因为半天没有得到答复，仿佛有些焦急地眯缝起眼睛来。

"我也是因为听到这么说才赶过来的。"

"我刚才从排长家里来，乱糟糟的一群，都是去看热闹的。什么都带走了，就差那一套抽大烟的家伙，还好模好样地摆在炕上呢。"话音依然是沙啦沙啦的。

"啊，我也去看看。"

"快去吧。"这个三角眼似乎再也搭不上话径自走开了。

天是完全黑下来了，从一些暗黑的屋子里，闪出来抖动着的灯火。狗在黑暗的角落中，汪汪地不时地狂吠。

百家长摸着黑路慢慢地朝前走着，脚步是熟的，路也是熟的，但他仿佛觉得这个村子对他在慢慢地陌生起来，这并非他的神经方面有什么变迁，而实在是一桩一桩的怪事，发生得叫他不能置信。他是生在这个村子里的，活在这个村子里的，现在对于这熟悉得手掌一般的村子当真不能信服了。

有些个尖锐的女人的话语声，在每家的房檐下转播着，她们几乎是众口一词地詈骂着这个逃走的人物，这个人物平常日就是她们眼中的怪货，她们因为气派、身份、生活方式和她都不相同，就在疏远中结下了该咒诅的仇恨，机会来到了，她的逃走给予她们恶狠的快意的责难。她们把许多种平素说不出口的极恶毒的骂人的语句，都在一批批地搬运出来。

就在百家长的本身来说，这一个事件的发生，也造成了他自身泄愤的一种愉快。排长常常是不顾一切地、蛮横地欺负到他的名下，他常常由于抵抗乏术吃了不少的亏。现在好了，排长的女人拐逃了，他失去了他的存储，他就算再能恢复了自由，却不是一天两天地就可以挣得了原有的家财。应该算是一种报应吧。这报应放在排长的身上，是一点也不过分。若是他好好地运用着机会，扎下自己的根基，排长昔日的身位和事业就会落到他的身上。此后村中再有什么大事小情的时候，挂在人们口头上的话，不是"找排长商量去""排长看着办吧"，而应该是他享有那种特殊的荣誉。

这样想着的时候，他觉得自己的身上仿佛减少了体重似的十分轻快，天上的各种星球也都在以各种不同的眼光朝他笑着了。

当他走进排长的屋子里时，人们正在乱糟糟地出出入入，七嘴八舌地议论着这件意外事情的发生，正如同赶过了庙会在评论着庙会杂景的情形，一点秩序也没有。有的人打开了空瓶的雪花膏，往旁边不屑地一推，讥讽着说："咱们一辈子也没有擦过这东西，也还是活得挺结实的。"

翻出来半旧的缎鞋，也是不以为然地说："这样的鞋就不穿了，多么狂气呀！这样的臭娘儿们她怎能安安生生地过日子！"

百家长的出现，使人们稍稍地静了一会儿，他们共同地注视着他，仿佛他是负有收拾残局的使命，人们想从他的身上看出一些办法来的。

"事情是越来越不像样了，王家村真他妈的见了鬼，着了魔，什么都变了。娘儿们也学会了拐逃。"百家长上不着天下不着地地说，把人们使力地打量了一眼，他似乎这一时的个子长得比任何人都高，而他那为人所推崇的身位就正是旧日的排长。

"都是王中藩闹坏的！"他运用这个机会在人们的面前宣传起来，"自从他回来之后，村子里就变了样，奇怪的事情挨着板都来了，他们不该拆了老爷大殿哪，神爷降灾，人心都变了。"

"这娘儿们根本就不是好人！想想吧，她从前在城里是干什么的呀！"有人在接上来说。

"干什么的，出来卖的！"不知是谁加了一句。

"别说了，你们积点阴功吧，"百家长压服着人们，慢慢地摇着他的有烙印的胳膊，"事情到了现在这个地步，说什么也没有用了。"

"来，小环子。"他朝着一个二十几岁的庄稼人说，"你就给排长看家吧，他是你的叔叔，也是看得着的，等过几天他出来的时候再说吧。看热闹的人都回家去，不早了，该回家睡觉了。"

他这么一说之后，人们就听命地往外挤着，而他也就趁此挤出了大门。他不愿在这里多耽搁工夫，因为他看到了排长这个空着的家，心里面觉着一阵难受。

他朝着东边走着，按理他回家是应该往西去的。他的精神方面稍稍有些烦乱，因而就想到找着一个合适的地方，给自己一个满意的消遣。他想到了那个卖豆腐寡妇的家里。只要走出一里路，他就可以从她的二十一岁的姑娘的身上，享有了他的愉快的慰安。这位四十三岁的寡妇，本是百家长的旧客，可是她又把她的姑娘转手给他了。这几乎已经成了习惯，每当百家长感到了心情不快的时候，他便摸到了这个人家的大门，过去了一个黑暗的夜晚，他便增添了他的精神，他这点私下的隐秘被他保持着有三年以上的历史。

他的脚步引领着他，慢慢地走着黑路，慢慢地走近那个熟悉的大门。这是一个孤零零地处沟口的人家，后面的山坡上有一棵大梨树，现在则为黑暗的夜幕给遮盖住了。当他的手指在柳条门上击打着的时候，屋子里发出来反问的，属于女性的尖厉的声音："谁呀？"

"我。"

"你是谁？"

"我就是我，你开开吧。"

"呀，是你呀，我当是谁呢。"说着话，屋子里点上了灯。

百家长进到屋里的时候，照着这个四十三岁的中年寡妇的身上，胡乱地捏了几把，才坐到炕沿上。他问："你们怎么睡得这么早？"

"没有事不早睡，谁愿意点灯熬油！"

"大姑娘呢？"

"上她姥娘家去了。"

"怎么会这么巧呢。"百家长觉得有点不是滋味。

"找她回来。"他接着说。

"瞎说，夜黑晚上找她去，算是什么事情。"那一个不同意地反对着。

"你不找我就回去了。"他站起身来，做出来要迈步的姿势。

但那一个并不示弱，却在刻毒地说："走吗？好，快走吧，我给你关门。你这可真是得新忘旧，吃小鸡人家还愿意吃老母鸡呢。"

百家长为这句话说得动了心，他制耐不住地把这个女主人抱了过去，使力地亲了一个嘴，然后就把她压倒在炕面上。

那一个极力地挣扎着，当她挣脱开之后，故意地噘着嘴，责斥地说："你看你，没轻没重的，人家有了肚子了。"

"哪来的野种啊？你有肚子我叫人们给你骑木驴。"

"你这狠心的！"她在他的身上用力地捏了一把，"怎么，今天来有什么事情吗？"

他把排长姨太太拐逃的事情，对他的老相识说了一遍，除此之外，他在这位寡妇的面前，表示出他的对于排长姨太太的惋惜。

"别人都骂她，把她骂得底朝上，可是我觉得她是一个好人。"他说。

"那是你的心不正。"那一个说。

"白天，她还请我抽了两个烟泡，她跟我有些眉来眼去的。胳膊碰了一下，真是挺细腻的。"

"比我呢？"

"天地相差。"

"得了吧，你就不是好货。"女的说到这里，在问道，"排长究竟什么时候出来呢？"

"这可说不定了，王中藩这些家伙，什么屎都拉，依我看是凶多吉少。"

"可惜跑了这样一位好太太，若是让给你，不是也不错吗？"

"咱们没有那个命啊，我看把你的大姑娘将来给我做小吧。"

"想得好，凭什么给你做小！"

"那咱们睡觉吧，把你的狗窝好好收拾收拾。"

"我不跟你睡。"女的不同意地说。

"你不睡，我揍死你。"

"找年轻的去吧。"

"我要吃老母鸡呢。"

但女的却把百家长领到另外一间屋子里去，她把他送进去之后，就把两扇门倒关上了。百家长摸黑在炕上摸着，他明白过来这是大姑娘的屋子，可是炕上一点动静也没有。

"大姑娘，我来了。"

他悄悄地喊着，依然得不到回答。但他的手却碰到了软软的身子。他偎到了近旁，故意装作小声地、戏耍地说："几天不来，你倒害羞了。"

"我羞你妈的！找你的大姑娘去吧！"

百家长觉得话语有些不大对劲儿，可是又仿佛很熟于这个女人的音调。然而他想不起来。

"你是谁?"他问。

"是你妈!"

"胡说!"

"胡来吧，跟你妈睡觉吧。"

"你是——"

"是排——"

手按在他的嘴巴上，他全然意外地，但又是愉快地躺了下去一声不出了。

二十四

把守在北岭西口入县大道的白胳膊的岗位，是独眼龙，他是早就卸除了伙夫的职司，担负起战斗兵的任务了，像他所想的，他认为战斗兵比起伙夫是有好的出路的。

自从把他的小舅子举发了之后，他虽说得到了大家伙的原谅和夸赞，使他自己免除了性命的危险，但在他的良心方面说起来，他仍然地盘旋着极度过分的不安。他常常每当一个人走在路上的时候，仿佛就感到身后有什么东西在牵缠着他似的，等他回过身子仔细察看了之后，却又任什么都没有。但他的心里却很明白，那是真有一件东西在跟蹑着他，虽然他不能看出来形影，他可明确地知道得很清楚。

他常常地走着走着，仿佛为某种东西纠缠得不能自拔的时候，就按照着乡下人们一般的驱邪方法，用力地吐上几口唾沫，然后用鞋底子踩上几脚，嘴里面就在愤然地骂了起来："不要脸的东西，给我赶快滚！"

然后，就自慰地、半带威吓性地说："男子大汉火力壮，百邪不惧！"

但其实他是确实觉得很揪心的。想到了邪魔纠缠不上他，找寻到他的家小，纠缠着他的媳妇和孩子，他们的火力不壮，大概不是敌手，那才是难心呢……

他在不安地烦恼着。有时候无办法地真就想痛痛快快地哭上一顿。不过是等到他每次偷偷地带着香纸跑到南岭的坟头上，给那三个死者烧化之后，似乎满身的愁恼和不快都像浮云一般地消散了，那时也就不自主地，兴高采烈地唱起来调子不正确的歌曲。

从东山头升起来的七月末的太阳，还不到一丈高，地面上普遍地浮散着晨雾一般的湿气，灯笼花的花尖上在悄悄地滴着水滴。多少枝蔓延攀登的黑丑和白丑，它们都张开了喇叭筒，迎接着这带有秋意的阳光和空气。狗尾巴花是一律紫红的颜色，开满在大路的两旁，芨芨草青翠，黄花菜是黄的，野生的七月菊应时地也开了花朵。孩子们把牲口赶着上了山，不管露水有多么厚的，只顾在采摘那些不成熟的天天和山里红，胡桃和榛子那是还要相当的时间才能成熟的。

对于这些东西，勾不起独眼龙的注意来，他实在是看多了，也看惯了，现在他倒是有了一点疲乏的困意，因为他是天亮以前换上来的，总觉得像是没有睡够觉。但他可一点也不敢疏忽于自己的职守，因为这是通县的大道，尽管村外还有两道步哨，他却仍然不能粗心；好在再过半个钟头就可以换岗了，再倦也得挺下半个钟头再回去睡，他慢慢地踱着步子，有时还端好了他的三八式做出一两个射击的姿势。

一转身工夫，独眼龙看见了百家长从村子里走了出来，他的右手拿了一条柳木棍，每走一步就把棍子拉拄地上一下，看样子是颇为闲散的。当他走近这个岗兵的时候，用一副微笑着的脸，跟他招呼着："老独，是你呀！"

"啊，百家长。"

"你怎么也干起这行当，不当伙夫啦？"

"啊，是的。"

"辛苦了，快换班了吧？"

"好说，好说。"

人走过去了，像一阵风，像一块浮云，但是不对，独眼龙猛然地想起来，王中藩不是说过，对于排长、百家长、施大先生这些人物的行动，要特别注意的吗？不是还告诉说必要时候可以加以合理的搜查的吗？百家长走这入县的大道，该不会有什么可疑的地方？

"百家长！"他忽然心里一动，很机警地喊道。

但百家长居然装出没有听见的样子，不加理会地仍然朝前走着，手在不停地拉着他的棍子。

"百家长，站一会儿！"

依然没有效果。独眼龙可有点生气了。手里有一支冒烟的家伙，还会被制于一个空手的人吗？就说这点面子他也总得拉回来的。

"你给我站下！"他挺直着矮小的腰肢喊。

人站下的时候，他也就跑到了地方。

"你上哪儿去？"他开始盘问。

"上葛家屯哪，怎么，还不叫人走路吗？"百家长油腔滑调地挤弄着眼睛。

"干什么去呢？"

"谁还没有一点闲事。"歪着半面脸，摆出来一副不屑理睬的神气。

这可把独眼龙激得上了火气，百家长的神气，完全是从前对付在庙上当伙夫的独眼龙，而不是今日做了战斗兵的独眼龙。在从前，只要百家长高兴，可以随便在他的屁股上踢几脚。可是现在呢？县官不如现管，他就可以多给他一点留难管管他的。

"说实在话，不准你胡扯！"独眼龙大声地说，"我要搜查你！"

"搜查我！"满不在乎地挺挺肚子，百家长一面拍打着他的衣袋，"搜我做什么，难道还搜得出二两银子？"

"我看你有嫌疑。"

"咸鱼？早晨起来淡鱼也未吃。"

"别闲扯！解开你的衣裳纽子！"独眼龙粗声地发着命令，那唯一的眼睛瞪得起了尖头。

"何必留难我呢，咱们都是前后村住着的。"

看他这种自自然然满不在乎的样子，又好像没有什么嫌疑似的，既然没有嫌疑，照理是应该放行的了。但独眼龙是既经做到这个地步，无论如何是也不能轻于放手的，那无疑是他的失败。他因此就雄起起地端正了他的三八式对准了百家长的前胸。

"快解！你认识这家伙吗？"

"这家伙？怕不会放吧。"百家长在讥讽着说。

"你再说！勾死鬼一勾，我就要了你的命！"

百家长往旁边一闪，脸上立刻就变了样，他听命地解着纽扣，一面颤手颤脚地从衣袋里掏出五百吊"官帖"，送到这个武士的面前。

"这是小意思，"他服软地低声说，"只求你别留难我就行了，我有事，快让我过去吧，钱虽然不多，总还可以买点零碎的。"

独眼龙接过来五张"官帖"，浑身上下仿佛都在感到了愉快，一个战斗兵和伙夫是有着这样的不同的好处。有些外财是来得真意外呀。

可是当他刚想把"官帖"揣进怀中的时候，灵机一动地使他想起来过去的旧事。他过去因为收受排长的钱，结果是出了好几条人命，他是直到现在还觉着有什么鬼怪跟着他似的，现在他再收受百家长的钱，恐怕他的一条性命就快要瘪茄子了。不义之财不可取，外财不富命穷人。他马上就做了决定，把五张"官帖"送了回去。

百家长没有伸手接受他送出去的钱，他谦让地退后一步，拉出来一副笑脸说："怎么，嫌少吗？将来再补吧。"

独眼龙一狠心把票子扔到了地上，他郑重其事地继续着说："快！"

秘密到底被这个岗兵发现了，他的请呈用排长的姨太太早上送他的漂亮的粉红色的手绢包裹着，揣在衬褂的衣袋的里面。他本想一下子就撕毁了的，却被独眼龙机灵地抢了过去。

这是第二次了，百家长又做了被审的囚徒。

审案的是施大先生的三儿子施老三，他说："说吧，你为什么老跟我们做对头？"

百家长的身上，哆嗦了一大阵，在推诿着说："这，这不关我的事，是别人，他们大家把我推举出来的。"他抵赖地回答着说。

"你以为王中藩一走，王家村就变成你们的天下了吗？你可是想错了！他们不在家，还有别人在呢，总不能叫你们捣乱的人占了便宜的。"

代替着吴敬文做事的，是一个新从青嘴子调来的名叫王殿甲的新同志，他挥动着熟悉的笔杆在记录着口供。他把百家长的呈文当着众人念了一遍，马上地，所有院子里的弟兄，不约而同地伸起来粗硬的拳头，他们的嘴里跟着喊叫出来："打死汉奸！"

"枪毙甘心媚敌的败类！"

施老三伸手压服着被激起来的公愤，一面又接着转向囚徒："你可倒想得妙，想请日本兵来打我们，告诉你吧，地若是不割倒，你去一千一万请呈，日本兵也不敢下乡的！你以为日本兵听你们的话吗？简直是做梦！再说，日本兵哪一点好呢，你们拼命地拥护？你的胳膊上是谁给烙的印子？认贼作父，丧尽了天良！"

当人们听说五百吊的贿赂时，满院的人们都在报以同声的冷笑。

"你以为钱就可以买住人吗？"施老三继续说道，"只有你们这些土豪劣绅才认得钱好使，我们抗日的弟兄们不爱财，爱的是打日本！"

于是，百家长被囚进拘留室，他又和排长做伴了，他进门之前，曾经无办法地要求着施老三说："放了我吧，家里还有一家人呢，以后我不再管这些闲事就是了。"

"不要紧，"他的儿子不知从什么地方走了过来，说，"我会照料他们的。"

他看看排长，排长看看他，两个人都没有说话，但在百家长的不能告人的心中，却有着一种胜利的安慰和骄傲，因为昨天的夜里，他和排长的姨太太睡了一夜香甜觉。从这一件事情上，他算是报复了排长给他的历次不快的难堪的清算。

但他的运气实在太不帮他的忙，倘若他今天顺利地到了县城，晚上城里的小客栈中，他不是又可以和排长的姨太太同床共枕的嘛！他在县城给她安下家，无疑是他的行宫，可是他的美好的希望，都在独眼龙的盘查之下毁灭得烟消云散了。

这两个人其实是没有过去半点钟的工夫，又恢复了昔日的友好。他们凑到了一块，他们的言谈又接合在一起。他们彼此之间有了新的谅解，他们为这第二次的重逢而在惊喜。

"了不得，这些人简直反了天。"百家长开口说，"我看将来怕不大好办呢。"

"没有关系，他们能得意几日！"排长很不在意地说。

排长是躺在炕上说着话的，这些天和大烟断绝了姻缘，累得他整日地和一铺土炕做了亲近的朋友，他躺在炕上冥想着许多乱事，躺在炕上打他的瞌睡，甚而是吃饭也是在炕上歪着半个身子吃着的。他的身上有着一股说不出口的酸痛麻痹，使得他使尽了力量挣扎，也不能够挺直了他的健康的腰板，他仿佛丢掉了魂魄似的连眼睛都不愿睁大开来。他是多么想念着抽上一口解饥过病的大烟的呀！

这是东跨院里面北房的东间，在破碎的纸糊的纸棂上，爬满了黑丑和白丑，几只黄蜂死叮在喇叭筒的花心上面吸吮着，一面在嗡嗡地传播出单调的声音，向日葵的黄色的圆圆的花实，像一面悬在远处的圆镜，墙角上夹竹桃正在开放着粉红色的很新鲜的花朵。

在屋里砖墙的边缘上，从两三个精巧的圆洞子里，不时地有那么两三只耗子，顽皮地伸出灰色的头来，检阅似的张望着，它们的光亮的眼睛，在黑暗的阴影中，箭一般地扫射个不停。起初它们还有些慑服于这位排长的昔日的威风，不大轻易地离开洞口接近着他的身边，后来当它们有一天发现躺在炕上的原是一个废人的时候，就先后地、大胆地在屋地之中厮打着，有时还公然地在他的饭碗边上打食了。但也正因为这样，在不知不觉中，它们也就成为囚人用作消忧解闷的良友。

"咱们是万万不能自己泄气的，"排长翻了翻身，慢慢地、很费力地抬起头来，"反正我是王八吃秤砣，铁心了，有一天能够出去的话，非把这些东西都收拾完不可！"

"就是呀，我们只有继续着干，只有合作，才能收到效果，我对于这方面一点没有意见，不过施大先生，我看他倒是有点变样了。"百家长说。

"人老奸，马老滑，这老东西将来有办法对付他。"排长俨如他在位的时候似的，把事情说得很有把握。

他仿佛有些兴奋，人也就制耐不住地上来一股活气地坐了起来。他的眼眶子深深地陷了进去，相反地就加多了他的颧骨的高度，整个脸上被一层苍白的颜色所遮盖着，给他增添了两条黑色的暗影。

在一阵冗长的沉默之后，排长忽然急迫地朝着百家长问道："我家里的你见到没有？她近来怎么样啦？该不会挨饿吧？"

百家长眨了眨他的奸狡的眼睛，把脸子慢慢地沉了下来。他能够把事情的经过照实地报告给他吗？那么他们马上就会成为不二的仇敌！不，他得伪造一点虚假的语言，把这一幕不快的事情遮掩过去。

"她嘛，"他接下去说，"我见到了一面，她很惦记着你呢，要不差着是个妇道人家，出门不大方便，她早就想来看你了。"

"就是呀，我原来就知道她的心眼很不坏，你别看出自平康，她真倒别有个劲儿呢。"

"真是你的福分，有那么一位好太太。"

"得了吧，几天不见倒是客气起来了。"

排长的同族堂侄子，一个加入义勇军一两个月的小伙子，站在窗户的外边，把一个突来的、意外的消息报告出来了："报告排长，你的看家人逃跑了！"

"什么？逃跑啦？"他惊讶地瞪大深陷的眼睛，急急地问道，"谁逃啦？"

"你想还有谁。"

"你说你的婶子吗？"

"不是她我也用不到报告你了。"

"快放开我！"他猛然地跳下炕沿，跑到了倒锁着的屋门口，用力地捶打着门，"好侄子，你救救我，给我开开门！"

"给你开门？没有命令我是不敢开的。"窗外的人不紧不慢地回答着。

"放你的屁！什么叫命令！这简直是活要人命！"

"你再凶也出不去这间屋子。"

"去你祖宗！"排长羞恼到极点地骂了起来。

窗外的那一个，很轻松地解释着说："我的祖宗也是你的祖宗，你骂吧。"

"滚蛋！你们这群魔鬼！"骂完了，忽然想到了刚刚百家长说过的话，排长又觉得这消息过于离奇了。

"百家长有这么一回事吗？"他向他问。

"我不知道哇，"他装作镇静的样子回答着，一面在关心地劝解着他，"别着急，这消息是靠不住的，你的那位太太心眼可好呢。"

"就是呀，我也不大相信呢。"他这么说完之后，似乎就越发感到了消息的离奇不可靠了，他的怒火慢慢地压服下去。

虽然这样想，他仍无可奈何地在屋地上焦急地走着，不时地伸出手去抓着他的沉重的头。外边大操场上，义勇军们正在唱起来雄壮的歌词。

"妈的，总是叫人有点不放心！"他在不耐烦地自语着说。

百家长在旁边看了好半天的热闹，简直有几次要笑出声来了，他到后仍然是装作亲近的样子，把这位排长先生拉到了炕沿边，推着他慢慢地坐下，然后关切地说："算了吧，别发火了，根本这就是无中生有的事情，何必那样认真。"

"耳不听，心不烦，眼不见，嘴不饶，这事情倒是也很难说呢。"

"你还不相信我说的话吗？"

歌声像一片汹涌的浪潮，像一声沉重的春雷，像一阵急迫的暴雨，在整个空间奔流着，一阵高一阵低，有时还把音调拉得长长的。在这短短的一刻，仿佛大地上的一切，都被歌声征服了，歌声有着估计不出的，压倒一切的，巨大的力量。

"我偏就不喜欢这个调调！"排长又生了气，"简直是出殡的葬歌！"

"再过不去多少天，他们就快要瘪茄子的。"百家长加上来一句。

"坏事都坏到了独眼龙的身，若是他不出卖了他的小舅子，那家伙早把他们干掉了！"排长追悔地说，又在屋地上遛起来。

"那还用说嘛，反正是咱们的命不济！"百家长一面说着，一面掏出来他的小烟袋。

"抽一口叶子烟吧，这半天工夫，把抽烟也忘记了。"他把装好的烟袋送到排长的面前。

排长暗暗地摇着头，不情愿地伸出他的有着烙印的手，他在感叹地说："唉，掉价了，大烟嘛，一口抽不上，洋烟也抽不成，现在却要抽这买卖了。可是这也就是宝贝了。"

百家长面对着这个受难的人物的窘迫的情形，他终于忍不住地在心中笑了起来，三穷三富过到老，人是真不知要受到多少折磨的！

他伸手去掏着袋子里的洋火，当他猛然碰到了一个银质的别针时，他的脸上立刻就不好意思地红了一阵，他随即觉得这位排长实在是比他还要可怜的人物。

二十五

在多耽搁了一天的第四天上，王中藩三个人巡行回来了。

一个盛大无比的集会，在老爷庙前的广场上举行。所有王家村三百多名白胳膊，都是掬着崇高的热情和对于工作上一般的情势报告的期待，打算听上一头二脑的。行列在暴晒的烈日下拉了开来，黑压压地站在那里恰如一些间隔齐整的高粱秆。

用着轻捷的燕子钻天的姿势，跳上去那个为雨水侵蚀得稍稍有些腐烂，在表面上显出来倾斜的平台，王中藩和吴敬文，还有那傻大黑粗的李自强，先后地拉开来洪亮得有如铜钟一般响亮的嗓音，朝着台下所有的弟兄，做着极详尽的有声有色的报告。很显然，这短短的四天的巡行，使他们在辛苦之外，皮肤上面加深了一层油黑的颜色，弟兄们是十分地爱好着他们的这种油黑的颜色的，仿佛这种颜色和他们格外亲近。他们从不同的口中发出来的清脆的、带着轻重音的语句，像每个感到暑热的人所遇到的骤然降落的暴雨似的，赡受到每个人的拥戴和欢迎，那悄悄的、露水一般从人们身上流出来的汗水，洗刷着他们为太阳炙黑了的脸，洗刷着他们滚热的身子，在无拘无束地到处泛滥着，铁一般坚硬的拳头在不停地挥动。

旗子在杆头上随风慢慢地飘着，草丛里的蝈蝈又在开始不停声地叫了，在碧原上，在绿岭上，山里红睁着红色的眼睛在朝着原野微笑着。

当报告一项完毕的时候，接着就是工作上的检讨。他们不掩饰那些数不清的缺点，倒是一五一十地说出许多条来。他们也不在自己的身上坚持着保有着偏见，那将会发生不良的影响。总之是不折不扣的，见到了什么，就说什么，加花添彩不会有，无中生有也不会发生。

　　很普遍的现象是各处都有着一个难关，那就是当地的乡绅长老，总是顽强地结成了一条跟义勇军树立敌对的阵线，在阻挠着、破坏着义勇军所着手的工作。这种潜在的旧势力的联合，另一面就等于是给工作上以麻烦到家的牵扯。

　　"所以，落在我们肩上的担子就越发加重了！"王中藩紧咬着他的牙床子，用足了气力地说，"我们的工作，不只是单方面的反日抗日就算了，同时还要负起肃奸的任务！我们的环境险恶而困难，需要每个工作同志最大的艰苦努力！"

　　台下那些个弟兄为这样的言语，被感动得引发出广泛无边的火气，他们制止不住地，几乎是邪魔一般喊叫起来："抓起来那些作对的败类，揍死他们！"

　　"肃清汉奸！"

　　甚而还有人进一步来，很明确地指示出来："把排长、百家长提出来枪毙！"

　　"抓起来施大先生跟孙老头子！"

　　从吵叫着的、被疯狂浪潮激荡着的热血的奔腾遮盖了冷静理性的人群中，伸出来一些不怎么引人注意但却异常兴奋的、被太阳的火焰映射出强烈光亮的、惊喜不定的脸面来，那些个不同的脸面上，有意味地流露出罕有的笑容。王德仁老头子也站在人群中间喊叫着，仿佛在做了一场梦似的，他自己似乎都不能置信的，他也干起来年轻人的吵叫的玩意儿了。这是第一天吧，许是他有生以来的第一天吧，他仔细地打量着站在台子上面的儿子，忽然地觉得他的儿子是最可爱的一个！他也觉得跟他站在一起的同志们是可爱的，他从这里就确然地明白过来，一个父亲真正爱护着他的儿子，不是建筑在血统的系别上和私人的往来关系上，而是建筑在一个共同的、大众所需要的、有意义的工作上！为什么他会有这样不同于从前的感情呢？他不知道！为什么，今天的阳光也跟平日不同地在温柔地抚慰着人呢？

平台上的报告，仍继续地播送，各地的军事设施和给养的筹划，大致是因陋就简勉强对付。为了顾及现地的一般环境以及避免那些足以引起不良印象的诸种困难，是并未得到预期的满意。只有每个同志火一般热的杀敌的心和艰苦奋斗的志气，是无可非议的！每一个同志都知道牢守他的岗位，爱护自己的声名，在可能范围内，随时随地跟那些奸人做着斗争，而在镇压着巩固着根据地的安全。政治工作人员天天在做着有计划的宣传，或是号召一个运动，或是给百姓一些有益的帮助，以打破两者之间的隔阂。谍报人员不惧艰险地出入敌人盘踞的地区，探求着宝贵的军情，这都是值得嘉许的优点，而这些优点联在一块，就正是置敌死命的最有效的武器。

"毕竟还是枪支少了一点，这实在美中不足……"李自强刚说到这里的时候，台子下面的喊声又波荡起来。

"这不要紧，我提议咱们去抢敌人的枪支，来添补我们的装备！"

"对！我赞成！"

"我们要求快下命令，去找日本鬼开火！"

"我可以负责地告诉你们，跟日本鬼开火的日子离得不远了！"王中藩回答着说，"我们要出击！天安厂那边曾经去过了日本飞机侦察过，咱们这里也会来的。无论是我们进攻，或是敌人来围攻，我们都有制胜的把握。"

"我们已经派人到青嘴子跟天安厂的邻近的友军去取得联络，"他接着说，"那些友军也是和咱们一样的抗日军，将来总攻击时一体出动，把敌人都赶到松花江里喂王八！"

报告到这里的时候，下面的弟兄们狂热地拍起巴掌来，他们的热情像燃起来的干柴，爆发了不可制止的火焰。如同一群落后的野蛮民族遇见了他们的酋长似的，一声声齐地，用最高的声调喊叫着："打日本鬼子！"

"打日本哪！"

"打日……本……"

吴敬文紧接着地把小沿沟两个参加的老太太的故事当众宣布了，多少人都为此而在感到了意外的兴奋，钱老太太和她那肚子凸起的女儿站在队伍的最后边，一直在笑。人们像是在听讲着瞎话似的感到有趣。

　　王德仁老头子是多么向往于一见这两个老太太的呀！这不是给钱老太太添了工作上的同伴了嘛。可是在很久以前，在他的朴实的思想中，曾经判断着，一个老年的人，叫他是弃了一切乡间的生活习惯和世俗的拘束责难，参加进义勇军里来过着新样的生活，大概是不会多有的吧。钱老太太之外，恐怕也就只能数到他了。现在呢，那简直是一点也不稀奇！

　　"咱们队伍里面，不是还有钱老太太的嘛！"

　　"还有王德仁老大爷……"

　　人们在机警地叫喊着，许多对好奇的眼光向这两个被提出来的老人的身上搜索着，这两个老人差不多是不约而同地、羞惭地红了脸。

　　远处一片碧蓝的高昂的天空上，渐来渐重地响过来马达转动的声音，还有一种风吹电线的颤抖着的嗡嗡的响声。

　　人们在稀罕地向着远天搜求着，一点形影也看不到。王中藩掏出来望远镜，朝着天上转旋。

　　"是飞机！"他说，"一定是敌人的侦察机，两架，我们要散开，快，隐蔽到高粱地里去！"

　　孙奇福不服气地端正着步枪，做出来准备射出的姿势。

　　"你这粗心家伙，怎么还不躲开！"王中藩用力地把他推走了，"无谓的牺牲没有代价，步枪不容易打上飞机来的！"

　　放下来那面挂在旗杆上的旗子，王中藩最后一个离开操场。

　　躲在高粱地里的王德仁老头子，现在是有些不能明白了，他跟旁边的一个同伴说："平常日天天喊着打日本，唱歌也唱的打日本，怎么日本的飞机一来就不想打了，人人都躲了起来！"

　　这年轻的白胳膊，虽然他的年龄不能跟老头子相比，但他关于军事方面的常识，可就比王德仁老头子多知道了许多，他自然是有给这个不了然的老者解释一下的必要。他先轻轻地笑了一笑，然后说："老大爷，不是这个说法，飞机上的事情你不大明白，那上面带的有炸弹，只要扔下一个来，咱们这一群都炸成了肉酱。飞机上面还有机关枪，一扫时，千八百人都死得出的。咱们这样的死，是不是不值得？打飞机要用高射炮。咱们没有那买卖，还是躲开来较为安全。你说这道理对吗？"

老头子佩服地首肯了。原来这一躲还是有着说不尽的道理的。可见一个老人有好多地方都落后得不够用了。他默然地仰着脑袋，尽力地用他的带着红膜的眼睛，搜索着天空上的飞机。

一阵巨大震耳的使人眼花的响声，从远处狂妄地席卷过来，乌鸦、喜鹊、老鹰和麻雀，茫乱到极点地慌张地奔窜，黄狗在房檐下摇着尾巴，也吓得忘记了吠叫。

在庙里面被拘禁的排长和百家长，当他们从窗户眼里望见两架漆着红圈的日本飞机时，这新来的噪声鼓舞起他们的复生的希望。日本的军队将要下乡来扫荡乱党了，飞机的侦察正是用兵的先兆。他们一边交换着满意的欢笑，一边在有兴会地叫道："看！真是日本飞机！"

"是来炸这群叛党的！"

但是排长马上就缩回了他乐得耷拉在外面半天的舌头，倒是为着眼前的危机吓得打哆嗦。因为炸弹倘若扔到庙上的话，他就绝对不会还有活命的道理。他在低声地祈祷着："可别扔炸弹哪，关老爷保佑我吧，将来我恢复自由重塑金身。"

王中藩躺在谷地的垄沟里，眼睛一刻不离地跟着飞机转旋，他恨透了这个自傲的、旋飞的怪物，因为他少有毁灭它的机会。忽然地，从那被噪声所搅乱的空气里，下雪似的飘落着大的小的雪白的纸单，半天半天地在低压的空中旋转着，也着不到地面，一直到飞机的影子消失了，飞机的声响听不见了的时候，才慢慢地落下来。

"是传单！"人们在喊叫着。

"怎么这是什么话呀，日本飞机撒下来反对日本军阀侵略东三省的传单？叫人不明白。"有人在奇怪地、不能解说地喊。

"就是呀，这张还说要打倒日本帝国主义呢。"

"可是我这张就不对了，这上面是叫老百姓安分守己服从'满洲国'的！"

"我这也是呀，说是老百姓造反的话，将来一定重惩不容！"

…………

正在大家伙叫着的时候，钱老太太从高粱地里慌手慌脚地走了出来，挤进了人堆，朝这个看看，朝那个看看，后来是把她的傻大黑粗的女婿悄悄地一声不出地拉走。她走得那样忙迫，那样慌乱，多少人都为她这特殊的举动分着心。

"有事吗？"李自强一边顺从地走着一边低声地问道。

老太太没有即时给他一个满意的回答，她仍然是拉着他只顾走。

"丈母娘拉姑爷，这还是头一回吧。"人们在说着笑话。

可是一会儿消息就传了过来，原来是钱同志在走出高粱地时，失脚地滑了一跤，跌下去半天也没有起来，她觉着肚子有点疼痛，但又不好意思告诉她的母亲，她以为静养一会儿就可好过来的，谁知道肚子越疼越凶，她就从经验上料到了那将要发生什么事情。她要求她的母亲赶快找来她的李同志，站在外面防止别人的进前，不一会儿，她流产的孩子就离开了娘胎。

"是这样的吗？"王中藩知道这消息之后，马上吩咐吴同志说，"你快去吧，去帮着料理一下。"

当吴敬文同志用最快的速度离开了人群时，王中藩搐了一把鼻涕说："孩子流产，无疑是我们的损失。"

"没有关系，不出一年又是一个，钱同志很有养孩子的本领呢。"有人在接上来说着笑话。

"什么时候，还有心情开玩笑。"王中藩斥责说。

王德仁老头子走近了他的儿子，很焦急地问："怎么样，大人可好吗?"

"谁知道,又派人去打听了。"

"不知是几个月。"他问。

"听说七八个月了。"

"七活八不活,七个月流产一定能养活的。"

产妇被人们抬到了庙里面去将养,人们的注意也都转到这方面来。

孩子并没有死,大人也没有什么危险,不过这孩子因为还不足月,没有哭,也没有睁开眼睛,仿佛仍在娘胎中,仅只有着轻到了极点的呼吸。

"是小小子呀。"王德仁老头子看了一会儿说。

"好哇,给咱们添了一个抗日的战士。"

"像谁呢?"

"看不出来。"

人们为这新奇的事情弄得很兴奋,虽然在平常日子,生一个小孩子并不怎么稀奇,可是今天从钱同志的身上生下来的孩子,就特别地使每一个同志都感到了很亲切,因为他正是代表着下一代的新生的力量,后备的战士!他将来将是他们同志之中的最基本的一个细胞。

钱老太太把一切应该忙的都忙完之后,忽然想起来被她遗忘了的一件大事。

"你们给孩子起个名吧。"她说。

"吴同志,你给想一个。"王中藩说。

"姓李姓钱呢?"吴同志说完了话,在暗暗地笑。

"孩子都随爹,这还用说吗?"王德仁老头子不满意地拉下脸来,"走遍天下也没有跟娘姓的孩子。"

"那么,叫李——李抗日吧,叫他将来长大了,帮咱们一道抗日。"

"不大好听。"

"管他好听不好听，行。"李自强同意地说。

"李抗日万岁！"

"李抗日万……岁……"

"李自强万……岁……"

"钱桂芳万……岁……"

喊着，叫着，人们像吵架般闹成了一团，把那些蹲伏在钟鼓楼上的喜鹊都吓跑了。

二十六

季节已经进入了八月。大豆的芽瓣在慢慢地变黄，高粱一天比一天地红，谷子低垂着肥硕的沉重的穗子，苏子在地面上不客气地布着香郁的气息。

要割地了，秋收的工作快要开始。

天黑了，从远远的天边，从远远的山边，黑色的夜大模大样地爬了过来，漫不经意地越过了重障的丘陵，越过了曲折的小河，越过了密丛的林梢和连接的屋顶，把整个大地刷色似的刷了一层浑黑的颜色。

松花江——这东北原野的无生命的大动脉，不休息地仍然在慢慢地流着清清的江水，从微皱的水波中，闪耀着反射的、不十分明亮的星光，微风在低低地吻着平静的江面絮语。

小河流水的声音，守夜的犬吠声，以及无关轻重的人语声，都被这暗黑的巨网给遮掩住了，吞噬住了，似乎和不可知的外界隔了缘。夜是静的，人是静的，空气也是静静的，只有一种清切的、新的声息，在黑暗的巨网的每个脉络上跳动着地散布到不可知的四外的边缘上去。刺刀击撞声、枪机拉动声、奔跑声、欢笑声、歌唱声——杂乱地汇在一起的新的跳动的声音，在整个王家村的夜空中、地面上奔流。

庙前的大操场上，分不清个数地站满黑压压的人，虽在夜晚，那些白胳膊仍在透着亮光，七嘴八舌的人们说出来高兴的、泄愤的诸种不同的话，因为今夜是他们出发攻击敌人的开始。

"明天这时候，咱们早打进县城去了。"

"再不出发，好人也要急出病来，这回可好了，爬城墙头你看我露上一手。"

"这回叫日本鬼也吃吃咱们的苦头。"

他们的攻击目标是县城，在今天夜里，部队要到达指定的县城附近的地点，拂晓时分，开始攻击，弟兄们人人为这命令的宣布而在兴奋！

"我说，哥们儿，娶媳妇那天晚上，也比不起今天晚上快乐呀！"

"比压花会还有劲儿！"

王中藩在摸黑地跳上了平台，用低沉的声音说："同志们，我们一会儿就出发，你们把一切都准备好，可不能乱糟糟的，我们这是行军，是攻击敌人。你们都听见了吗？"

"听见了！"人们同声地用低小的声音回答着。

"两天的给养都带好没有？"

"带好了。"

"绝对不准糟扰老百姓！"

"是！"

"现在——"他拉长了声音停了一停说，"把排长、百家长带出来。"

"怎么，要放吗？"人们着急地问。

"放不得呀。"

"我征求大家的意见，"王中藩接下去说，"你们的意思看着怎样办好，就怎么办。"

两名囚犯提到操场来的时候，人们的怒火马上就跟着燃烧起来。这是一种解不开的公愤。人们的心中，即或把他们打烂成肉酱，还像是不能解恨。

"两位乡绅，委屈你们这些天。"王中藩仍然是用低沉的声音说，仿佛怕被别人听去似的。

“你们的心中改悔不？”他追问着。

“……”

“还跟我们作对吗？”

“……”

“排长先生，你知道你的宝贝疙瘩已经逃拐了不知道？家破人亡，有什么好处呢？日本人管你的闲事吗？你们的日本大爷直到今天也没有来帮上你一帮。”

“……”

两个人哑巴似的谁也不说话，但却可以清切地听到他们的急迫的喘息的呼吸。

“同志们！”王中藩提高了一点声音，然后低了下去，“我们要出发了，如何处置这两个汉奸？”

“枪毙！”

“乱刀刺死吧！”

“扔到大江里喂王八。”

“若是我们把他们释放了，你们有什么意见吗？”他反问道。

稍稍地沉静一下，然后有人搭言了：“你若释放汉奸，我们就不拥护你去抗日！”

“释放汉奸的人，他就有汉奸嫌疑！”

“那么，我们决计处决这两个败类，你们有异议吗？”他问。

没有声音。

“有人反对吗？”

“没有！”这是汇流一处的声音。

“对着南岭我们死难的两位同志致哀吧，今天，他们可以瞑目了。”王中藩说，“我们一方面给他们报了仇，一方面也跟死者道别。把这两个汉奸拉到西边去执行吧。”

百家长这时可慌了神，他喊叫着他的儿子，祈求他给他说情，免他的死难。那位排长先生却失魂似的，沉重地耷拉下头。

在南岭的坟头上，点燃了一个小灯，看起来有如一只固滞在那里的萤火虫。

"再为我们死难同志唱一遍悼歌吧……"王中藩刚刚说到这里的时候，忽然有一个人牵住了他的脚裤。

"报告王同志，我去毙了那两个汉奸吧！"

是独眼龙。他这自动的要求，王中藩有些不大了然。但他答应他了。

悼歌唱完之后，西边响了两响枪声，接着，又响了一声。一个离奇的消息传了过来：独眼龙打死了两个汉奸，又朝着自己开了一枪，他受伤了。

"重不重?"王中藩问。

"擦了肉皮。"

"扶回去好好将养吧。一个好好的同志呀！"

王中藩最后把李自强、钱桂芳留下来负责后方的事情，另外拨了一点队伍。其余的人，在一声清脆的号音中，踏着浑黑路向前迈进。

这是一个整个的攻击战，青嘴子、项家屯、天安厂、桦皮沟、小沿沟的义勇军，也派出队伍配合作战，从各方包围着县城，城里的联络工作也做到了，到时候就会有内应的。把县城这个据点收复之后，还要继续地向外发展的……

星子从天空上睁开亮晶晶的眼睛，凝注着地面上这些前进的武士，刺刀上悄悄地闪着白光，映照着人们脸上的欢乐的笑容。

"祝你们胜利！"李自强和这些弟兄送别，直盯盯地望着他们走去的道路。他和他们所有的人，似乎在共同地看到了那闪动在远天边上渐渐抖跳着的，带着光与热的黎明中……

（第一部完）

万宝山（节选）

一

冰消了，雪化了，山峦，荒原，到处都冒出淡淡的绿苗，是新生的杂草。

是说：寒冷的冬天又过去了。

成年累月呆呆站着的一群土山，山南流来成年累月不稍停息的伊通河水，越水沿山则有一条黑色的铁道，一条直线地展长着，每天有好几次载着长长的列车奔驰。这以外，河山之间，铁道的远侧，延展着一片低洼的广大的荒甸子，靠近，是零落地散布着的乡村。

三月的春阳，洒着和煦的光辉，伴着微温的春风在地面上吹拂着，藏在新生出嫩芽树梢中的雀鸟们，已经把它们从南方带来的新曲开始在歌唱了。田陌上，穿着蓝布短衫裤的农人们忙碌着，赶着马车或是牛车，悠闲地向田中上粪；有的人用铁锨或是铁镐，刨那去冬埋在冰雪中现在已经露面了的高粱根和豆根，堆成一堆一堆的，然后，来一辆马车或是牛车，就拉走了，拉到家里做引火柴。野地上，有些牧童，和些数不清的牛哇，马呀，驴子呀，猪，羊，好些个牲口混在一块，地方格外嘈杂：一会儿驴叫了，一会儿孩子骂了起来，一会儿又会哭号着的。山坡上同样地长着青苗，只不过有的山冈坡沿，为了要开荒，已经被烧成乌黑的一片一片的了。

一群狗，咬着，叫着，各处乱窜，都是为了一只雌的才这样：到林中，过水沟，在山坡上，死缠；一会儿，彼此咬起来，一会儿又咬起来，一会儿又跑走了。牧童们常常跟着追，要拆散它们，有时两方就对起仗来。

在小河中，白的、黄褐的、灰的鹅和鸭子，一群群地游泳，一面叫着，一面伸那长颈到水中捞取食物，不然就弄着自己爱护的羽翅。有些鸡群在田野中搜寻食物。孩子们在那里放风筝。

"谁的猪，这样祸害！"

"锁柱子，爹烟袋家拿来。"

"好好泼，粪泼走了，没看见？"

"赶集的说今年菜籽贵不贵呀？"

"大婶，老爷①快直了，该烧火②了。"

"饮马要等散散气才行啊。"

男人的、女人的话语声，在村落中，在田陌上奔荡着。

各处皆显示着新生，各处都那样和平。

只有那广大的荒甸子，它是寂寞的，没有人耕种它；它是悲哀的，又将平淡地过去一年；任雨打风吹，任杂草丛生，任它死死地摆在那里——又洼又荒，这就使它为人抛弃了。

在午间或是晚上，因为休息，田野中就没有逗留的人在。

万宝山，是这带地方的名字。

二

那一天，正是一个晴和的春天，微风吹人异常轻快，太阳不冷不热地正适中地射出来它的光度。开春的化冻已经过去了，现在的地面不再洼水难行了，除却那广大的荒甸子外。在田陌中，农人们忙着做

---

① 老爷：即太阳。

② 烧火：即烧饭。

工，弯着腰，动着两手。有套马或套牛的犁，从田中犁起，掀出一片片的一块块的湿土到地面上，过些时在不留意中就渐渐地晒干。不能做费力气活计的比较年纪小的孩子们，他们担着水罐、饭桶往田间送。再小的孩子们就放牧。这一带，这一天，各处显现着大小的人，做着轻重不同的工作。至于女人们，年轻的在家烧饭、做针活，老年人则看顾那些吵闹待乳的孩子，忙着，忙着，为了生活一向是这样有规律地忙着。

在大路上，没有几个行路的人，因为人们争着做田间的事情，没有空闲工夫去赶集。路是静静地躺着。

歇头气①时候，马宝山老头子和几个家人，抽着叶子烟②，坐在地上，望着近旁的荒甸子和旁边白带子似的伊通河水，就乱七八糟地讲论起来。

"八叔，这甸子怕他妈的又空下了。"

"简直敢③不如大河，可以走船养鱼。"

"五谷不能种的败家东西！"

"这话说来就长啦，我来这里就有这块荒，一直到如今还是荒，有年头长啦。"

"洼水不干，张瞎子说是天意。"

"地东家不做好事情，王八犊子啥人都有，没有好饼④，还有不坏地气的？"

"想填来的，没地方拉土哇。"

"祖上缺德。"

"也不长树，光长蒿草，真他妈怪。"

真的，眼前大片荒甸子，只是那样年年地荒着，不长树，存水也

---

① 歇头气：指农人每天耕田第一次休息的时间。
② 叶子烟：即旱烟。
③ 简直敢："老实说"或"照直说"的意思。
④ 好饼：即好人。

不深，但总不干。有风吹过，蒿草哗哗地响一阵，此外，总是那么待在那里。附近空地，先后地开垦完了，唯有它一直被弃到如今，连一只鸟都不愿到里面去住。这样，很少有人留意它，它也许会被人渐渐忘去了，但它却有着"官荒屯"的一个别致的名字。

一群家人议论了一会儿，稍停一下，闷着嘴人人尽力地抽着烟，看起来好像这种抽烟会把劳作的疲倦完全从烟气中消去了似的。有的人，眯着眼，晒太阳，吹风。视线离开了荒甸子，他们再谈话的人把话头也随之转换了方向，有人这时问了一声："集上菜籽贵不贵？"

虽然这些都是马家一家人，但因为平常并不是每人都有赶集的机会的，这样人，因而这样问，自然，是问到过集上去的人的。

"贵倒不贵，可有点湿，怕保不住。"到过集上去的人依着个人所见老实地答。

"集上有啥勾当①没有？"

"勾当？勾当倒有点……"

"老六，你快说，趁消闲。"

都等老六说，可是老六好一会儿连个屁都没有放，知道又是他骗人，没有人再来追问。

一下，话头又转到雨水上。

"三哥，过年来不是没下几场雨吗？"

"这一晃也倒有半拉②多月啦。"

"该下阵透雨，湿湿土才好。"

"天气更会好些个。"

"可是你说得好，天爷公事依不了你，龙王爷不发水你能怎样！除非求雨，你说呢？"

"雨是应该下点啦。"

讲到雨，其实是使他们发愁的东西——一下雨，就不能到田里做

---

① 勾当：新闻、消息或事情的意思。

② 半拉：即半个。

事，待在家里铡轧草，弄麻绳，总及不上在外边风凉。可是，他们仍然要盼雨，他们为了要下种——要雨。

下雨天，路上就多了人，光着脚，身上披蓑衣，头戴着大草帽，肩上背着裰子，手握着木棍，低着头向前走路；趁这机会到集上去买些零用的东西，等雨一停，就回来了，天晴仍然动手下田。总是那样忙，他们总是那样忙，连自己都不知忙到什么时候才可以忙完。

这时候，没有人说话。

有人轻睡，有人打鼾沉沉的。

各处田间都是同样聚在一处休息着的人群。

西斜太阳，懒懒地照着。

突然之间，荒甸后转出来几个人，一面走路，一面望着，还一面不停地用手指点着。

剩下没有睡觉的在田中的马宝山，忽地为这几个人影给勾去了眼神，他运用着两只昏花的老眼，用力地望，可是望不出是哪些人。同时他可以分辨出不是本屯的人，又不是专为过路的人，这是毫无问题的，因为他们穿的都是长袍，而且走起路的步法又是那样慢，这两点，不是在春耕期的万宝山地方行路人中可以找到的。

"谁呢？"他想了起来，"又做手势，做啥呀？"

"有景①。"接着他决然地下了断语。

想到身旁睡觉的年轻人眼色好，一定能看清楚来人，他急忙地喊他的年轻的孙子："小全，睁开眼睛，醒一醒，看前面来的是哪些个人。"

一个五十多岁的老头子，说话总是没有多少气力，好容易喊醒人，那几个要看的路人已经走到跟前了，不等他看清楚，那面已经有人搭了话："大爷，这样忙。"

"马当家的，也该放给孩子们做啦，兢兢业业一辈子，如今老

---

① 有景：有故事或有事情。

啦，还不该告老隐退享享福吗？"

马宝山认清了来人，是萧雨春、张鸿宾、孟宪文、任富、刘振国和两个生人，他们正是本屯的人，奇怪，这些人怎么都换装啦？到听完他们说的客气话之后，他自己反有些觉得不好意思，告饶着说："该死，该死，眼色太狗脚①，老几位今天怎么变装啦？"

"不该死，不该死，你要活到一百二十岁呢。"那任富，见了人常常喜欢说笑话。

"我才不干，千年王八万年龟，活一百多岁连人味都没有啦。"

"马当家的真是，说起话来八面透风。"

"老孟，你别冤人。"

本来在睡觉尚未被喊醒的一帮马家小伙子，这时都醒过来，七嘴八牙地说："萧大叔，你好哇！"

"孟二哥，今儿个咋这样闲？"

"刘小嘴，你跟人家吃屁来的呀？"

"任快嘴，你的舌头不是让老婆咬去了吗？"

说着，骂着，站起来让座，座只是地。话没有答，对方直在坐过之后，才有的恭敬地有的玩戏地答着："啊，好，成年六辈都好，你也好。新媳妇好不好？骂大叔媒人不？笑？笑就是好。"

"我天天闲，不像你们爷儿们这样忙。"

"妈巴子，你老婆跟我跑啦，你装不知道？想𰾑嘴？"

"小马，我一不骑你你就不自在，哪天我让你知道知道咱爷儿们的厉害！"

马宝山毕竟是老年人，不惯于嬉骂，愤然说："没好饼！早晨不见晚上见，见面就骂，不嫌絮烦！是岁数小，一点正经的②也没有！"

"你好！你好！你从前不这样？别𰾑嘴！"

受了年轻人的抢白，老头子不由得叹了一口气，这，一方面表示

---

① 狗脚：即不好。

② 正经的：即正事。

着政令的不行，年轻人一个一个很硬的，一方面就有些不胜今昔的感慨，不得已，强笑地对着外人说："老萧，你看，咱俩年轻时这样过？如今人真了不得啦，说一句话他会顶回来你十句。"

"哈哈哈哈，年轻人就是好逞强。"

"可是，"有人插嘴问，也许是想打过话头，"你们几位今儿干吗来得这样齐全？"

"你说呢？"

"说不出才问。"

"有啥事，看看赔钱的东西到底有点出息没有。"

"好吧？"

"别提啦，提起来就叫人生气，你没有看见吗，一样不变？"

"是风水，过几年也许会有金子挖呢。"

没有答，或许有人真盼望能有那样的一天实现。

"抽一袋吧，半天工夫光拌嘴啦。"马宝山郑重地说。

"倒忘记这回事了。"

于是，抽烟，许多只烟袋，咻咻地抽起来，从每人口中吐出的烟，升到天空，过会儿就飘散了。

太阳更低了些地斜了下去。

三

一个晴朗的日子的下午，有些城里打扮的人，在荒甸子的四周徘徊着，仔细地观察着，样子看去很闲散。

一块废地，居然竟会受到人们的注意，谁不惊奇。

所有近旁田中耕田的农人，都为这眼前一帮生人弄得停下工，呆呆地直直地注视着，一面彼此互相议论着："有景，来这一帮人看。"

"也许萧翰林一帮人交红运时候来啦，买卖顶上家门口，那些人想看地吗？"

"不是要开矿啊?"

"说,山才有矿。"

"那怎办,不是也不能种地吗?"

"横竖聪明人不干傻事,城里人总都是鬼头鬼脑的肚子里有算计。"

实在惊动了这些乡下人,为了眼前的徘徊观望的陌生人,他们每人心上都有些忐忑不安,生怕这块地方此后有什么不好事情在村子里发生,那可就是有些不大好……

同时,在陌生人的人群中,也在不停地谈论着:"警部眼色真好,他也真留心。"

"中川吗?他实在能干。"

"真是一块好地方。"

"好有五百垧。"

"不止。"

"河水正够得上,从哨口掘沟。"

他们走着,看着,谈论着。

田里的农人们依旧向他们呆呆地望着。

这个城里打扮的人们看地的消息,不一会儿工夫,已经传遍了村内,就连小孩子都知道了。

许多人,各在自家门口向着同一的方向张望。

好像是一个奇迹,又似乎隐藏着神秘。

马宝山这天正留在家里没有下田,这时也跨出门,向田中走去。他比别人更关心:不管荒地弄成什么样子,他是地邻主人,总是有关联的。他唯一的希望是这群人和这块荒地没有勾当才好,即不幸,纵然让他们弄到手,只要不坏地气也不要紧,因为地气要一坏,全个村中可就难免遭灾挨饿了。

"一帮不三不四的东西,不会有好事情。"终于在他一边走路的时候,一边做着这样的想象。

"来呀,大爷。"

当他走到自己的田边时，他的家人叫他。

"是，我知道。"

可是他没有停步，径走向陌生的人群去。

"贵姓啊，当家的？"

两下碰了头，城里打扮的人堆中一个生人问。

"好说，姓马。"

"住屯里吧？"

"就是，就是。"

说着话，马宝山已经走入人群，他接着反问一句："你们老几位哪儿来的？"

"城里。"

"小地方可是福分不浅。"马宝山这话是客套，也是讥嘲，但这只有他自己才知道。

"不敢当，不敢当。"

大家眼色都注视着他，看着他这个庄户当家的老头子。

"你老五十几啦？"

"五十八。"

"好身子。"

"穷人穷命，不修好身子怎办。"

"那是你老的地吗？"

"啊，是的，是的，几亩薄田。"

"有福有寿的老先生。"

马宝山到这时笑啦，觉得城里人倒也很和气、有趣。

"可是，我倒忘问老几位贵姓啦。"他在说着抱歉的话。

那高个儿有八字胡的人说："我姓郝，郝永德。"接着他指着另外几个人，"他是李锡昶，他是沈连泽，李造化，金东光，朴鲁星……"

这时候，田里面马家的人都跑过来，团团地围着，另外有些旁的人家的农人也来了些。

新来的人群中有人问："你们老几位打算做啥事？"

"啊，没有事，看到这地方觉得很好。"

"好？"

"是的。"

"荒到如今五六十年啦。"

都在尽力地看着这群生人，但都是露着怀疑的眼光，仿佛要从他们几个的身上看出来什么东西似的。也可以换句话说：觉得这几个人是祸根。有人看出来那几个人是朝鲜人，立时地，心有所悟般地说："我知道啦，你们是要种水田。"

"不知道地能不能租妥。"

"荒地，谁不租，除非傻子，找都找不到主！"

"哪家的地主？"

"多啦：萧家，张家，孟家，刘家……人家很多。"

"不好办。"

"好办，空地租租子谁不干！"

叫金东光的那个人，这时候变更了话头问："地主住哪儿？"

"都住后屯。"

"多远？"

"不远，就是那边，打听萧翰林人人知道。"说这话的人用手指着方向。

"好，改日见。"

大个子郝永德说完话，领着几个朝鲜人向后屯走去了。

人们这时明白了事情的原委：原来是朝鲜人要来种水田。朝鲜人种水田真拿手，比旱田地少收成多，真拿手。

大家议论着："这一下找到婆家啦，这荒地。"

"也许就弄不妥。"

"不能坏地气呀，要掘沟哇。"

"朝鲜人也都是鬼头鬼脑的。"

"没法子，谁叫咱们人不会种！"

"他们来种咱们倒可以偷着学学。"

但马宝山老头子可有些发愁啦，他预料若是这群人租妥了地，他想象起来这地方将来的情景：雇些人、斩草、开荒、掘水沟、弄来许多人。人有好的有坏的，使人担心。往伊通河掘水沟，近便点一定要掘他自己的一段地，或者一片地，这一来不是糟糕嘛，怎能够不叫人发愁呢？不管怎样，掘地没有那回事，那可不行……

开这荒要一大泡工钱，朝鲜人哪儿来的？……

这万宝山，那时也许变成了"万糟山"……

一掘沟，就掘坏地下龙脉，龙脉一坏，常常要发大水的……

郝永德吃吗食的，他怎就弄动朝鲜人？……

安居乐业的日子，没有啦？……怕要完了……

"管他妈的，自己做自己的活！"

"谁运气好谁发财！"

"种水田也一样赔钱！"

"赔一下就知道滋味！"

人们叫了起来，马宝山的思潮被打断了，不想了，不愁了，看了看田面之后，吩咐着家人们说："去，该去做活啦。"

被吩咐的家人们，就又回到田间照旧地工作着，旁的农人们也都散开去，剩下马宝山一个人，徘徊在野路之上，不时地，低下头看看地下，又抬起头望望青天。

四

头道沟，是长春日本租界地的名字。从前时代，只是一些荒地，自从划归日本做了租界地之后，渐渐地马路修好了，洋房修起了，一下子变成了热闹的地方，每天，马路上不断地奔跑着各式车辆，行人更是很多。从头道沟的南满车站到中国界桥头有一条大马路，在路的中段，路北，孤立着一座小洋楼，门上挂着一幅木黄色的木牌子，上面写着不大好看的墨字是"长农稻田公司"。楼前有小小的天井，靠天井面南的楼下屋子，是一间不大讲究的客厅，里面电灯正亮着，时候已经是夜晚了。屋里设备是对门立着一面大穿衣镜，地当中安置一只长方桌，桌上有茶杯、茶壶、茶盘、洋火盒和一筒"哈德门"香烟。桌旁摆些小凳子，另外衬着几只小桌与沙发、藤椅。墙上悬着一只挂钟（这时快到八点），墙的一角有一个痰盂，再有一套洗脸用具，就是这些陈列成了这个客厅。

现在享有这座小楼的主人就是郝永德，他这时正躺在沙发上，等候有人来。

他，是个四十多岁的人，大个子，两眼猾溜溜的，看过去，并不能因为他年纪很大而使人轻易忽略过，谁都会觉得他的眼睛、他的样子是厉害的。一套宽大长袖的哔叽衣裤，衬着那八字胡与苍黯的脸色，真的，那样子是正牌的街溜子①，若是一个生人走进来，看到他那样子，万万想不到他就是楼房的主人。

他，不仅是这座楼房的主人，并且还是这个"长农稻田公司"的经理呢。

他做经理，是因为同中川警部要好的缘故。这公司，是警部和领事商议好开办的，打算十年之内，把长春农安一带地方，都借着水田的名义，雇大批朝鲜人来种，收到日本帝国的势力之下。十年之后，朝鲜人在本土渐渐减少，在长春农安一带却增加了，以朝鲜人是日本的国民关系，就可以从事实行发展帝国主义的侵略政策了，这也是日本人侵略中国的一种手段。

两年之前，因为郝永德他正在头道沟开着最负盛名的"潇湘馆"窑子，正好中川警部每星期都要光顾几次，所以他们成了熟朋友，一直到现在，他赚了些钱，关了"潇湘馆"，拣两个最年轻的窑姐留着

---

① 街溜子：相当于流氓。

253

自己用，自乐天年，却不想又做到了这个公司的经理。

白天，他同几个朝鲜人，在中川警部指示之下，一齐到长春县辖下的万宝山去看荒地，地主也见过了几个，事情很顺手，他这时正等候那几个朝鲜人的到来，好商最后事。

他歪着头看壁上的钟，钟这时恰好响了八下，但他等的人还不来。门外马路上马车铃声和马蹄声一阵一阵地响。背面远处有时传来火车的叫唤。

吹进屋来一阵风。

"老常，"他伸出两手往头上一背，喊了一声，"倒茶。"

"是，老爷。"

"快点。"

"就来了，老爷。"

一个二十多岁的听差的送来茶水。

"烟抽不?"听差的问这话是献殷勤。

"刚刚抽过还没看见!"

碰了这个钉子，听差的悄悄地退出了。他的好意思是怕老爷接待客人精神不佳，问他要不要抽烟，因为老爷抽的是大烟①，不能在人面上抽，所以他问，不想却得到这样的结果。

经理有些等得不耐烦样子，猛地立起身，背着手在屋里踱步走。地板悄悄地响，人影在墙上晃动。

他走出屋外。

那天井中，原是由那个听差的亲手栽植有一些植物的，但因为久疏于灌溉，它们在失却滋养之下，就先后地伏在地面上死去了，只剩下形状不一的残骸，还在那里僵卧着。倒是有些青青的杂草，从各个不同地方，趁人们不留意中，不时地一群一群地冒出头到地面上，不管人们怎样地践踏，怎样地不理会，一味地生长着。此时的经理，正

---

① 大烟: 指鸦片烟。

站在这样在不留意中生长出来的草地上。

在天井的一角，也还有一棵樱桃树和几枝不知名的花，虽然是在夜里，但凭借门外马路上的灯光，经理是看得到的。他此时正把视线移到这个角落上，不过，那樱桃树早已经开过了花，连结的果子都吃过了；那几枝不知名的花，虽然开着各色的花朵，两样东西全是没有一丝的芬芳气味喷散出来，这使经理的兴致不能兴奋起来。

他接着在天井中背着手踱步。

门外马路上，人是一个又一个地行走，马车、洋车、车铃、马蹄子、人的脚，当啷当啷、啪嗒啪嗒地交响。人人都带着很忙的样子，好像他们的身上背有做不完的事。天空是并不怎样黑，因而闪射着的星光也不显得十分亮。街灯在不同的位置灿动着，也正驱散一部分的黑暗。

踱了几个圈子步的经理，本意是借此消磨时间，不想要等的人依然没有来，他可有点不大自在了。"混账东西，闹着玩不成？"自己一面骂着，向空中呼吸了一口长气，又走回客厅里去。

这回他没有坐下，单是用那只枯瘦的右手，不住地擦着穿衣镜上附着的雾气，端详着自己的脸。

当他回过身，正想伸手拿一支"哈德门"来抽的时候，忽然楼板上起了一种轻微的声音，立时地，他呆住了，两眼死盯盯地注着楼板，好像有什么东西在楼板里被他看到了似的，又像在想到了什么东西似的……

沉静。

"嘀嗒，嘀嗒！"挂钟有节奏地响。

门铃，这时候突然响了一声。

"老常！"打断了经理的呆想，他猛地喊了一声。

"是，老爷，我听到啦。"

这下子，等的人果然来了，正是白天那几个朝鲜人，先后地坐在长方桌子旁边的凳子上，一坐下，那样子就像是预备要议论些什么事情的。茶斟上了。抽起来香烟。

"等你们好久。"经理开了话头。

"劳你久等了。"

"那你们不早来!"这话里又有怨恨又有嘲笑。

"有点小事情。"这人就不好意思地推脱了一句。

另外一个人问:"郝经理,今儿个累不?"

"有一点。"

"你的腿可不是轻易走的。"

"还是可以走。"

"……"没有人说话了,面对面地你看着我我看着你。抽烟,沉默着……烟伴着沉默罩笼了全个客厅。

忽然,经理喊了一声:"老常!"

"是,老爷。"老常就跑进屋。

"买鲜果去,再到御果子司买点点心,拿褶子。"

像一般仆人们听完主人吩咐完话那样子,老常去了。他一面走,一面盘算着买些什么东西,并且要多买一些,因为剩下来他可以吃得饱一点。御果子司的日本点心真好吃,从来吃不够。

目送着仆人出了门之后,翻一翻眼,郝经理接着用手摸了一下八字胡,然后,向几个朝鲜来客说:"我们书归正传吧。"

"好,书归正传。"

"李爷,金爷,你两位意思怎样?"

"地倒很合适,片量①也很大。"

"河水正够用,从哨口掘沟。"

郑元泽说:"王家大院好住一百多人。"

"上秋保丰收。"朴鲁星说。

"定要二百多人开荒才能行。"沈连泽说。

---

① 片量:指土地面积。

"钱，公司有的是。"经理把这句话说得特别有力量。

"有钱就有人干!"

"不用犯愁。"

"静等着吧。"

"一坰准好出八石。"

大家你一句我一句地乱说。

"这么说，妥不妥?"经理郑重其事地做最后的探问。

"租好了。"

"租，包你做着这买卖。"

这正是经理所需要的话! 他连连地点着头，随后是沉思着像在盘算着什么事情。另外几个人都在望着他的脸出神。

屋子里寂静得很。唯其如此因而是显现着死气沉沉的景象……一连响了九下钟。没有人留意这事情。

这时候的屋子里，在半空中浮动着一层层的香烟气，几个人恰好做了烟雾中迷离的人物。屋子里气压很低，热。穿衣镜上罩了一层雾气，非但不能照见人，连本来的亮光都没有了。地面上，乱七八糟地躺着一堆一堆的痰，像地板上挂了彩，又像些缩小的云幕，又像些放大的蚁群，至于那个痰盂倒是空着个嘴，没有什么东西填进饥饿的肚子，仅有几个香烟头伴着它。

继续着沉静。

各人皆似在默想些什么。

推门进来的老常，打破了沉默冥想的状态，他端好一个方盘，装着各式不同的点心和水果，用小瓷盘盛着，里面的颜色各式不同，很好看。立时，屋里面散出一股说不出的清香气，刺激着每人的嗅觉，精神为之一振: 情景全变换了，人们的眼睛一个一个地都注视在方盘上面一处地方。

听差一样一样地在桌子上放着东西。人们的眼睛跟着那放东西的手转动着。

"这怎使得。"

"罪过，罪过。"

"经理这样客气。"

客人们客气着，表示着不安说。

"小意思，这就够慢待了，以后靠你们几位帮忙的地方多着呢。"经理笑着说，"来，咱们一边吃一边说。"

于是，点心哪，水果呀，一件一件被拿到人们的手中，送到口中，然后，溜到肚子里去。桌上的东西，就这样在慢慢地减少。

但，相反地这时在地板上却多添了些果壳、果皮和碎纸。

"真的，你们种水田实在拿手。"到这时，经理似乎才露出精神，运用着他酬世的艺术，嬉笑地奉承着说，"是祖传的呀。"

"不……"李锡昶答，不等答完，又让经理截住话头抢着说："我们人真不行，成年到辈就知种旱田，多搭工，少打粮，两面不讨好，哈哈……"

"旱田有旱田好处。"

"啥好处，老庄稼人年年叫苦，哼，我们人真不行。"

"日本人倒是能干。"

"那，你可说，再说就过啦，日本人是人，中国人连他爹的猪都赶不上，哈哈。"

"不一定都这样，中国人。"这个人说这话是捧经理的场，因为经理毕竟也还是一个中国人。

"都是，我就是一个猪。"

"经理可不要这样客气，像经理这样能干的人，在我们人里真不多。"

"哈哈，客气，客气，我从来不会客气，你们吃呀。"

这时，忽然有人问："不会租不妥地呀？"

"哪有租不妥一说？多给几斗粮，没有不干的，谁不知道地是成年荒在那里！"

经理这样地断定，自然他是看穿了那几个地主了，知道这一项事是不会有什么问题，并且是有着把握的。

远处马路上闹了起来，人声、车铃声、马蹄声，混在一道，比适才经理在天井中踱步时还厉害得多。

"沈阳晌车到了。"

"那地方很好，离大鼻子火车道很近，往东北一走就是米沙子火车站，满够得上。"

"好体面一片地，真可惜，荒了几十年。"

"经理，事情要赶快办哪。"

"没错。"经理有把握似的答。

"真的。"

"我明儿个一准派人去。"

"万宝山又出来'万宝田'。"

"哈哈哈哈……"大家放肆地笑了起来。

"老郑，留心雇人。"

"没错。"

十点钟，一下接一下地打完，那最后的余音，在屋中回旋着好一会儿才消失了。

客人中，郑元泽、朴鲁星说："啊，天不早啦。"

"咱们该回去啦。"

"不忙，坐坐。"经理留客。

"改天再谈。"

"谈谈家常也不要紧。"

"经理真不枉忙中有闲。"

客人们站起身。

"吃饱啦，喝得啦，怎么谢谢经理呢?"

"快不要这么说，招待不周的地方可要请几位原谅啊！"

"明天再见。"

"再见，经理。"

"我可不强留啦。"

"好，明天会。"

几个人，推回去送出房门口来的主人，一条直线地退出屋子外，老常给开开门，走出去了，几个人影在马路上动荡起来。

经理有点疲乏了，想要睡，但忽然间想起一件事，使他特别兴奋，又是惶恐不安，马上戴了帽子，一面向外走，一面自语着像在责备自己："昏了，忘记了这回事!"

"老爷，哪儿去?"看经理这样子，慌头慌脑，当他往外走时，老常问。

"到警署去。"

"几时回来?"

"十一点。"

他走了，到警署找中川警部去拿那一万块金票中国官厅运动费。

"他妈的。"剩下老常一个人，在桌子上找不到好一点的吃食，一面恨着几个朝鲜人吃起东西不留点情面，给主人多剩下一些，一面就这样地骂了一句。

五

夜。

在长春城里××街马县长公馆。

天很黑，门洞下所有各公团赠送给县长颂扬德政的匾额字迹，都看不清楚———一方面由于一盏门灯的光亮有些照映不到。青砖砌成的大墙围着两层的四合瓦房，从大门经过二门一直到后院正房有一条修整的砖甬路。每座瓦房檐下都有窄小通路。大门里和二门里有两道屏风，所以无法从正门一直望到里院。

一个县长的公馆，当然不缺乏人属的，如果你放眼看上一看，那你就看出公馆的里里外外，是有着许多的人来往。特别是在门口，停有好几辆马车与人力车，车夫们靠墙站着，本来是从许多不同的地方，拉来大大小小的官员，到这时，大家聚到一起，由于身份的相同，大家倒是很尽兴地谈了起来。他们的谈话范围，起初总免不掉是说些每个主人的为人，但多半又是属于大方与吝啬的或是怕姨太太到半夜下跪的一类事。此外，因为谈话长久了，那就会也把自己睡过什么样的窑姐的事情，自动地说出来。招笑的地方，大家就小声小气地笑一阵，有的弯着腰，有的人甚至按着肚子。

在不同的时间，车子就渐渐地减少，谈笑也就随之收场了，车夫们拉着各人的老爷又到别个地方去。

在这样的情形之下，马县长在他的前院正房东间的客厅里，接待完了来拜见他的一些客人，看看墙上的挂钟已经快到九点了，就吩咐听差的关照门房再不要收片子，稍停一下，他要陪五姨太太去抽烟，然后好赴公安局局长的夜宴。

客厅里的装饰，可以说是一个很合于官人用的客厅，一切应用的应有的都不缺少。只是马县长自己，也许是他的用人，不懂得装饰的艺术，屋子里没有油漆，更没有画些图案画，单单是粉白的四壁，这样的衬景，不免有些减色。好在马县长是不拘泥于小节的人，同时是每天陪伴五姨太太这件功课都弄得不大好，哪还有闲心顾得图案图底这些。他此时正躺在沙发上，趁这点余暇，对着电灯光，呆呆地在想着一些个事情。

做县长的想的事情，当然与平常人想的不同！他想了。

他想，第一要在几天后进省拜见参谋长……

第二件，撤换财政局局长，他弄钱弄得太少，没本领……

第三件，要买些好烟膏……

第四件，是把五姨太太的兄弟委个怎样的好差事……

第五件，第五件还不等想好，老门房进屋来送上一个片子。

"啥事？"这是何等出乎他的意料哇！接着他不满意地说，"我不是叫听差的告诉过你吗?"

门房老头子呆站了一会儿,不知怎样是好,虽然,他终不能不辩护,就口吃地说:"我——我——忘记——啦……我……我……"

这可难为县长了,难的地方在这里,就是,他不能像平常一般的官似的向差役发威,不能在这老门房面前摆身份,因为这里面是有一段前缘的。前缘是:当县长六岁的时候,曾经有过一次差不多让粮车轧到了的一件事,亏有这个老门房修好,也许这事情只有天知道,偏偏路旁就有一个这样的人,一把手抓住他,救了他的小命。从此之后,他就被留在县长家里做些事情小拿钱多的事,一直到现在,人老了,县长做官为宦了,放他一个门房的美差,这差事,是很可以拿到些钱的,也正是许多人花钱运动太太们管事人们而得不到的。自然,这就正是县长不忘旧恩报答恩人的地方。所以这就是,纵然有怒火千丈,又哪好对他发泄呢,他的年纪又是那样大,快到五十岁的老人!因此,县长有些难以对付他,更不好意思向他为难。

真的,县长难住啦。

接过片子? 不,老实讲,实在不大愿意。

不接? 不接怎对得起这昔日的恩人?

老门房,在县长为难中,经验与世故告诉他是说话的时候了,怯怯地说:"老爷……就……就这一回……"

完全把弄钱、买烟膏的事忘开了,这时的县长,单单是想着怎样对付这个老头子。

"那么,片子拿给我吧。"虽然这样说出来,但县长终于叹了一口长气,他这种不自然分外勉强的样子,是给老门房一种暗示,暗示老门房以后不可以再违反小主人的命令。其实是他多余,老门房自己知道,干了好几年传达,不过只干这一次,闯过这一关,以后自然不会再冒这样的险事了。

用怯怯的步伐,老门房走向前,把片子呈上了。

其实,门房的苦衷,比起县长的还要厉害,他为什么在县长发布命令之后还冒这次险呢，况且那片子上的人名又不是有什么大不了的官级的。从来，他是谨遵着县长的意旨，"官级不大人们的片子，不要轻易接见"的信条的，今天，他不然，他把一个平常人的片子送给县长，而且还是违令，这正是因为他有良心，人不坏，才这样！那请求谒见县长的人，都是因为前些日子，对他有过两次的应酬：请他吃一顿××园，请他老头子逛过一次"玉香班"小翠花，以外，三百块朝鲜银行老头票被送上手，这样宽宏大量的人，该多么难得！人家肯这样地为你花费，求到你家门，银子钱没有，难道自己就不能帮帮忙，在可能范围内接见一下县长吗？再想另一面，县长虽然通知了不让接客，就拿自己的老面子摔了次，他也未必就退回吧，不能吧……

因此老门房肯违背县长的命令干。

郝永德。

县长先看大字人名，没有名，人也不认识，接着看官衔，这是县长一向接片子的老套：长农稻田公司经理。

"老门房，真老昏啦！"县长看完官衔想，这样一个从不认识的人，一个买卖人，给他见什么？不，他忽然心里一动，在他的以往一些经验上，他想有接见他一下的必要，并且，那毫无疑问是于己有利的。算了，破费一点时间，就当少陪一会儿五姨太太又有什么要紧！他随即向老门房笑着说："去吧，召他来。"

如得到大赦的囚犯似的，老门房心中顿时一快，赶忙转身走了出去，全个儿老脸带着欢笑的神采。

"难为你啦。"当门房领着郝经理向院子里走的时候，经理抱歉似的向老门房说着这样一句客气的话。

"小意思。"

接着，两个人走进客厅。

"县长老爷。"

"郝经理。"

老门房向两面说，县长站起身。

经理深深鞠了一躬，县长还了礼。

"请坐，请坐，"主人堆着笑脸让客，一面照老规矩喊，"倒茶。"

"好说，好说。"客人答谢主人的盛意。

门房得意地溜出客厅去了，倒过茶的听差也去了，屋里剩下主客两人，对坐在一个茶桌两旁的椅子上。

当县长第二次打量着经理的时候，忽然红了脸，像有什么紧急发现似的沉思着，像在盘算什么有关系的事，因此，他竟然把应答客人的事情完全忘记了。

"县长老爷，这样深夜打扰您，实在不过意，要请您多方原谅才好……"

县长没有答，只是看了他一眼，又坠入沉想中。

"长春地方自从老爷驾临之后，风调雨顺，国泰民安，实在是老爷德政感化了天地。"

接着又说："长春地方，华洋难处，可有点不好治理。"

县长再向经理看了一下，仔细地，久久地，然后决然毅然地说："我从前在哪儿见过你。"

"这，这倒记不住啦！我怕没有这洪福，哈哈……"

县长用手搔头，又说："见过你，一定是见过你。"

"那……"经理的话是说，大概在"潇湘馆"吧，但不等他想下去，却让县长抢先说了："啊，我想起了，在'潇湘馆'，那不是你的买卖吗？"

"啊，是的，是的，老爷记性真好，我倒忘记啦。不错，那时县长常去，我真该死，这怎好忘记呢。"其实他才没有忘记，他原来是不愿意使县长想起来他，知道他的身份，这个鬼滑头现在他不能不这样说出来了。

县长这时精神十足地问起馆里的旧事。

"香君在不？"

"从良啦。"

"叫天呢?"

"到天柱楼去啦。"

"黛玉?"

"啊,老爷,我倒忘记告诉您啦,我的买卖关啦……"

"怎的,你不做啦?"

"是的,老爷,日本人常常去起刺①,一不对,就找别扭,买卖不好做,受小鬼气,何苦来!关门好些天哩。"

"呵……呵……"

后院传来一片女人的笑声,县长的神思被打动了。从这些笑声中,他分出来哪个声音是五姨太太的声音,那声音,好像专在暗示给他听的,就是说要他快些回到卧房,好抽烟,好……因此愈使县长想到五姨太太的好处,迷人处,以及……

县长悔恨不该接这个客!接着他又想到五姨太太的身上,就是这一点,稍有些使县长觉得不大好,不过这不要紧,她的好处多多的,她那小模样,那蛮笑,尽够了。五姨太太出身不好,因为她是旁人的妻,那个丈夫,是县长衙门里的一个文牍员。天给县长成全美事,在一次宴会上,使县长发现了他的心目中的美人,他想她,费了好多苦心,用了好多力量,花了好多钱,他究竟靠到县长的官位,把美人弄到手了,多难得!他给那小文牍员另娶一个妻,他给他钱,给他升官,做科长,不说是条件,说它是报酬吧,两方同意,事情做过了。……这一点,不是不大好吗?……

这时候的经理,也似失神地呆呆地听着,两眼直注到天棚上,一动也不动。

屋里很寂静。

厅前一个小巴儿狗,不知是看到黑暗角落中有什么可以猎取的东

---

① 起刺:指捣乱。

西，只是不住地叫吠着，那套在脖子上的铜摇铃，跟着它身体的摇动哗啦哗啦地响，但它除了站在远处叫吠之外，并未向注视的地方去猛扑。也许那黑暗中并没有藏着什么东西，那就是它闲着无事恶作剧了。

打了十下点钟，当当当的。

打断了县长思潮的是狗吠与钟响，看看客人，客人也在愣着，他端起来茶杯，喝了一口，抱歉着说："咱们说到啥地方啦？"

"啊——忘记了谈到哪儿。"发觉自己是坠入怎么不名誉的沉想中，客人惶恐地不安地答，接着，机警地向主人诘问了一句，"您困了吧？"他是要把自己的短处掩饰过去。

"没有，没有。"

这时候，经理慢慢站起身，一边把右手伸在腰带里掏着东西，一边慢慢地说："老爷，我来这儿有点小事，老爷开恩赏我一个脸……"

"呵……呵……"

"我就是，"经理掏出来一个包，在往打开，说，"为了这件事情来的……"

"你……你，你说吧。"

"听说是五太太高寿快到啦，一点小心思……"

"不敢，不敢，"听出不是求官剜门路的话，县长的话音壮些了，"何必这样客气呀。"

"就是太少啦……"

包打开了，两副黄澄澄的金镯子，亮光四射耀人眼睛。一只精巧的金女用表，也正射着反光。两大包上好的烟膏。三扎老头票，有一扎老头像露在外边正向着新主人微笑。

"就这一点，"经理笑着说，"老爷开个恩。"

什么开恩不开恩，送到家门的东西除非傻子才不要！而且这些东西和老头票，又特别是送给五姨太太的，多么使人高兴！于是，抖擞起精神，县长用劲儿地对客人说："我替五姨太太谢谢您，郝经理。"

经理还是抱歉似的说："太少啦。"

但经理到底得到了最后的胜利，因为县长终于说出使他满意的话，那就是县长送他出门之后，诚恳地向他说："以后有啥事情来找我好啦。"他是何等高兴！

可是，县长不是也很高兴吗？他急急地回到客厅，点明了三千块金票，并金手镯、金手表、两包烟膏，笑嘻嘻地一直走到五姨太太的卧房。

六

郝经理在三天以后，按照他预定的计划，给县公安局同第三区分局两个局长，先后地送过礼物，此外还请两个局长吃了一顿饭，逛过一次"扶桑馆"。他正在进行租地的事情。

万宝山一带地方的人们，这时候都知道久经荒芜着的官荒屯已经有八成找到婆家啦，再过些日子，地方上就会有什么变化的。起初，有些人不信，以为除非是傻子，谁肯租那块荒地，租的人没问题会要赔本的。可是听说了租地的人要种水田，而且用朝鲜人种，就又觉得不至于赔本，进一步以为事情是更可能——人们都知道朝鲜人对于种田是很拿手的。马宝山和些同村的人，现在明白了郝大个子几个人那次看地问地主的事情，真是，竟会实在是他们那群人来干了。

这消息传布迅速，比无线电还要快得出人意料，人们固然为荒地主们帮着欢喜，一方又怕来了一群生客闯出什么差错，可就不大相宜了。地气好坏不用说，单说掘水沟，掘不好，到秋天河里发大水，这五百多垧大片的水田，万宝山小地方可禁不起大水淹。

于是，在人们的幻想中，立时地浮现出各种不同的水灾图。先是下大雨，雨，天天下，一连下半拉多月，旱田里都已经装满水，水田里简直是一片汪洋；人家的房子，全让水围上了，还有，山上泻下来的水，冲到村子里，伊通河上头冲来的水，冲开水沟，漫天漫地地漫过来。接着，全个万宝山，除去山顶、云天、水苑之外，什么都没有了，人哪，牲畜哇，东西呀，辛辛苦苦血汗中换来的钱哪，都混进大水里头喂王八去了……血水染不红雨水，尸首漂到水面上，鱼鳖们吃不了再来老鸦啄……这都是为了什么缘故？不是造孽吗？十天或是半月水退了，再过后应该怎么样呢？——什么都没有了，全个万宝山只剩出一片荒凉景象，房倒屋坍，连些石磨都冲得无处寻觅，人烟在村中灭迹！多可怕呀……

这样类似的水灾图，他们一想到，前前后后一比较，不，种起水田真怕有这样坏下场！

三月的春光，和煦地放射着光芒，风是带着些温气吹过来。天光好，人的精神痛快极了，人们愈因此感觉到自然的美妙，愈不愿灾难的临头。

山上的青草，树上的绿叶，渐渐地增多，那些枯黄的萎叶，慢慢地消灭了。小鸟在空中飞翔，在树梢上歌唱，鸭子在小河里洗澡、欢叫，全都是因为春光既然到来之后，一切都有了转变。一年的一个起始，看这样子正像个好的征兆，真的到夏天下起大雨，发起大水，把村都淹光了，这可不是一件闹着玩的事情。人们为了这种水田消息弄得昏头昏脑的，不知怎样是好。

彼此间一见面，多是谈这件事。

"老谭，你觉得怎样？"

"不会赔本钱哪？"

"光开荒也要半月二十天。"

"水沟也够掘一阵子。"

"潦年头雨水多，可不了。"

"就是怕这勾当啊。"

"头二年赚不到钱。"

"涨起大水可怎么办！"

"萧翰林这帮东西运转鸿钧，福星高照，祖上八辈阴德，枯树也

268

要开花。"

"我说也好也许不好。"

大家的意见，总起来说是不同意，最大的原因是怕涨大水，别的倒还是小事。但他们也只是背地里谈论罢了，一遇见地主人时，还要格外装作鼓舞欢欣的样子说好话："老张，听说荒地找到了婆家，啥日子出门哪，我们好吃个喜酒不好吗？行不行？"

"快啦，喜酒万不会骗过你老哇！"

"姑娘一出门就由不了自己，要听婆家管束，有个好歹，娘家人也没有办法，婆家好吧？"

"婆家看样子不缺钱。"

"那你老人家再不愁穿衣吃饭啦。"

"穿衣吃饭倒不敢说……"

"哈哈哈，一定痛快地吃这场喜酒。"

"好，好，越多越好。"

…………

很有些像这类的谈话，因为大家都住在一个村里，很熟识，见面都是叫大叫小的，怎好意思说不好听的话，说不赞成怕涨大水的话。

但人们的心里，终于不能不想着，万宝山，万宝山旁不久将有一大片水田，山，水……山，水，涨大水，连成一大片……

在官荒屯一带的地主们，他们自然也有他们的打算，他们想横竖地年年荒在那里，不出粮，空纳租，是多么不上算的一回事。一向没有佃户肯租种，那没有办法，现在既然郝永德肯来干这傻事情，赔本是在数难逃的了，但这一点不关系地主的身上，地主除非是些傻子才不干！好容易，像天上掉下来的一颗金蛋，踏破铁鞋还找不来，这一回送上门，你还能推出去吗？尽管地主有好些家，大家的"同意"是一致的，不管租地人是干什么的，朝鲜人来种水田也好，种水田收的租比旱田既然要多，多不是更合算吗？所以，他们都同意出租了，并且照着郝永德吩咐的话做，赶紧办了一个请呈到县第三公安分局。他们的幻想，是有前途，前途是有的是好处，可没有一个人料到涨大水闹水灾的事情。

他们的请呈递上之后，第三分局破了平日的惯例，非但不压下候些日再看，倒是很快地又为办了个呈文呈到县署里去：

> 呈为民人张延堂萧雨春等，拟在三区官荒屯，招入佃户郝永德、工人韩侨沈连泽，开垦稻田，仰祈鉴核示遵事。窃据万宝山住户张延堂等呈称，民等在官荒屯有荒甸一片，二百余垧，距伊通河附近。该荒甸业已升科，历年封租在案，虽属升科纳租，而岁中毫无出产，徒受担负之苦。查此甸既距河近，正宜开垦种稻，以便获利而重民生，又减去担负之苦痛，有百利无一弊。种稻之事，郝永德不明方法，拟雇工人入借韩侨沈连泽等开垦耕种。因荒甸二百余垧，骤来多数工人韩侨开垦，恐官家不允，是以联名呈请，仰祈转请示遵，以便兴工，则感德无极。等情，据此，区长查民人张延堂等所呈，确属实情，该荒开垦种稻，甚为相宜，可否之处，理合具文呈请，仰祈鉴核示遵施行，谨呈长春县政府县长马。
>
> 长春县第三区区公所区长曹彦士
> 中华民国二十年（1931）三月二十六日

这请呈，万宝山地方的人是都知道的。

知道了能怎样？不错，他们全知道，但知道之外有什么方法阻止吗？凭什么理由阻止，人家也好租好种，哪家不是靠种地收租吃饭！没有法子办，只有听凭人家了。

在万宝山这一带地方，官荒屯的领主和其余的人们，从这时起俨然像有个对峙的局面，虽然他们并不是枪炮火药来肉搏，却是暗地里掀出正相反的两个不同的想头——一边是盼望着光明的前途，一边正在为前途而担忧。

不过，只是在内心里想着罢了，更不会因此而有实际上的冲突。正盼望着光明前途的人们，固然没有想到另外人身上的好与歹，依然如平日一般对待其余的人。至于其余的人，除了兼或说几声"或许不会批准吧"这样话，希图真能成为事实以外，一切待人接物也仍然与平日一模一样没有丝毫的变迁。

七

在头道沟的"大世界"饭店兼旅馆的大礼堂里，坐满一屋人，有穿戴入时的城里人，有衣服破烂的乡下人，两方面，恰是相反地映衬着。而人们是三个一块，两个一群，有的嘴里谈家常，有的心里打调停。瓜子壳、香烟头、水果皮，落在地面上，堆积成一片一片的是那样多，吃在每人肚子里的东西更可想而知了。谈话的人，又多，又都不拘禁一点喉音，屋子里因而一点也不清静，只听到一种哨哨的浮乱声在室中荡动着。穿着白衣服的侍者，端着些零吃东西，不住地屋里屋外地出入。

临街那面的几个窗口，此时窗子大开，有些人倚在窗口，望远处，望街面上的景物。望远处，其实望不到多远，视线被别的建筑物挡上了，看到的也只不过是楼房、烟筒、飘动着的日本国旗或是一块天。望到街面上，是有些人、马、车，来回地忙碌地奔走着。风，有时吹过窗上来，可是差不多让倚在窗口的人们给挡住了，不能随意地通过到厅堂的里面。

一些乡下人，坐在座位上，或是望着什么东西，那情景总是两样。随他怎样，终是脱不了俗气，有的人，甚至被限制地露着坐卧不安的情景，这情景看起来倒有些值人怜惜。城里人呢，一个一个鬼头鬼脑的，做事不痛快，随时变，硬装相，摆臭架子，这地方看起来倒是适足着人憎恨。

对面一家杂货铺子里，正放着《捉放曹》的留声机，有些人把心神沉入了戏中去了。

天快到午刻。

这些人，正是来为官荒屯的出租来做文书的，租户、地主、地媒、保人、代笔人、地邻、吃喜酒的……这么一群。

租户、地主同地媒，这时候，特别远开众人坐到一个屋角，在磋商着条件：一会儿点头，一会儿共同大笑，一会儿又是沉思，一会儿又是地媒同地主或是租户两方面伸出手，把两手在两人长袖口中接合着，不让手指露出外面，两个人的手指就做起来数字暗号，一面说："就这样吧，吃亏占便宜这一回。"

对方否认："太远啦，我说，要这样。"说完，用自己的手指出数目字来。

"你别扯，这样吧。"又来，把第一次的数字减少了一点。

渐渐地这样往返着，两方面到后觉到这一个数目还可以的时候，事情经过两方承认，算是完过了一次，然后再合计另外的事情。

他们这样磋商，过了很久的时间，在客人群里，就有人出来说了话："怎样啦，不大离①就算啦，小节目写的时候大伙一做就走过，快要到晌午十二点钟啦。"说这话是给地主同租户两方面听的，因为是看着钟快到吃饭的时间，要快些写好租帖才行。

租户听完话，故意装作大量地说："这不用说，没啥事，我两家好办，吃点亏也不要紧。"

"就是，就是，经理不吃亏谁吃亏。"

"好，写吧。"地主这时觉到有写的必要了。

"好，写吧。"租户照样地说。是动笔写文书的时间了。

文书先生这时比一切人都得意，一面装出一个老先生的气派，听着说条件，一面故作神气地来写。大家的眼睛都注视着他的笔管。可以说，他是有些目空一切的，在这个小的范围里。

---

① 不大离：指差不多。

"争论啥，还是老先生功劳大。"

"就是，老先生不写能成吗，能吃吗？"

任便到什么地方，向来是不缺乏说奉承话的人，有时是出于真心，有时是故意取笑，是说笑话。

"哈哈……"

两句奉承话当真，引起人们笑了一阵。

"求老先生写副对联吧。"这人更进一步捧高老先生的身位。

"你？你求得起？"

"你能啊？"

"我不能才不说。"

两个人私语，打趣，讥笑，过一会儿，什么话都不说了。老先生端正地坐着，笔管握得直直的，嘴里含着烟袋，烟袋锅挨在桌子上的文书纸旁边。八字胡下面一张嘴，抽烟时吱啦吱啦的，不抽烟的仍然弄它哧哧作响，像是要想清去口里的某种东西似的。

有时因为争论条件，他就搁下笔，向着众人望着，面上带着一副不屑为的神气。

足足费了两点多钟工夫，才算做完了文书，大家静静地听他高声地自得地朗诵：

> 立租契文约人萧翰林、张鸿宾等，因各家在本县乡三区界伊通河东，共有生熟荒地约五百垧，经中人说妥，情愿租与郝永德自办之长农稻田公司，耕种水田，同众定明租期十年，由民国二十年（1931）春前起，至二十九年（1940）秋后止，过期本约即失其效力。此系双方自愿，各无反悔，爰将协议条件，分晰列左。

> 一、此项荒地，以二千四百平方步为一垧，定额虽为五百垧，但因主户过多，自不能恰符定数，将来或多或少，以实种数目计算、双方不得以原定数目争执。

二、生荒每垧每年纳稻租一石二斗。生荒当中，原有熟地，如不能拨外，亦作稻田，每垧每年纳稻租二石整，于五年内，租数不得增减，逾五年，另行规定。

三、第一年如遇大旱大潦不得秋收时，则将应纳稻租按数作欠，须待第二年丰收，再由租户向各地主一并交清。其余无论何年，荒旱不收，办法均按此类推。

四、此契于五年后，虽然变更纳租数目，但租种期限仍为十年，未满十年地主不得易租他人，租户亦不得推却不种。

五、稻田内农人所住房基、所行道路，均勘丈拨外，不纳租粮。

六、此项稻田应纳租赋及其他官中花费，由东主租户双方担任。

七、各地主系将地租与郝永德自办之长农稻田公司一家，以后如何耕种，或转租他人，或因此发生意外事故，均由该公司负责办理，各地东并不得过问。

八、此项田地，在约期未满时，各地主无论何人，纵有主权转移情势，亦不得借口将他单独提出，另行租种，仍以十年期满为限。

九、此项稻田，须引伊通河水灌溉，所有放水沟渠，亦勘丈作垧，每垧每年纳租稻三石整，由长农稻田公司向各地主分别缴纳，其年限亦以十年为满。

十、于秋季放水田外时，以不妨害他人稼穑为限，如有妨害他人引起纠葛情事，亦由稻田公司负责。

十一、引水沟渠如经过横道，须建筑桥梁，亦由稻田公司负责建筑责任。

十二、双方对此契约，各觅殷实保证，事后无论何方背约，保证人须照约履行。

十三、此契于县政府批准日发生效力，县政府不准，仍作无效。

地东保证人　曹彦田　王成霖

租户保证人　杨辅才　沈连泽

代　笔　人　姚惠迪

中　见　人　赵向阳

东　　　主　萧翰林　张鸿宾　孟昭和　丁　会

　　　　　　芦昭善　姜元亨　任　富　王中富

　　　　　　孟宪恩　孟宪文　孟圣义　刘振国

中华民国二十年四月十六日　立

租　　　户　长农稻田公司郝永德

"好!"

"好手笔!"

"文句多好!"

"明儿个谁再写文书,一定要请姚老先生啊!"

破硬的,逞强的,大家伙你一句我一句地夸奖起老先生来,觉得老先生确是很够料。

老先生在盛大的重视中放下了文书纸。

接着是宴席,吃酒。

客人里一个人站起来提议:"为地东、地户两亲家共饮一杯合欢酒!"

"好!"

"来呀!"

"来!"

于是在欢笑中干了杯。

"为地主干杯!"

"为地户干杯!

"为代笔人干杯!"

"好。"

"来。"

"来。"

"举呀。"

"喝。"

"你先喝。"

"来。"

来过了。一切在礼节上应该执行的礼节都做过了，该大家伙来个痛快了，于是——

"五魁首哇……"

"三星在户！"

"八仙庆寿……"

"……哥儿俩好！"

"哥儿俩好……"

"哥儿俩好……"

"……哥儿俩好！"

"一点高升……"

…………

划拳，吃酒，乐着，闹着，每个人都像是忘却了一切的悲苦，一切的不如意事情，尽情地往肚子里装着酒浆，不管乡下人也罢，城里人也好，大家伙一齐来个痛饮。行止的放荡，达到极点。喊叫声，欢笑声，乱七八糟地从各个窗口中，冲出礼堂，波荡到帝国主义宰割着的租界的市街上去了。

当夜，郝永德在自己的客厅中，又同几个朝鲜人定了一个如下的文书契，虽然一切不及白天的热闹，但两者的效力是相等的，绝不因此而有稍稍的不同。

立租契人郝永德，今将荒地坐落长春县乡三区管界荒地一处五百垧地，因无力耕种，使经理沈连泽烦中人说妥，租与朝鲜人李德瑞、李造和、朴鲁星、李锡昶、徐龙浩、金东光、沈亨泽、郑元泽、郑灿玉九名耕种，兹立约文如左。

自民国二十年旧历三月至民国三十年旧历三月止。

一、年限，一租十年为满。

二、地垧数目到秋打地，按二四方作垧。

三、租子，每年每垧地稻子二石，熟地稻租二石三整。

四、倘有天灾时变，秋收不能得时，东户各由天命。

五、因小灾农作半收时，东户双方另议租子。

六、盖房基地，基地宜小，水道及农路暨一切公用地，不纳租子。

七、地总数先以五百垧为限，一租十年，分为两期，五年期后，地东增减稻租多少，双方协议。

八、水道租子，水道使用地，计垧数每垧每年稻子三石为定。

九、地税、警团、学费及水利，并一切官公捐钱，每年花费，东户均摊。

十、稻地五百垧为总数，种一年期后，应允租户多租地，春种秋收，经理人看地户种多少地经理人收纳。

十一、到满期后，东户双方协议，即时或地户移动时，地户所建筑家屋，逐地户便拆，及水道水沟稻地归赵，地东经理二名权管。

十二、倘有租子不到，及或有潜逃等情，由连环保人一面承管。

十三、稻租经理人查收、运输归地东自己拉。

十四、今租五百垧外，有荒地几百垧，等来年再租时，租子比今例每垧地二石为定。

十五、外有几百垧，如若再租，例明照此前一条民国年献起租为定。以上十五条，双方情愿，空口无凭，立据为证。

  连环保人 李德瑞 李造和 朴鲁星 李锡昶

      徐龙浩 金东光 沈亨泽 郑元泽

      郑灿玉

  代 笔 人 杨辅才

  经 理 人 沈连泽

  中华民国二十年新历四月

  立 租 人 郝永德

于是，郝经理把应办的手续都办过了，就等明天找到中川警部去报功。他乐到极点，有点不知怎样是好。

八

四月末的万宝山一带地方，愈显得清秀可爱，山哪，水呀，树林哪，田地呀……一切都呈现着复兴后的新生。田陌里，山坡上，树林中，小河旁，到处都不缺少殷勤工作着的，男的、女的、老的、小的、壮年的农人们。下过几回很合适的春雨，田中的小苗，露出来青青的嫩芽，天真地向着全村欢笑，好似在说：劳苦的农友们，亏你们的耕种，我们又同你们见面了。野花丛生的地方，引得一群一对的蜂蝶飞翔，一会儿，把小小的身躯，降落在花心中，深深地、长久地和它们的隔了一年长时期的爱人接着醉吻。微风动兴地吹徐着，两下里为热爱紧紧地抱在一处，那样真率可爱，就连一个乡村孩子，虽然他总脱不了粗莽脾气，到这时，也只瞪着两眼呆呆地看着这甜蜜的表现，而不敢莽撞了。果子树也结了苞，过些时，遇到一个好日子，就开来它们的万紫千红的花朵。农人们，都是诚挚的，朴素的，伴着自然的赐予，照例地，一年一年地过着劳作、平静的日子。

但如今，这地方不复是平静的了，人们为了眼前即将来临的遭遇，各人的心中皆存了一种戒心，加重些说是存了一件属于"不好"或"不祥"的想头。为什么呢？——为了官荒屯的事情。好似一件重担，在解除之前，终不能放下似的，人们总是怕这件事情的不良影响。原因是一群朝鲜人来种水田，这里面一定有一个"故事"在！朝鲜人的乱七八糟固然要格外提防，朝鲜人的主子，不更是难惹吗？中国的官哪一个不怕小矮鬼子：见到小日本比见祖宗还要恭敬！日本人欺侮中国人简直就像对一个牲口一样！这几年，东南山沟一带地方，像延吉、珲春、汪清，许多交涉都是因为朝鲜人种水田惹起来的，到后来，日本人一出头，中国官就赶紧缩回头，中国老百姓是可怜虫，什么亏就都吃啦。

因为这样，当官荒屯做文书那天，四十一家地邻，只到两三家去吃喜酒，那马宝山大地邻反倒托故推辞了。不去的原因，就是怕将来有什么差错，因为做文书在当场，把事情弄到自己的身上，将来有差错卸不下责任，这种亏是吃不得的。差不多人都知道这层利害，以至于只有很少很少的地邻被地主与租户邀去的结果。

地界勘查过了，区长也来过，睛等再过几天朝鲜人一到好开工。

马宝山带着三个族弟，都是官荒屯的地邻，在荒地四外观察着，样子懒懒的。

"唉！再过几天，这地方不知道啥样啦。"他叹了一声。

三个族弟，马万山、马福山、马德山听到了老哥的叹息，都觉得有些难过，想来解劝，却因为自己也正都同样地发愁，更无从解劝起，只是在静静地、懒懒地，走着，看着。

那荒地，依旧在荒着，但过几天，自然要变的。

远处马家哨口，那伊通河水一片白，河边的沙滩，柳条通，正是互映着浅红与浓绿。天空是一片洁蓝。渡船在摆渡着，一会儿有人上船，一会儿又有下来的，那些人，背着包，拿着棍，忙碌地行路。

"老三，老四，掘水沟，一定要先掘你两个的地，拐弯，就是老二我俩的，一直到哨口，老孙家、老邹家、老刘家、老韩家、老宫家……

都要受害，他们地主没有水道租，一定要掘旁人的地做水沟才行。"

"那才不干！"老三马福山厉声说。

"没租地，没吃粮，敢！倒怕是发大水，地要冲坏，这比啥都可怕！"马万山说。是的，这是全村人关心的一件事。

老四也搭话："二哥，你可别说，朝鲜人啥事都做得出！"

他们怕这群要来的陌生客。

"朝鲜人也有好的，坏东西都是仗日本人势力的，听日本人指使，欺负中国人强占边界，赖水沟，砍林子，啥恶都做！他们常挨日本人打骂，可是还说日本人好，真是他妈的贱骨头！那些好的人就不这样，他们离开日本人远远的，说日本人是吃人的老虎，说日本人毒辣。前年张家屯老毛家住的那家朝鲜人，不都是好人吗？……他们不是都要说杀绝坏日本人吗？……"大哥说，替朝鲜人分辩。

"盼望这群朝鲜人都好才好。"

"不好就打他个王八蛋！"

"赶出去坏蛋！"

三兄弟上了火气。

"你们不要犟嘴，他们后头有小日本哪！"

"小日本真不是好东西！"马德山这样骂着，想起大哥刚刚讲过的那个好朝鲜人家的男人，"那个朝鲜人，不硬叫日本人逼跑了吗？说他是××党，说啥宣传过激主义，说他危害日本帝国，不错，那朝鲜人和旁的朝鲜人不同，他像说过'农民们要联合起来自卫，求自己的生路，用广大的群力去革命，不要信官家，因为官家从来不给穷老百姓们办事的'这些话，可是这样说就是××党吗？他的话想起来真是不错呀！……可是后来他逃走啦，现在不知逃到哪儿去啦。"想到这里，他忽然像得到了什么救星似的大声说，"不要紧，有事情咱们大伙联一串，一定能打得过，这话越想越对劲！"

"这是你想的好法子！赤手空拳能挡枪子呀？"

不等他们再说下去，远处放牲口的甸子上，一群牧童正在热烈地谩骂起来，声音有高有低的。

"小伙小伙你别吹，你妈搂我把觉睡……"

"小伙小伙你别叫，你姑睡觉把我抱……"

…………

这谩骂声，清清楚楚地透进四兄弟的耳朵里，倒是使得四个愁闷的人不由得笑了起来。

"这些东西，就知道天天吃喝玩乐。"大哥慨叹着，有些不胜今昔的神情。

这种勾当，他们从前年轻时都做过，骂起来一点不减于如今这般孩子们。他们全知道，并且特别清楚，一个庄户孩子当他在放牧时，必定经过这样一个阶段。

继续着，他们再向前走着。有些小姑娘在田中挖野菜，都是屯中人，见到了就叫大叫小地说着话。

"马大爷，哪儿去呀?"

"马三叔，你干啥呀?"

"查地吗，马二爷?"

四弟兄一齐说："闲走走。"

这样突现的情景，不由得马宝山有如发牢骚似的低语道："还是小姑娘好，小小子除了骂就是闹。"他的意思是说小小子太粗野。

"小小子越闹才越好，还有不闹的，除非是傻子! 闹小子才出好的!"

四个人再向前走着，一边看着那荒地。

"去个屁的，光看有啥用!"马宝山扫兴地说，三个兄弟也觉得只是走走也没有用处，同意老哥的话，一齐向归家的路上走下去了。

从他们对面来了一群人，来近了，原来都是荒地的地邻，他们也是来看地的，孙家桐、刘长济、孙朗宣、孙雅泉、宫德、李景升、孙永斌、王作宾、刘长春、刘长江、邹太伦、韩德胜、邹耀山、姜洪山、侯得禄、马有青，一共十六个人。

"喔，老几位今天这样齐心。"这面大哥先说话。

"你们不齐心，四弟兄一齐来！"李景升回敬了一句。

"你们做啥呀？"

"你们呢？"

"我们看看地。"

"我们也正是。"

"你们几位都是地邻，可想出啥办法没有？"

"办法？只有一条办法，妨害到地界就去告状。"

"真糟糕，这帮朝鲜人来不会好，弄得屯不安，田不静。"

"谁知道！要是我是地主，宁可空着地，也不吃这样租！"

"春秋涨大水没法挡。"

"有事情咱们大伙要联合起来呀。"

"联合请愿告状。"

"请愿，告状，官家不向穷百姓说话，自己'打'好啦。"

…………

大伙在一起这样议论一阵，就像把难题解决了，都不再谈这件事，其实是没有得出个正确的结论。足足二十个人，把道路塞满，还有些人退站到田边草崖上。

暂时沉静。有人眺望着远山，有人望着渡口，有人仰注着蓝天，有人看着荒地，这是他们片刻的休息。暖和的太阳洒着，微风吹拂着，一阵花香，一阵鸟语，一阵驴鸣，兼或传来一种不成调的牧童的歌声。

从伊通河上漂来一些帆船，灰的，乌黑的帆，在向前移动。另一面，山侧，汽笛声呜呜地叫，正是驰驱着中东路的列车，远天上看到一线升到天空的煤烟。

每人的两只眼睛，两个耳朵，把心中所想的事情都给勾走了，真的，万宝山这地方，如果要是好生玩味一下，倒很可以使人留恋的。有山，有水，有农田。走帆船，通火车，一方面仍然是可爱的农村，丝毫不染有城市的臭味。早上，踏着露珠寻求新生的花草。晚上，到河边放进鱼线垂钓，陪伴着你的有青蛙在各处浅水中唱奏着；一轮明月，把稀疏的光透进树梢映上河面，河上是一片碎乱流动的影照；树林黑沉沉的，河水漫漫的，这是多么好的河边夜景啊！山，那小巧的崖，那忽陡忽平的坡，那曲折溪流，那细小的山径，都是玩赏不尽的。在山顶上看东天吐露的朝阳，或是看西方沉落的夕阳、红霞、浮云，站在山上会觉得是别一种奇幻的山。而且山上的密林、野田、荒冢、古墓、断碑、茅棚、青松、白雪，都是点缀尽致的陪衬品。这又是何等富有诗意的山景啊！——只可惜他们这些一向住在当地的农人，每年从春到夏，由夏到秋再到冬，除去忙忙地永久地把精力消放在工作上，做着那像是永远做不完的工作，这以外，再没有余暇使得他们想到鉴赏风景这一件雅事。

但中川警部却看到这美点。他用郝永德办"长农稻田公司"，租种官荒屯的水田，按照几年来领事的计划做，到将来，总有一天把万宝山一带地方收为领事辖下的长春附属地、避暑别庄、家产所。并且还有个最大的目标：向北控制着……控制着苏俄，因为他们两国是冤家对头。

这些乡人，实在太苦了，为了生活、工作，失去了享乐，不然就会挨饿的。自然，享乐不是在他们这样的阶级中可以找得到的。他们凭什么得以知道万宝山的对于日本人有那么重要的依倚呢？他们做梦也没有做到过一次。像他们这类的人，又哪知道景物的好坏一回事情！

……先说话的是王作宾，因为他已经看完了荒地。

"四位马爷，再陪咱们巡巡边好不？"

大家都收束了沉默，回复到原来状态。

"也好，陪你们走走就走走，反正腿也不值钱。"

"好。"

"走。"

"走。"

"走，你先走。"

二十个人，说着说着就先后地沿着荒地向前走了起来。

…………